Colombiennes

DU MÊME AUTREUR

Les Petits Poissons rouges. Contre l'esprit de sérieux et les gens importants, Le Seuil, 1992

Les Belles Âmes de la culture, Le Seuil, 1996

Faites comme si je n'avais rien dit, Le Seuil, 2003

Pour Jean-François Revel, Plon, 2006 (prix Renaudot essai)

Le Parapluie de Simon Leys, Philippe Rey, 2015 (Grand Prix de la critique littéraire, prix Émile-Faguet)

EN COLLABORATION

La Bibliothèque idéale, Albin Michel, 1988 ; Le Livre de Poche, 1992

Pages de la prose française, Sélection du Reader's Digest, 1991

Notre santé n'est pas un commerce, avec Jean-Pierre Davant, Le Seuil, 2000

La Révolution médicale, avec Jean-Pierre Davant, Thomas Tursz et Guy Vallancien, Le Seuil, 2003

La Rage de communiquer, avec Denis Huisman et Erik Orsenna, Éditions François Bourin, 2006

Prévention et précaution, Éditions François Bourin, 2007

La Politique ça vous regarde ! avec Michel Rocard, Gallimard jeunesse, 2012

L'Abécédaire de Jean-François Revel, édité avec Henri Astier et Jacques Faule, préface de Mario Vargas Llosa, Allary Éditions, 2016

Pierre Boncenne

Colombiennes

Philippe Rey

Conception de la couverture : Stéphane Rébillon.
Photo de couverture : au milieu des années 50 en Catalogne, un groupe de Colombiens unis pour la plupart par des liens de parenté. À gauche, le tout jeune Pierre Boncenne et, derrière lui, son oncle le prêtre Camilo Torres qui, plus tard, s'engagera dans la guérilla. © DR.

62, rue de Turbigo – 75003 Paris
www.philippe-rey.fr

para H A

Tous mes remerciements à :
Alexis Boncenne, Pascal Boncenne
Muriel Deleschaux, Asbel López

Mémoire, sœur obscure et que je vois de face
Autant que le permet une image qui passe…

Jules Supervielle, *Oublieuse Mémoire*

Le premier voyage

Dans la soirée du 21 juillet 1969, j'assistai en compagnie de quelques proches, médusés comme moi devant le téléviseur, à un événement inconcevable jusqu'alors sauf chez Jules Verne ou dans les aventures de Tintin. On aperçut d'abord, à plus de 380 0000 kilomètres de la Terre, le module Apollo Eagle alunir puis, après une attente qui accentua le suspense, un gros scaphandre blanc, en l'occurrence l'Américain Neil Armstrong, descendre d'une échelle d'apparence fragile pour devenir bientôt le premier homme à poser un pied sur notre satellite planétaire. Quiconque put voir ce spectacle inouï en direct doit sans doute se souvenir où il se trouvait précisément à ce moment-là. Pour ma part, c'était à Bogotá et, si j'ai oublié presque toutes les phases du reportage télévisuel, une blague (« *chiste* ») devenue célèbre, racontée là-bas dès le lendemain, m'est restée en mémoire. À peine après avoir foulé le sol lunaire, Neil Armstrong aurait entendu la voix d'un gamin lui posant la question rituelle mais adaptée aux circonstances : « *Señor, ¿le cuido el módulo?* » (« je m'occupe de votre module ? »). Une telle historiette, incompréhensible ailleurs, traduisait parfaitement et le sens de l'espièglerie constant chez les Colombiens et l'une des réalités quotidiennes que tous les habitants de la mégapole andine, automobilistes ou piétons, connaissaient bien. Quelqu'un réussissait-il à se garer (hypothèse devenue de plus en plus aléatoire, sinon impossible, dans le centre-ville) ? Immédiatement, une nuée de gamins entouraient le véhicule, guettant l'ouverture de la portière avant ; alors, on entendait comme en chœur la même question insistante : « *Señor, ¿le cuido el carro ?* » Tous ces enfants déguenillés mais au regard déterminé – en moyenne entre cinq et dix ans, guère plus – proposaient de prendre soin de la voiture et il en allait, bien entendu, de l'intérêt du conducteur de vite désigner un duo ou un trio pour accomplir cette mission de gardiennage, moyennant à son retour quelques pesos de récompense. Avant de s'absenter, il valait mieux tout de même avoir pris la précaution d'emporter les essuie-glaces.

Aujourd'hui, presque rien n'a changé au fond, sauf la présence d'adultes qui veulent profiter aussi de la combine élémentaire pour récupérer un peu de monnaie sans toujours faire preuve de malice provocatrice pour y parvenir. Comme dans toutes les capitales ou cités importantes en Amérique du Sud, Bogotá en 1969 était déjà une immense agglomération agitée et confuse où l'omniprésence de milliers d'enfants pauvres aux pieds nus traînant leur malnutrition ne pouvait que serrer le cœur. Pour eux, le seul moyen de s'en sortir jusqu'au lendemain restait la mendicité sous toutes ses formes, le vol à la tire avec une dextérité impressionnante et le recel d'objets des plus hétéroclites. Mais, à Bogotá, il existait vraiment deux sortes d'enfants pauvres : ceux qui, en matière d'argent, n'hésitaient pas à quémander obstinément et ceux qui, la grande majorité, osaient à peine tendre la main. Ethnologue de formation et journaliste voyageur, Jacques Meunier publia au milieu des années 70 une enquête aussi documentée que vivante sur *Les Gamins de Bogotá*. D'après lui, rejoint en cela par d'autres observateurs aguerris, il s'agissait d'environ 500 enfants sur un total de 40 000 à l'époque, juste quelques bandes sans cesse renouvelées dont on reconnaissait les membres d'abord à la peau : « une sorte de patine, un hâle. Un gel invisible fait d'ondées et de coups de soleil, de poussière. Quelque chose qui, tout à la fois, existe et n'existe pas : une enfance sans jeunesse, mais insouciante. Une tendresse subversive. Une fausse santé. [...] Qui établira l'équation, le dosage, ce qu'il a fallu de métissage et de gaz d'échappement, de nuits très obscures, de froid, de faim, pour en arriver à cette peau-là, ce parchemin, ce tatouage qui sert de laissez-passer aux Gamins de Bogotá... ? » Pour survivre, l'essentiel résidait dans l'appartenance à une « *gallada* », un groupe de quelques copains apportant un minimum d'affection et de protection contre les autres bandes, les sadiques ou la police, une « nichée » permettant de chaparder ensemble, de jouer de temps à autre et de se regrouper le soir venu. Ces enfants intriguaient parce qu'on ne parvenait pas ou mal à déterminer selon quelles règles informelles ils s'organisaient en petites hordes avec leur territoire, leur trésorerie et leur justice. Ils fascinaient par une débrouillardise, une intelligence et une gouaillerie hors du commun malgré leur état d'analphabète pour la plupart. Et ils inquiétaient tout simplement – inutile de se leurrer – par leur capacité à monter d'incroyables mauvais coups dont on pouvait être le parfait dindon à tout moment. Il n'empêche qu'à Bogotá je cherchais toujours à repérer certains d'entre eux et, surtout, à les suivre ébahi dans leurs évolutions acrobatiques en plein milieu de la circulation, comme le racontait aussi Jacques Meunier : « Je vois repasser ma paire de Gamins qui voyagent clandestinement sur le pare-chocs arrière d'une voiture. L'un est agrippé au bouchon du réservoir, l'autre, en opposition, tient la plaque minéralogique et la poignée de la malle. Ils sont radieux. [...] Où vont-ils ces enfants migrateurs ? Ils ne vont nulle part. Ils vont. Ils passent le temps. Ils se souviennent qu'ils sont enfants et, comme ceux de leur âge, ils aiment à s'étourdir. » S'accrocher aux voitures (« *colincharse* ») relevait autant de la prouesse que de la passion inutile, mais tenait aussi du rite d'initiation, en particulier lorsqu'il fallait prouver sa résistance face à la colère de certains automobilistes n'hésitant pas à piler sec ou à virer brusquement pour éjecter les passagers clandestins. Et si dans ces moments-là je me sentais pleinement solidaire des gamins, il fallait bien admettre que leur insolente détermination comme leur forme de révolte sans concession ébréchaient pour le moins les tranquilles mythologies de l'enfance. (Dernièrement, Laura Mora a donné des images d'un monde similaire dans son film *Los Reyes del Mundo* où l'on voit cinq adolescents de Medellín, entre réalité urbaine la plus âpre et scènes fantastiques dans la jungle, se battre pour aller récupérer un lopin de terre hérité par l'un d'entre eux.) À Bogotá, en tout cas, ce furent ces gamins, aux existences chaotiques à travers la misère mais capables d'afficher à l'occasion un air radieux, qui suscitèrent chez moi la plus forte impression, bien loin de ce j'entendais d'habitude en famille.

Quelques mois auparavant, au printemps 1969, Bell, la cousine la plus proche de ma mère, lui avait écrit en donnant une kyrielle de conseils personnels à propos du grand voyage en Colombie prévu pour tout notre été en compagnie de ma sœur (qui, au bout du compte, décida de ne pas partir et malgré toute notre complicité, je gagnais en liberté de déplacement). Bell énumérait les lieux à voir en priorité mais « moins et mieux » plutôt que dans une folle course de vitesse, à la manière des touristes (Nicolás Gómez Dávila, l'un des auteurs colombiens les plus originaux, disait : « Les barbares détruisent, les touristes profanent »). Il fallait bien sûr se rendre à Cartagena et aux îles del Rosario, voir Santa Marta, Medellín, le « Valle » avec Cali et Popayán, les « Llanos », une plantation de café, etc. ; on devait s'arrêter quelques jours à Tipacoque, au cœur du département de

Boyacá, dont son mari l'écrivain Eduardo Caballero était le maire. Et on en profiterait pour assister à une importante commémoration : le cent-cinquantième anniversaire de la bataille du Pantano de Vargas (25 juillet 1819), moment décisif dans la campagne libératrice des combattants républicains sous le commandement de Simón Bolívar face aux troupes royalistes ; de cette victoire datait la naissance effective de la « Grande-Colombie ». Dans sa lettre, Bell envisageait notre déplacement sous tous ses aspects, y compris quelques plaisantes questions budgétaires des plus prosaïques, par exemple un peu d'argent de poche à prévoir « *para posibles salidas a discotecas de Pierre con alguna niña* ». Pas difficile d'imaginer la réaction de ma mère à la lecture d'une suggestion aussi incongrue de sa cousine : m'offrir quelques virées nocturnes pour aller danser la salsa avec « *una niña* » dans des discothèques de Bogotá ou de Cali ne faisait pas partie de ses desseins, mais alors pas du tout ! Et que l'on songeât à lui mentionner une telle futilité a dû l'agacer au plus haut point. Sa correspondance avec Bell attestait plutôt une farouche détermination pédagogique : il nous fallait d'abord – moi surtout – découvrir la Colombie sous ses aspects négatifs et positifs, « la misère des quartiers pauvres [...] tout ce qui correspond à l'appellation "sous-développé" [...] mais aussi les preuves du contraire, les efforts réalisés pour obtenir des avancées, des améliorations, des développements industriels, etc. ». Pour ma mère, notre premier voyage dans son pays lui tenait trop à cœur pour qu'on y perde du temps (au sens strict, c'eût d'ailleurs été un retour en ce qui concernait ma sœur, née à Bogotá).

De toutes les manières, presque rien des plans échafaudés par ma mère à Paris ou du programme si attentionné de Bell sur place ne m'attirait vraiment par rapport à ce que m'offraient deux étudiantes rencontrées au hasard d'une soirée, dès le début du séjour. Il faut ajouter que l'une d'entre elles, aux yeux d'un étonnant marron foncé et d'une jovialité désarmante, me proposait de devenir ma « *novia* » de façade : le jeu de la fiancée officieuse pour éloigner les importuns et se promener en toute tranquillité. Elles étaient d'anciennes élèves de Gerardo Reichel-Dolmatoff, le plus prestigieux des anthropologues en Colombie. D'origine autrichienne, celui-ci fut naturalisé en 1942 et devait sa notoriété internationale grandissante, entre autres, à l'étude minutieuse du site archéologique de San Agustín, une pléthore de monuments et d'étranges statues dans le sud-ouest du pays ; il venait aussi de publier *Desana*, contribution fondamentale sur les symboles religieux d'une communauté d'Indiens chasseurs-collecteurs vivant, eux, dans le sud-est (le livre sera traduit dans la « Bibliothèque des Sciences humaines » chez Gallimard). Partir à l'aventure accompagné d'amies « *muy chistosas* » (« très rigolotes ») capables de me faire profiter chaque fois de quelques notions acquises grâce à l'enseignement de Reichel-Dolmatoff constituait une aubaine. Dans un décor montagneux à la végétation luxuriante, San Agustín, avec ses monuments funéraires et, surtout, sa prolifération de statues massives dépassant parfois les quatre à cinq mètres de hauteur, n'attirait pas encore un flot de visiteurs (le site n'a été classé par l'UNESCO qu'en 1995). On se promenait, pour le moins déconcertés, dans un monde d'animaux, en tout premier lieu la figure du jaguar-monstre, et de formes anthropomorphiques aux yeux creux légués par une énigmatique civilisation, déjà sur place trois mille ans avant notre ère, quoique cet ensemble de sculptures rectangulaires ou ovales soit beaucoup plus récent. Si les représentations masculines, depuis le chaman lié aux esprits jusqu'aux divers attributs de la virilité, occupaient une place prépondérante, une imposante statue divisée en deux parties semblait montrer une femme lors de l'accouchement et son enfant. Encore moins fréquenté que San Agustín, le site de Tierradentro dans le département du Cauca, tout juste mieux aménagé pour le public, nous épuisa en raison de la série d'ascensions indispensables pour y accéder mais fascinait par ses étonnants hypogées : des galeries souterraines taillées dans la roche qui permettent d'accéder à des chambres funéraires aux parois décorées de motifs géométriques (principalement du rouge et du noir). Comme aimantés par cette vaste nécropole montagneuse, nous nous attardâmes un peu trop lors de notre dernier jour à Tierradentro, au point de rater le dernier « *colectivo* » susceptible de nous rapprocher de Popayán. Le maire d'un village voisin – comment nous était venue l'idée d'aller le voir ? – nous offrit l'hospitalité dans un local de son bâtiment municipal en indiquant la présence de toilettes au fond de la cour. Au beau milieu de la nuit, l'une de mes deux amies revint terrorisée de son expédition, affirmant avoir vu deux mains accrochées à des barreaux et entendu un sourd grognement. À entendre cette fable nocturne, d'abord il y eut du doute ponctué d'éclats de rire ; mais, vérification faite, elle avait raison et l'expérience engendrait bien un certain effroi. Le lendemain matin, on découvrit que la mairie avait hébergé ce soir-là un autre invité : un prisonnier, incarcéré dans une cellule proche des W-C ; la nature de son délit ne nous fut pas précisée.

Au terme de notre périple archéologique, la richesse des sites visités comme le caractère mystérieux de la grande majorité des statues et monuments nous incitèrent bien sûr à contacter Reichel-Dolmatoff. En lui montrant nos photos, on profita tout de suite de ses commentaires, remarquables par leur mélange de précision et d'humilité : il avait des connaissances encyclopédiques et donnait les quelques codes indispensables pour apprécier l'étrange beauté formelle de toutes ces sculptures ; mais son savoir, nous répétait-il sans cesse, ne pesait guère face aux plages d'ignorance et aux interrogations encore devant lui.

Après quelques jours à Bogotá, on décida de vite repartir vers des régions très différentes, toujours portés par le goût de l'inattendu. Juste parce que le seul mot « Amazonie » laissait entrevoir tous les excès probables d'une nature sauvage et de forêts vierges à l'infini autour du plus énorme des fleuves, j'envisageais cette destination comme une fabuleuse éventualité (je n'imaginais alors ni la moiteur ambiante ni les multiples piqûres ou morsures à subir en conséquence). Mes amies hésitaient, mais finirent par accepter cette petite aventure. En 1969, il n'était guère courant ni aisé de se rendre jusqu'à Leticia, une ville sur l'Amazone à l'extrême sud-est de la Colombie, frontalière du Brésil d'un côté et du Pérou de l'autre (longtemps, du reste, Péruviens et Colombiens entretinrent un conflit territorial dans la région). Mais par chance et association de souvenirs, un prénom (dont j'ignorais, d'ailleurs, l'origine) me revint en mémoire : Isbael, une amie de ma mère mariée à un haut gradé de la Fuerza Aérea Colombiana. On se connaissait depuis longtemps et elle me portait une affection spéciale, m'écrivant de temps à autre sur du papier à en-tête d'Avianca, « la compagnie d'aviation la plus ancienne d'Amérique », des lettres où s'entremêlaient de la façon la plus cocasse espagnol et français ; elle terminait toujours par « À bientôt mon petit. Je ne t'oublierai jamais », puis « *También el oncle colonel aviateur manda muchos besos* » (à défaut d'une quelconque parenté, l'appellation « oncle » tenait ici de la marque d'attachement). Trois jours après que j'eus pris contact avec Isbael, le colonel nous recevait dans son bureau envahi par des maquettes d'aéronefs militaires et nous soumettait à un bref interrogatoire sur les buts de notre voyage. Notre « examen de moralité », comme l'on dirait entre nous par la suite, se soldait par un résultat inespéré : trois billets aller-retour pour Leticia sur des vols de l'armée de l'air ! En me remettant de façon un tantinet solennelle les précieux sésames – histoire de bien souligner le geste en ma faveur de la part d'Isbael –, le colonel, index pointé sous l'œil droit, nous avait lancé un avertissement difficile à interpréter : « *¡En Amazonas, ojo!* » Certes, il fallait se méfier dans des contrées aussi reculées, on s'en doutait, mais de quoi ? Une fois embarqués dans le DC4 de l'armée et assourdis par le bruit des moteurs, on n'y pensait plus, assis en compagnie d'une trentaine de civils ou militaires sur d'étroites banquettes le long du fuselage, tandis qu'au centre de l'appareil trônaient, sous des bâches grisâtres, une cargaison utilitaire en caisses de bois et plusieurs engins agricoles arrimés par des câbles. À Leticia, le petit hôtel recommandé par un étudiant en ethnologie familier de la région n'existait pas à l'adresse prévue, du moins si l'on se fiait aux quelques rares panneaux indicateurs ; on commença sérieusement à s'inquiéter jusqu'au moment de notre rencontre fortuite avec une vieille dame au visage tout ridé : nos informations dataient vraiment puisque cet établissement se situait maintenant beaucoup plus loin et sous une autre enseigne. Le seul fait de retrouver le gîte prévu dans ce bourg portuaire, avec ses maisonnettes en apparence si brinquebalantes sur le bord de l'Amazone, nous incita à ne pas broncher devant des chambres inhospitalières : les ventilateurs au plafond produisaient plus de bruit que d'air rafraîchissant tandis que les robinets des minuscules lavabos laissaient couler, de temps à autre, un filet d'eau couleur ocre pâle. Dès nos premières balades à la tombée du jour, en passant devant des bars au décor rudimentaire noyés sous une musique tonitruante, au coin de paillotes sur des ruelles boueuses ou face à des embarcations surchargées – sacs de riz, fruits, casiers à poissons, planches, ciment –, on remarqua de curieux échanges de menues marchandises ou de plis matelassés sous ficelle au cours desquels l'argent, c'est-à-dire les pesos, n'apparaissait que rarement. À quoi correspondaient ces trocs ou trafics ? Difficile de le déterminer, d'autant que l'on gardait une prudente distance :

« *¡Ojo!* » Reste qu'il nous paraissait autrement plus urgent de porter toute notre attention au fleuve déjà si puissant à des milliers de kilomètres de son embouchure, à la folle exubérance de la forêt tropicale, aux vertigineux troncs d'arbres, aux nénuphars géants, au gonflement excessif des grenouilles, aux tortues, aux ouistitis, aux lamantins, aux papillons gigantesques, aux oiseaux multicolores voletant d'arbres en arbres. Mes amies connaissaient aussi les mots et les gestes adéquats pour pouvoir le cas échéant entrer en contact avec des communautés indiennes en les importunant le moins possible.

À peine un an avant notre voyage, Alexandre Vialatte, dans l'une de ses chroniques du quotidien *La Montagne*, évoquait à sa manière loufoque mais somme toute d'une singulière véracité la considérable énergie géographique de l'Amazone : « Il charrie sur son flot des prairies tout entières avec des arbres aussi hauts que des immeubles, pleins de serpents et de singes-araignées que l'homme contemple de la rive avec effroi. Il est peuplé de "pyrènes" sanguinaires. Ces menus poissons accourent par millions sur leur proie. Si on leur jette un bœuf, une vache, un mauvais voisin, il n'en reste plus rien deux minutes après le geste ; avec un veau, une minute suffit. L'eau est toute rouge. Aussi personne ne jette-t-il de bœuf dans l'Amazone. Ni même de veau. Et il n'y a pas de voisin. Il n'y a d'ailleurs personne. Rien que de la végétation. [...] C'est l'enfer vert : ténèbres et verdure. » Pour ajouter une touche médicinale à son diabolique paysage, Vialatte apportait une précision maintes fois corroborée : « Tous les reporters en reviennent avec de l'urticaire. L'Amazonie est une invention des pharmaciens. » De façon plus sobre, prenant le parti de la rigueur scrupuleuse du style, Roger Caillois dans son recueil *Randonnées* insista lui aussi sur le caractère démesuré de l'Amazone, unique au monde : « Le fleuve annexe d'énormes affluents qui se ramifient en écheveaux de rivières aux berges indécises. Les plus amples, s'il n'était le courant, paraîtraient des lacs : la terre semble de tous les côtés lointaine. [...] Les alluvions arrachées se trouvent en mouvance irréversible. Une partie du sol est nomade. » Le bourbier informe des rives, note-t-il, se confond avec des plantes qui se dégagent de l'eau sans jamais laisser apparaître de franges distinctes : « La sylve commence dans le fleuve. Elle préexiste à la terre ferme. De place en place, au-dessus d'elle, s'élèvent de hauts fûts émondés, écorchés et cirés, tels les fémurs gigantesques d'une race oubliée. À la façon d'une chevelure votive accrochée là par des mains pieuses, ils portent au sommet un feuillage lointain que le soleil argente. » Puis vient une toiture composite de feuilles larges et sombres « qui protège (et qui étouffe sous elle) un second niveau pulmonaire, dont l'ombrage opaque ne laisse plus cette fois passer la lumière. La fermentation qu'il recouvre n'en a pas besoin. La touffeur suffit ». Tout dans le texte de Caillois donne la sensation d'inextricables enchevêtrements sur fond d'asphyxie générale : « Une chlorophylle toujours excédentaire engendre sans répit des limbes neufs qui habillent et dissimulent les branches. Les ombrelles des fougères arborescentes, les palmes aiguës, les haillons vert vif des bananiers gardent seuls une apparence identifiable. Le reste est chèvrefeuille anonyme, convolvulacée indivisible sous le gréement des lianes et le grand pavois des épiphytes. Tout en bas, le feutre épais d'une décomposition nauséeuse et prolifique. » Plus loin, il est question d'une « épouvantable fertilité » ou alors de « l'immense et vivace forteresse botanique qui régénère inlassablement son tissu » ; sans oublier « l'humidité d'étuve », la buée dans l'air et en permanence le fleuve, la forêt, la vase, les animaux qui suent. Paru en 1924 et devenu un classique de la littérature latino-américaine, *La Vorágine* du Colombien José Eustasio Rivera nous plonge au cœur d'une Amazonie perçue comme un double cauchemar : celui de la furie dévorante de la forêt comme des plantes humides ; et, en même temps, celui d'une plantation de caoutchouc où des hommes se retrouvent exploités tels des esclaves. Par bien des côtés, le roman s'apparente à *L'Enfer* de Dante.

Seuls de tels écrits permettent de rendre compte de l'ivresse épuisante de ce paysage amazonien dont nous découvrions une parcelle infinitésimale en ayant conscience qu'à tout moment l'énorme courant fluvial, la masse compacte des arbres, la débauche de fougères, l'amoncellement de verdures et de compositions florales hallucinantes pouvaient nous gober sur place. Sans autre but que de regarder un monde peut-être destiné à se modifier bientôt – j'ai d'ailleurs gardé ce souvenir intact plutôt que de retourner à Leticia comme on me le proposa bien plus tard –, on se promenait à bord de « *lanchas* » de gabarits différents selon les destinations entre la Colombie, le Pérou ou le Brésil, vers Tabatinga ou, au travers de la végétation magnifique bordant le rio Yavari, vers les maisons sur pilotis de Benjamin Constant (il s'agissait d'un militaire, pas de l'auteur d'*Adolphe* et du penseur libéral comme je feignis d'abord de le soutenir). On prenait le temps de s'arrêter pour observer le mouvement circulaire des pêcheurs jetant au loin leurs filets légers puis attendant, presque immobiles, quelque remontée frétillante; pour les plus jeunes, pataugeant dans l'eau boueuse jusqu'aux mollets, une simple canne suffisait. Du matin au soir, au long de l'Amazone et de ses affluents, des hommes de tous les âges coupaient du bois à la main comme dans des scieries et cette activité inlassable, partout répétée au milieu de la prodigieuse surabondance d'arbres, relevait d'un acharnement à la Sisyphe dont je ne me lassais pas d'examiner les modalités. Dans la zone où nous nous trouvions et du seul fait de la quasi-absence de routes praticables pour les camions, jamais je ne vis de grands espaces dénudés victimes de ces déforestations intensives qui ravagent les sols comme on le constate, hélas, depuis le milieu des années 70.

Mais ce phénomène désastreux semblait déjà entamé un peu plus loin, du côté brésilien.

Un jour que nous prenions un verre dans un bar, un homme costaud, visage large et nez protubérant, s'empara d'une chaise et s'installa à notre table en cherchant de toute évidence à nouer une conversation avec l'une de mes amies, ma « *novia* » justement. Il disposait dans le quart d'heure d'une place dans sa « *lancha* » pour se rendre sur son île: cela l'amuserait-elle de venir? Bien qu'il devînt cajoleur, notre solidarité fit merveille: nous ne nous séparions sous aucun prétexte. Sans le savoir encore, nous venions de rencontrer Mike Tsalikis, surnommé « Jungle Mike », un Américain d'origine grecque devenu un personnage clé à Leticia et dont, en 1969, l'aura semblait déjà pour le moins trouble. L'île en question, devenue l'une de ses propriétés, avait été peuplée sous sa directive d'une faune abondante chassée par des Indiens de la région, principalement plusieurs espèces de singes et de reptiles. Lui-même s'affichait volontiers en compagnie de serpents constricteurs comme des anacondas et posait pour la photo le torse nu enroulé par les anneaux de ce genre de bestioles. Le magazine *National Geographic* ne manqua pas l'occasion de publier ce cliché à sensation. Il œuvra sans conteste pour le développement de Leticia et de ses alentours, notamment avec la conception de quelques infrastructures de base, l'installation d'un petit hôpital ou des actions en faveur d'un trafic aérien encore balbutiant. Dans le but d'accueillir une clientèle de privilégiés, convoyés par avions privés, Mike Tsalikis fit construire un hôtel luxueux à partir duquel il offrait la possibilité d'aller explorer les trésors de son île ou des rives amazoniennes sous la houlette de guides issus de tribus indiennes avoisinantes. Pour mieux épater les pionniers de l'éco-tourisme haut de gamme dans la jungle, on ne manquait pas de leur proposer lors des moments de pause de courts spectacles de danses folkloriques. Le charisme indéniable de l'homme, qui ne renonça jamais à convier l'une ou l'autre de mes amies chaque fois qu'on le croisait, ne parvenait tout de même pas à effacer l'étrange aspect carnassier des mâchoires et du sourire. Son affaire hôtelière au cœur de la forêt vierge ne constituait qu'une part de ses activités – une sorte de façade prestigieuse –, l'autre part, sans doute plus rentable, étant consacrée à l'exportation d'espèces sauvages de toutes variétés vers l'Amérique du Nord (les zoos ou le marché des particuliers). À l'époque, en Colombie, même si des scientifiques et quelques associations, conscients des richesses animalières du pays, plaidaient pour des réglementations plus strictes, la notion d'« espèce protégée » n'apparaissait pas comme un impératif majeur. Mike Tsalikis en profita certainement pour se livrer à du commerce illicite d'autant que les procédures d'inspection semblaient floues sur bien des points et que les contrôles restaient très sporadiques, voire inexistants, sans oublier le recours facile à la corruption. Mais si nul ne doutait de la participation d'un tel marchand à nombre des transactions parallèles, jamais je n'aurais imaginé à quel point il se trouvait engagé dans le trafic de drogue, jusqu'à finir sa carrière par une arrestation suivie d'un emprisonnement aux États-Unis. C'est en lisant la presse que, plus tard, j'ai appris sa chute et la manière dont son réseau de cocaïne fut démantelé tandis que l'hôtel sur l'île, laissé à l'abandon, se vit envahir par les singes (un second établissement de tout confort périclita aussi). En 2016, Laurent Fiocconi, un ex-caïd corse passé par un pénitencier américain pour trafic de stupéfiants avant de réussir une évasion spectaculaire et de se retrouver à Bogotá – sa cavale durera plusieurs années –, publia dans *Le Colombien* un témoignage sans fioritures (quoique difficile à vérifier sur beaucoup de points) à propos de sa participation au « business de la coke ». Quelques passages consacrés à Leticia, « un vrai supermarché » pour les rencontres entre agriculteurs producteurs de pâte de coca et narcos, donnaient l'ambiance cachée du lieu : « C'était le Far West, il y avait des maisons closes, tout le monde faisait la fête. On descendait chez Mike Tsalikis, un Américain qui possédait un hôtel avec des bungalows luxueux et une belle piscine. Tsalikis, qui était le plus grand vendeur de pâte de Leticia, envoyait également de la marchandise aux États-Unis dans des boas vivants. Ses mecs les opéraient pour leur mettre la came, les refermaient et les expédiaient. Là-bas, rebelote, ils réopéraient, sortaient la came et les recousaient. Ils étaient ensuite vendus. À force, il a été marron. » Il eût fallu plus d'imagination ou plutôt moins de naïveté pour que nous puissions soupçonner ce genre d'arnaque, assez extraordinaire, difficile de le nier. Histoire peut-être de nous souhaiter un au revoir spécial à l'occasion de notre départ de Leticia, Mike Tsalikis fit charger sur l'avion de l'armée plusieurs cages grillagées dont on ne distinguait pas bien le contenu lors de la montée à bord. Mais, dès le vrombissement des moteurs puis le décollage, les criailleries d'une soixantaine de perroquets à destination de la Floride nous étourdirent et cette insupportable stridence nous accompagna jusqu'à Bogotá.

Mon premier voyage en Colombie suscita d'abord un désir irrépressible de revenir au plus vite comme de découvrir, dans un même élan, d'autres pays d'Amérique du Sud. Les occasions n'ont pas manqué et, chaque fois, j'y ai trouvé un nouvel oxygène. Par la langue, la famille, les amitiés, les livres, les images, la musique, que sais-je encore, de toutes les manières une grande part de moi-même vit là-bas en permanence. Mais la Colombie que j'ai commencé à connaître à partir de 1969 (puis beaucoup d'autres contrées latino-américaines) ne ressemble guère à celle dans laquelle je vivais auparavant, alors qu'il s'agit du même territoire et du même peuple. On dirait deux univers parallèles et en miroir qui n'ont cessé de s'éloigner l'un de l'autre au fur et à mesure que passaient les décennies. À ce phénomène inéluctable s'ajoute une particularité d'ordre géographique et mental : ma première Colombie, au fond la plus tangible pour moi, se situait à Paris tandis que son double réel, celui de la cordillère des Andes, se trouve de l'autre côté de l'Atlantique et s'étend jusqu'au Pacifique. Si je regarde en amont avant que le temps n'efface presque tout, je vois d'abord Camilo parmi nous…

***

Au souvenir de ces années-là, pourquoi est-ce son visage qui, en premier lieu, me vient à l'esprit ? Dans le cercle familial, tout le monde désignait ce jeune prêtre au regard d'un bleu lumineux par son seul prénom : « Camilo ». En Colombie comme dans l'ensemble du sous-continent il est certes devenu une figure iconique, et le modèle par excellence de la « théologie de la libération », dont la légende tient pour une large part à une mort dramatique : en février 1966, peu de temps après avoir choisi la voie de la guérilla, il fut tué au cours d'un affrontement avec les militaires. Malgré le rapprochement possible entre son destin et celui de Che Guevara, il faut néanmoins se garder de verser dans l'imagerie révolutionnaire propre à la catéchèse castriste. Au contact de ce cousin très cher de ma mère (selon l'usage, un « *tío* » pour moi), j'ai entrevu de manière fugace le rayonnement particulier qui émanait de sa personne, cette assurance tranquille et souriante dont bien des photos ont gardé le reflet. J'avais à peine seize ans lorsqu'il mourut et, quoique déjà très sensible à tout ce qui pouvait provenir d'Amérique latine, j'étais trop jeune à l'époque pour prétendre aujourd'hui apporter autre chose que des éclats de mémoire où l'imaginaire occupe une place certaine. La Colombie reste une forme de roman personnel dont chaque jour je tourne des pages. Il n'empêche : mon intérêt et mon affection pour Camilo Torres Restrepo ne tiennent pas de l'illusion – je le vois encore parmi nous à Paris ou pendant des vacances d'été en Espagne – et, comme cet attachement est resté constant, je n'ai cessé d'interroger des témoins ou de chercher à son sujet documents, livres, journaux, films, archives diverses. Le destin fracassé de cet homme mort à trente-sept ans en toute connaissance de cause – ses dernières proclamations connues prouvent qu'il mesurait les conséquences d'un engagement dans la lutte armée en ayant recours à une phraséologie aux résonances inquiétantes : « Colombiens ! N'oublions pas de répondre à l'appel du peuple et de la révolution ! [...] Pour l'unité de la classe populaire jusqu'à la mort ! Pour l'organisation de la classe populaire jusqu'à la mort ! Pour la prise du pouvoir par la classe populaire jusqu'à la mort ! [...] PAS UN PAS EN ARRIÈRE ! LA LIBÉRATION OU LA MORT ! » –, ce combattant n'ayant jamais renoncé à sa vocation sacerdotale malgré les objurgations de l'Église et filant droit vers une autre forme de Saint Sacrifice, représente pour moi une énigme insoluble liée, il va de soi, à mon atavisme pour tout ce qui touche à la Colombie et, plus généralement, à l'Amérique latine. Le destin tragique de Camilo Torres, je le perçois d'abord à travers un prisme personnel, celui d'une famille et d'un milieu social dont je suis pour une part issu, sans présomption ni honte : il a fallu s'en accommoder, c'est tout.

Des Colombiens à Paris

Portant le double patronyme illustre dans son pays Holguín y Caro, mon grand-père maternel avait été reconnaissable dans sa prime jeunesse à ses cheveux roux ; peu à peu il vira plutôt au blond, une couleur que l'espagnol colombien désigne sous le terme « *mono* ». Dans le cercle de ses enfants puis de ses petits-enfants, il devint donc « Papámono » tandis que pour nommer ma grand-mère, née Vargas Torres, c'était plus simple : « Mamáma ». Après guerre, des postes diplomatiques à Paris leur donnèrent l'occasion de partager le même appartement que mes parents obligés de fuir une Colombie trop instable : trois adresses successives où nous vécûmes ensemble à l'ombre portée de Bogotá, mais aussi de Medellín ou Cali, Manizales, dans la « *zona cafetera* », ou Popayán, la plus belle des villes avec Cartagena de Indias. Dès lors, nous nous trouvions en France de façon un peu paradoxale, comme par le biais d'autres repères. En dépit d'une expatriation de longue date en Europe qu'ils pressentaient irrémédiable sans jamais le concéder, mes grands-parents vivaient tels des Colombiens à part entière, acceptant par une forme de concession polie de se plier aux usages parisiens tout en gardant d'imperceptibles distances. La cohabitation si naturelle avec eux obligea toute la famille à s'exprimer principalement en espagnol et, malgré notre vie quotidienne à Paris, le français gardait de façon plus ou moins implicite un statut de deuxième langue, talonnée de près par l'anglais puisque ma mère restait marquée par ses années de pensionnaire dans un collège du Sussex tandis que mon père travaillait pour le groupe de presse et d'édition américain Time Life. Si au sein de la famille la langue espagnole régnait à l'oral, sa pratique à l'écrit se révéla pour nous les enfants un peu moins aisée du seul fait déjà de notre scolarité française. Il fallut toute l'obstination de ma mère pour que nous parvenions à maîtriser la syntaxe et l'orthographe d'une langue dont l'usage nous paraissait trop familier. Le plus souvent, elle voulait nous entendre lui parler en espagnol et jusqu'à la fin elle ne transigea guère sur ce point ; de même pour la correspondance. Au moment de mon passage en pension, ses réponses à mes lettres, en espagnol bien entendu mais agrémentées si nécessaire de quelques expressions françaises ou anglaises, étaient accompagnées chaque fois d'un long feuillet rectificatif recto verso : au recto, une colonne intitulée « tu écris » énumérant les nombreuses fautes commises et, en regard, une colonne « on doit écrire » avec les corrections ; au verso, une série de verbes à apprendre ou réviser (« *ser* », « *haber* », « *jugar* », « *ir* », etc.) avec leurs conjugaisons respectives. Le feuillet bien rempli se terminait par une ferme injonction : « J'espère que cela te sera utile ! » Après m'être maintes fois rebellé contre une telle opiniâtreté, la gratitude bien sûr l'a emporté depuis longtemps : l'espagnol demeure ainsi ma « langue maternelle » et une source de bien-être lorsque j'ai l'occasion de l'entendre ou de le lire – tous les jours ou presque à travers la presse. Mon bilinguisme, même s'il est resté orphelin depuis la mort d'une mère sachant jouer à merveille des subtilités de sa langue, m'apporte encore une richesse cachée, la possibilité de m'exprimer ou ressentir autrement. Cette contiguïté établie avec un autre idiome se double par surcroît d'un profond sentiment d'appartenance à ce vaste monde qui, dès notre jeunesse, nous a projetés loin de l'Hexagone : l'Amérique du Sud. Aujourd'hui dans une rue de Paris, dans un café ou un restaurant, le métro, les bus ou un magasin, chaque fois que je croise des gens parlant espagnol une sorte d'ouïe particulière m'incite à vouloir déceler le plus vite possible de quels pays respectifs ils peuvent provenir. Entre les natifs d'Espagne et des Colombiens, il existe des tonalités d'expression souvent assez proches (du moins en ce qui concerne Bogotá) bien différentes de celles des habitants du cône sud, les Argentins surtout. Le jeu, pour moi, consiste alors à deviner, quitte à me départir de ma réserve pour aller vérifier ; quelle satisfaction quand je tombe juste ! Et, du nord au sud, si par hasard j'entends la moindre chanson de la Mexicaine Chavela Vargas, de la Chilienne Violeta Parra (« Gracias a la vida ») ou de l'Argentine Mercedes Sosa – pour m'en tenir à des noms très connus –, je ressens une réelle émotion ; peut-être encore plus avec Atahualpa Yupanqui, d'origine à la fois quechua et basque. Impossible de résister, il faut bien l'avouer, au balancement malicieux d'un air populaire venu de Colombie que nous sert le groupe El Combo de las estrellas : « *Me voy para Medellín, a la feria de las flores / me voy a encontrar allí mis querencias, mis amores…* » (« Je pars pour Medellín à la feria des fleurs / je pars y trouver mes désirs, mes amours… »). Dans un tout autre registre, si le génie pianistique d'un interprète comme l'Italien Arturo Benedetti Michelangeli tient de l'évidence, j'accorde toujours une écoute particulière à Martha Argerich ou Nelson Goerner, Claudio Arrau ou Nelson Freire du seul fait de leurs origines respectives, l'Argentine, le Chili ou le Brésil. Par-delà le caractère universel du langage musical, j'imagine déceler en filigrane, à travers le tempérament et le style de tous ces artistes exceptionnels venus d'Amérique du Sud, quelques traces de leurs biographies.

Il s'agit d'une chimère, mais qu'importe. À dire vrai, comme tant d'autres personnes partagées, je ne me sens pas d'ici ni de là-bas, plutôt entre les deux, toutes proportions gardées un peu à l'instar du Franco-Uruguayen Jules Supervielle (« Julio » pour ses amis) dans ses allers-retours continuels et sans illusions entre les deux rives de l'Atlantique, ainsi qu'il le note dans l'un de ses poèmes : « Tu voudrais jeter des ponts de soleil entre des pays que séparent les océans et les climats, et qui s'ignoreront toujours. » Entre la France et la Colombie, au fond je n'ai jamais su ni voulu choisir tout en ne vivant pas là-bas. Ma mère portait le deuil de son pays natal, une nostalgie qui à l'occasion pouvait traduire un certain « *malestar* », quelque chose entre le malaise et l'inconfort, même si elle se laissa emporter par l'attraction indéniable d'une grande capitale telle que Paris. Je trouvais sa mélancolie colombienne assez mystérieuse mais, au fil des ans, j'en suis venu à mieux la comprendre sur ce point-là.

En ce qui concerne l'usage de l'espagnol, quel ne fut pas mon étonnement de découvrir au hasard d'une lecture que ma mère se comporta exactement comme son grand-père, Carlos Holguín, lorsque dans les années 1880 celui-ci effectua une très longue mission diplomatique en Europe. Les aînés de ses nombreux enfants avaient alors entre dix et quatre ans et, à chacun d'entre eux selon les âges, il prenait le temps d'écrire des lettres circonstanciées en espagnol mais aussi en anglais ou en français, insistant à plusieurs reprises sur l'importance d'une bonne maîtrise des langues et corrigeant méthodiquement les fautes dans les lettres reçues. De fait, sous l'impulsion de leur mère, Margarita Caro, issue d'une famille de grands lettrés, les enfants écrivaient régulièrement à leur père et lui envoyaient des nouvelles ou des sollicitations en toute liberté, tel l'un d'entre eux lui disant : « Puisque tu es mon papa, j'ai le droit de te demander ce que je veux. » Les souhaits de cadeaux ne cessèrent jamais, dans des genres très divers mais simples : montres, poupées, livres, crayons, cahiers, soldats de plomb, boules de cristal ; le plus jeune réclama une fois un revolver tandis qu'un autre demanda un théâtre imaginaire, sans doute en carton. Carlos Holguín veillait particulièrement à l'éducation de son aîné Hernando (1871-1921) qui se fera connaître plus tard dans le domaine du droit, des lettres ou de la philosophie et par une riche carrière politique : le ministère des Affaires étrangères, la présidence du Sénat et de la Chambre des représentants, des ambassades en France et en Espagne. En janvier 1881, le père alors à Paris prévenait son fils qui fêterait bientôt ses dix ans : « Celui qui ne connaît ni l'anglais ni le français, même s'il connaît beaucoup d'autres choses, se retrouve comme une poule dans une basse-cour inconnue et s'expose à passer pour un idiot y compris s'il est très intelligent [...]. Les langues s'apprennent au cours de l'enfance : les vieux ne les apprennent pas. Je suis fou à l'idée de recevoir une lettre de toi en anglais, même mal tournée, mais écrite par toi en personne. » Un mois plus tard, il recommande vivement à son fils de pratiquer l'anglais avec sa mère ou ses oncles puis, peu de temps après, lui envoie une devinette dans cette langue pas simple à résoudre. Par un autre courrier, cette fois en espagnol, il le réprimande gentiment : « Le mot "*beso*" s'écrit en anglais "*kiss*" et le pluriel "*kisses*". Pourquoi ne vérifies-tu pas dans un dictionnaire en cas de doute ? » Lorsque Hernando atteint les quinze ans, cette fois le français devient prioritaire dans les échanges et le père peut raconter, entre autres, une réception à l'Académie (celle de Ludovic Halévy, en 1886). Même traitement pour ses filles dont il corrige les fautes en espagnol et en anglais, expliquant les différences entre « *Mrs* », « *Miss* » ou « *Misses* » ou indiquant que, si les Anglais disent « *give me the book* » et non « *give to me the book* », presque jamais ils ne suppriment le « *to* » avec le verbe « *write* ». Pour l'une d'entre elles qui accumula les bourdes en voulant dire, à la fin de sa lettre, qu'elle ne parvenait pas à écrire plus longuement dans cette langue anglaise, il décortique toutes les erreurs commises, les analyse point par point avec des précisions de vocabulaire ou de syntaxe et, au bout de trois paragraphes, conclut par la bonne formulation : « *I cannot write any longer in this language.* » Mais Carlos Holguín n'oublie pas pour autant d'envoyer à ses filles toutes sortes d'impressions sur ce qu'il voit en Europe et, par exemple, la mode des cheveux coupés court à la manière des garçons : cette vogue lui paraît très seyante et pas seulement pour les plus jeunes.

Nous habitions à Paris mais en même temps ailleurs et, au sein de la famille, le mot « étranger » n'avait guère de sens, d'autant que les échanges comme la circulation continue entre trois langues tranchaient avec le monolinguisme si dominant chez les Français à cette époque, pour la plupart prisonniers de leur culture nationale. Plus tard, je découvris une remarque du prince de Ligne assez conforme par transposition à mon sentiment d'appartenance incertaine, en balance permanente entre l'Europe et l'Amérique du Sud : « J'aime mon état d'étranger partout : Français en Autriche, Autrichien en France, l'un et l'autre en Russie, c'est le moyen de se plaire en tous lieux, et de n'être dépendant nulle part. » Dans cet environnement polyglotte et cosmopolite, si chacun admettait l'évidente prééminence historique et culturelle de la France, de l'Angleterre ou des États-Unis, notre nation de cœur restait sans conteste la Colombie, présente à travers divers éléments du décor : fauteuils de style colonial aux dossiers droits avec du cuir ou de la toile rêche, pièces d'argenterie (plats, timbales, jattes), bibliothèques garnies de volumes signés par des auteurs du pays (en priorité de l'histoire mais aussi une part notable accordée à la poésie : mon grand-père en premier lieu et, par la suite, ma mère récitaient régulièrement des « *versos* » dont la musicalité les enchantait. En aucune manière synonymes d'un mode d'expression à part, les moments de poésie semblaient vécus comme des temps d'arrêt naturels, pour ne pas dire nécessaires, dans la journée ; et alors qu'à l'école les récitations tournaient en général à la grandiloquence, chez nous on n'en faisait pas tout un plat, bien au contraire : même si les « *versos* » choisis exprimaient un sentiment de tristesse, il s'agissait d'abord d'une pause à caractère ludique). Je me souviens, discrètement posés sur les rayonnages, de divers signes d'appartenance à la tribu lointaine, des médailles ou des pièces de monnaie (les « *pesos* »), d'un coupe-papier orné de la figure de Bolívar ou d'un petit écusson métallique aux couleurs et armoiries nationales (jaune, bleu, rouge avec un condor déployant ses ailes au-dessus de la devise *Libertad y orden*) ; je revois encore, accrochés aux murs, les encadrements d'anciennes cartes géographiques de la république de Nouvelle-Grenade et de plusieurs gravures, aussi bien le vieux quartier de la Candelaria à Bogotá que la façade baroque de la Capilla del Sagrario à côté de la cathédrale, les paysages ruraux autour du rio Magdalena, le grand fleuve national, ou les pentes abruptes de la cordillère dans la Sierra Neva de Santa Marta, avec son pic culminant au-dessus des 5700 mètres. Au milieu de tous ces repères si familiers, se détachaient quelques toiles aux couleurs chatoyantes réalisées par l'une des sœurs de mon grand-père, Margarita Holguín y Caro. Surnommée dans la famille « Mamalita », elle fut en Colombie l'une des premières femmes à vivre de son art et une infatigable éducatrice au service des jeunes. Sur le modèle de la chapelle Notre-Dame-de-Grâce à Honfleur qui l'émerveilla, elle fit construire à Bogotá Santa María de los Angeles : une petite église dont on lui doit toute la décoration, depuis les fresques jusqu'aux formes d'un autel de marbre et d'argent ou aux broderies de la nappe le recouvrant. Peintre et dessinateur hors pair, mon cousin Luis Caballero Holguín, qui deviendra l'un des artistes les plus connus de sa génération après celle de stars comme Alejandro Obregón ou Fernando Botero, prit l'initiative vers l'âge de seize ans, malgré son manque d'assurance et sa timidité, de se jucher sur un échafaudage pour aller rafraîchir ces fresques. Imaginer le cher Luis, dont toute l'œuvre ultérieure sera traversée par la violente expression du désir homosexuel, en train de redonner plus d'éclat aux multiples angelots de cette petite église : quel réjouissant tableau ! Il est vrai que, dès l'adolescence, il se montrait également un lecteur passionné de grands mystiques comme saint Jean de la Croix ou sor Juana Inés de la Cruz. Plus tard, Luis Caballero déclarera que l'exemple de notre grand-tante Mamalita représenta l'une des plus fortes impressions artistiques de son enfance, notamment lorsqu'en dépit de sa quasi-cécité elle continuait devant lui à peindre dans le jardin de sa maison. Et elle excellait précisément dans la peinture de paysage, si l'on en juge par nombre de ses œuvres (on peut facilement en retrouver quelques reproductions sur Internet).

Pour nous les plus jeunes, l'imagerie colombienne de l'appartement parisien recelait de singuliers et troublants mystères : ce décor illustrait un monde dont nous comprenions et lisions sans peine la langue partout présente autour de nous, par exemple les titres des livres alignés dans les bibliothèques, mais sur lequel flottait une part d'irréalité. Nous ne connaissions pas « en vrai » le pays d'où provenait notre espagnol si familier. En revanche, dès que l'on passait aux moindres choses tangibles, on ne se posait plus aucune question et l'on profitait de nos merveilleux privilèges de petits Sud-Américains par procuration. Jamais je n'ai oublié, sur le rebord de la baignoire, ces simples calebasses appelées « *tutumas* » follement amusantes pour s'asperger ou s'en servir de couvre-chef farfelu; nous aimions alors partager notre joie avec tout le monde, y compris la si discrète Maquita. Jusqu'au tout début des années 60, cette petite femme colombienne vivait parmi nous dans l'appartement parisien sans qu'on fît attention à son statut un peu particulier. Je lui garde une affection spéciale et sa présence m'accompagne encore.

Vieille et menue à la peau très métissée, Maquita – je l'ai appris beaucoup plus tard alors qu'elle me semblait un membre à part entière de la tribu, dormant dans une chambre à côté de la nôtre – était en réalité une personne d'origine inconnue engagée par mon arrière-grand-mère, dite « Mamá O », pour garder sa fille unique, devenue plus tard « Mamáma », notre grand-mère. Orpheline sans doute abandonnée assez tôt par ses parents et de date de naissance incertaine – selon ses dires, son anniversaire tombait le 11 novembre –, elle se présenta à mon arrière-grand-mère, j'ignore dans quelles circonstances, avec le prénom de Martina puis, à travers les générations successives, resta présente chez nous sous le nom de « Maquita », là encore je ne sais pas pourquoi. À sa mort, en 1959, on l'enterra dans un caveau familial au cimetière des Batignolles près de la porte de Clichy en lui attribuant comme patronyme, gravé sur la tombe, celui de ma grand-mère avant son mariage: « Vargas » simplement au lieu de « Vargas Torres ». Maquita se retrouve aux côtés de mes grands-parents, mais aussi, coïncidence curieuse, d'un autre… Camilo Torres, le frère de Mamá O qui, au début du siècle, exerça d'importantes fonctions publiques telles que secrétaire général de la Présidence et ministre des Finances; plus tard, par sa générosité et ses innombrables attentions, ce « *tío Camilo* » resté sans enfants fut littéralement considéré comme un ange protecteur. Nous adorions Maquita et, en même temps, je ne fus pas docile avec cette femme si frêle et ridée qui, parfois, nous surveillait pendant nos jeux et querelles d'enfants. Il m'en coûte de l'avouer et pourtant j'y tiens par fidélité à son souvenir : une fois, je devais avoir dans les cinq ou six ans, sans doute après une quelconque réprimande, je lui ai donné une gifle. Un sentiment presque immédiat de honte m'a envahi mais ce geste détestable ne se peut effacer, de même que jamais je n'oublierai le regard triste et désarmant de Maquita à ce moment-là. Personne n'ignorait son état d'illettrée et, par une marque élémentaire et implicite du savoir-vivre que chacun respectait, on évitait de la mettre dans une situation embarrassante, ainsi de devoir lire le moindre mot sur une feuille imprimée. Quoique ce fût très rare, cela pouvait arriver par méprise et alors Maquita, au lieu de détourner le regard, se contentait d'un sourire fixe en agitant ostensiblement l'index de sa main pour signifier « non, non… » On ne s'en rendait pas compte mais elle joua chez nous, de la manière la plus discrète, un rôle non négligeable, par exemple auprès du jeune frère de ma mère, mon oncle Alvaro. Il était parti très tôt de Colombie, à l'âge de trois ans, pour rejoindre l'Europe où son père occupait des postes diplomatiques ; après des études en Angleterre et en France suivies de débuts professionnels dans la banque à Paris, il ne revint à Bogotá qu'en 1958, tout juste marié. À sa descente d'avion, le véritable comité d'accueil familial qui l'attendait l'embarrassa pour le moins dans la mesure où il se retrouva face à des visages pour la plupart inconnus, même s'il avait pu apercevoir certains d'entre eux lors de leur passage à Paris. En revanche, mon oncle Alvaro ne fut nullement désorienté par sa première promenade dans le centre historique de Bogotá et le quartier aux alentours : ses parents mais surtout Maquita lui en parlaient tout le temps. Dans les albums photo conservés par ma sœur, on la voit parmi nous, habillée de façon assez austère mais sans rien de distinctif par rapport aux autres. Je me souviens d'un détail indiquant la manière dont nous la considérions comme un membre à part entière de la famille : au moment des repas, Maquita pouvait selon les jours se retrouver placée aussi bien en bout de table qu'au centre, pas loin de mes grands-parents. Il n'y avait pas d'ordre ici, aucune forme de préséance, sauf lorsque la présence d'une personnalité connue obligeait au respect de certains codes. Le plus souvent, dans de telles circonstances nous ne mangions pas avec les grands mais en compagnie de Maquita justement (pas du tout offusquée, au contraire : elle craignait les gens extérieurs au cercle familial) qui se montrait d'une gentillesse excessive face à nos caprices. Elle était l'image même de la bonté innocente. Et l'on aura beau me soutenir n'importe quelle opinion savante, argument justifié ou ineptie facile sur la « classe dominante » – ce qui était bien le cas de ma famille colombienne mais sans le capital financier supposé –, j'ai la certitude qu'en vivant avec nous Maquita pour sûr échappa à un destin funeste.

Épistolière assidue passant beaucoup de temps à taper sur son Underwood de longues missives dont elle gardait les doubles grâce à du papier carbone, ma mère était récompensée en retour par l'arrivée continuelle d'enveloppes « *by air mail / por avión* » souvent affranchies avec des timbres à l'effigie du glorieux « Libertador », ou alors reproduisant soit des avions ou des hôtesses de la compagnie Avianca, soit des oiseaux et des fleurs de toutes les couleurs. Son activité quotidienne de correspondance aurait pu illustrer, toutes proportions gardées, la locution latine « *Nulla dies sine linea* » dont tant d'auteurs ont fait leur devise. Mais chez elle cette tâche primordiale ne relevait en aucune manière d'une quelconque aspiration à l'écriture « littéraire » : simplement, écrire des lettres permettait de garder le plus de liens possible avec la Colombie et il lui fallait coûte que coûte bien rédiger, apporter du soin au récit, le nourrir par des tas de détails ou d'anecdotes, quitte à se perdre dans des circonvolutions, pour favoriser des réponses. De tempérament plus expansif que celui de sa fille aînée, ma grand-mère pour sa part débordait d'enthousiasme jusqu'à se montrer parfois d'une rare impatience. Elle aimait se faire conduire dans la 403 à la plaque minéralogique de couleur verte, signe distinctif du corps diplomatique, par le chauffeur Alexis, un homme dans la soixantaine aux belles moustaches, toujours en casquette pendant le service, alors que rien ne l'y obligeait, et d'une courtoisie exquise mais beaucoup trop prudent à son goût. Comme plus d'une fois elle le pressait, inexorablement il répondait sur un ton aussi affable que résolu : « Madame Holguín, vous le savez, il vaut mieux arriver en retard que dix minutes en avance au cimetière. » Elle insistait : « Mais, Alexis, je vous assure, la plaque verte nous protège, vous avez le droit d'aller plus vite ! » Rien n'y faisait, la 403 poursuivait sa course de lenteur à travers rues et avenues dans le plus scrupuleux respect du code de la route. Si la fougue naturelle de ma grand-mère pouvait l'entraîner à abuser un peu de son statut d'épouse de diplomate, c'était toujours de façon cocasse, disons avec un toupet désarmant. Au début des années 60, elle décida de nous emmener voir dès sa première semaine de sortie *Le Jour le plus long*, le film spectaculaire sur le débarquement des Alliés en Normandie. Devant la bien nommée salle « Ambassade », l'interminable file d'attente ne la découragea en aucune manière : après quelques minutes seulement, elle nous demanda de la suivre jusqu'à la porte d'entrée du cinéma où, à notre stupeur teintée d'une certaine gêne, elle exhiba sous le nez du préposé pris de court une pièce d'identité diplomatique qui fit impression et nous servit de sésame. Une fois que nous fûmes bien installés dans les fauteuils, l'obscurité de la salle permit de vite oublier les quelques regards désapprobateurs : après tout, autant en profiter !

La Navidad et la... canasta

Nous habitions donc en France et pourtant l'esprit comme les conversations amarrés en permanence à des milliers de kilomètres de là, vivant dans « un paysage échappé de ses fuseaux » pour reprendre une image de Supervielle dont la mémoire balançait entre les rives du Río de la Plata et celles du boulevard Lannes. Coïncidence, le poète franco-uruguayen vécut un moment boulevard de Beauséjour, l'une des adresses où ma famille résida longtemps – mon grand-père puis, quelques années après, ma mère sont décédés là – et, en y allant, je pensais souvent à son récit fantastique *L'Homme de la pampa* au cours duquel l'« *estanciero* » Guanamiru, personnage richissime bien entendu, débarque en Europe un volcan en modèle réduit dans ses bagages (une reproduction à petite échelle de la construction explosive qu'il avait fait bâtir pour compenser la tristesse d'une pampa trop plate à son goût). Sans verser dans de telles extravagances, les occasions de se sentir certes à Paris mais, en même temps, dans une Colombie rêvée ne manquaient pas, provoquant tout de suite la bascule de notre vie courante vers un autre décor. Il va de soi, les dates de fête du calendrier préparées au moins deux semaines à l'avance se teintaient d'une coloration particulière, insensiblement l'ambiance changeait comme si un nuage andin ou une vague de la côte caraïbe étaient passés par là. À l'approche de la Noël, ou plutôt de la Navidad, on ressortait les éléments de décor destinés à la construction d'une crèche imposante mais sobre : d'un côté une boîte en bois agrémentée de paille, d'une auge miniature et d'une étoile pour figurer l'étable, de l'autre un empilement de valises recouvertes de papier imprimé couleur ocre pour représenter la terre aride aux alentours où allaient paître, veillés par quelques bergers, une bonne douzaine de moutons miniatures. Tous les soirs, du 16 au 24 décembre, il convenait de se réunir devant cette reconstitution bringuebalante et de sacrifier au rituel obligatoire de la « *novena* » (« la neuvaine »), tradition fort ancienne en Colombie et en Équateur destinée à mieux attendre ensemble avec des prières, des ritournelles chantées et des bâtonnets phosphorescents l'arrivée prochaine du Messie. Au terme de ce parcours préparatoire, le jour du 25 décembre apparaissait en plein milieu de la crèche un enfant Jésus en porcelaine à la joliesse un peu mièvre, dont la taille disproportionnée par rapport à l'âne et au bœuf tenait du prodige incontestable.

Un article récent du merveilleux écrivain natif de Medellín Héctor Abad évoque une promenade en compagnie de son ami et traducteur Albert Bensoussan, au cours de laquelle celui-ci, à un moment, s'enquiert d'une synagogue pour aller prier. Ensemble ils s'y rendent et Albert explique à Héctor, un peu étonné par cette démarche, qu'appartenant à une communauté massacrée au cours de son enfance au point d'avoir failli disparaître, il lui est devenu nécessaire, impératif même, de garder et conserver certaines traditions sans leur attribuer forcément leur sens religieux originel : juste un geste indispensable d'existence, une forme de résistance culturelle. Albert Bensoussan se définit comme « pratiquant, non croyant ». Héctor Abad, dont la mère très catholique lui reprochait non d'être athée mais de le déclarer publiquement, reprend à son compte cette appellation assez originale en évoquant ses propres souvenirs d'enfance attachés au mois de décembre (date de publication de son article) d'abord marqué par la présence de la crèche de Noël. « Décembre, chez moi, cela voulait dire que l'on sortait les boîtes de la crèche, que l'on commençait à prévoir son emplacement et à s'interroger sur les nouveautés possibles de l'année. » Venaient, ensuite, quelques initiatives pas très écologiques : la coupe prématurée d'un sapin en pleine croissance et le prélèvement d'une substantielle quantité de mousse fraîche et humide (à Paris, pas commode de se procurer un si naturel élément pour agrémenter le tableau de la Nativité ; je ne doute pas, néanmoins, qu'en cas d'accès facile cette abondante mousse verte eût été intégrée à notre crèche). Aujourd'hui, Héctor Abad a dit adieu à son enfance depuis plus d'un demi-siècle et pense n'avoir jamais mis chez lui des décorations de Noël, ces affreuses boules dans le style de fausses pommes ou bien un ridicule simulacre de neige sous les tropiques. « La crèche, en revanche, n'a jamais cessé ne me paraître jolie » ; et il ajoute : « Voilà pourquoi en ce 1er décembre j'ai décidé, non sans une certaine gêne, de m'acheter une petite crèche pour la mettre dans mon salon. » Héctor Abad précise qu'il s'agit d'un ensemble miniature, presque invisible, avec juste six figurines : Marie et Joseph, l'enfant, les trois rois mages et les deux « animaux canoniques », l'âne et le bœuf : « J'ai cherché dans les Évangiles et je n'ai trouvé nulle part d'ânes ou de bœufs. Il paraîtrait que l'on doive l'introduction de ces mammifères à l'obsession de saint François d'Assise pour les animaux en s'appuyant sur les Évangiles apocryphes. Peut-être la crèche me plaît-elle parce qu'en dépit de l'interdiction formelle des trois grandes religions monothéistes à l'encontre de l'adoration de figures, aussi bien des idoles animales que des représentations humaines, on peut adorer là un enfant et ceux qui le protègent. » Héctor Abad énumère à sa manière les principaux protagonistes de la Nativité : un vieux incapable de féconder qui croit sa jeune femme tombée enceinte par l'opération du Saint-Esprit, une vierge mère, trois mages, parmi lesquels un Noir, avec leurs cadeaux et deux animaux réchauffant l'enfant de leur haleine. La crèche, dit-il, est un « vieil enchantement polythéiste » qui permet, à lui également ne croyant ni à Dieu ni aux dieux, de se déclarer « non croyant, pratiquant ». Signé par un auteur ne passant pas en Colombie pour un esprit réactionnaire, loin de là, on imagine aisément la consternation que peut provoquer aujourd'hui cet éloge de la crèche. À dire vrai, c'est réjouissant ! Bien qu'elle fût assez stricte sur les questions religieuses, je ne pense pas qu'une telle évocation de la crèche eût choqué ma mère qui acceptait volontiers toutes les mythologies chrétiennes mais pas les paillettes d'une fête de Noël devenue vide de sens. En matière de Nativité merveilleuse, la référence familiale toujours citée en exemple restait cette petite église pas loin de Cali où paraît-il, au cours de la messe de minuit, les voix de la chorale entamaient un long decrescendo et finissaient par se taire pour laisser place à des tintements de clochettes ; alors, les lumières de l'église s'éteignaient presque laissant l'assemblée dans la pénombre et, tout à coup, du haut d'un pilier grâce à un ingénieux système de poulies, l'Enfant-Roi descendait en majesté jusqu'à doucement atterrir dans son berceau entre Marie, Joseph, l'âne, le bœuf et une dizaine d'anges.

Quoique d'abord marquée d'une empreinte chrétienne, la fin d'année donnait aussi l'occasion de retrouver des coutumes culinaires plus variées que l'habituelle ration de riz avec œuf au plat et banane frite : roboratif mais lassant à la longue. Pendant les jours de Noël, on prenait donc le temps de mitonner « *el ajiaco* », une soupe composée avec différentes variétés de pommes de terre, des morceaux de poulet décortiqué, des oignons, des épis de maïs, des câpres, de la ciboulette, un peu d'origan, de la crème fraîche et, pour agrémenter le tout, quelques fines tranches d'avocat, fruit disponible en ces temps-là à Paris uniquement dans des épiceries de luxe. C'était Papámono lui-même qui partait en quête du trésor et revenait de son expédition chez Hédiard en exhibant tels des trophées deux ou trois avocats mûrs, guère plus, parfois même des mangues pour accompagner le dessert. On savait bien que manquait l'une des clés de la recette, ce goût légèrement amer et acidulé apporté par la « *guasca* », une herbe aromatique propre à l'Amérique du Sud, mais on n'y accordait guère d'importance. Comme on le voit, rien de luxueux dans la composition de l'« *ajiaco* » : c'était la saveur par excellence de la Colombie – ou plutôt de Bogotá, car il s'agit d'un plat typiquement andin mâtiné d'une touche hispanique – et cette soupe assez rustique suffisait à nous combler. Si l'on parvenait à dénicher de la farine de maïs, on cuisinait à la poêle toutes sortes d'« *arepas* », de savoureuses galettes fourrées à la viande ou au fromage. En revanche, le goût de certains fruits aux sonorités attrayantes dont nous entendions parler – « *guayaba* », « *papaya* », « *guanabana* » – restait un mystère. Sur un autre front, plusieurs heures durant on se relayait en cuisine pour faire tourner dans une grande casserole à feu doux du lait sucré – trop sucré… – qui, une fois figé, deviendrait le succulent « *arequipe* ». Enfin, comme l'Angleterre longtemps resta le port d'attache de la famille Holguín, les agapes de Noël se terminaient par le mémorable plum-pudding concocté bien à l'avance par l'une des sœurs de ma mère, Pepita. Après la traditionnelle flambée au rhum, on servait une bonne part à chaque convive et là commençait le suspense : dans les entrailles du copieux pudding, parmi les épices ou les fruits secs, se cachaient quelques éléments bizarres tels qu'une alliance de pacotille, un dé à coudre et deux pièces de monnaie, l'une de faible valeur, l'autre plus importante ; les symboles respectifs d'un mariage imminent, d'un célibat assuré ou d'une fortune plus ou moins grande. Une plaisante récréation aux yeux de ma mère qui, pour la forme, affichait néanmoins une double inquiétude : que l'alliance atterrisse dans l'assiette à dessert d'une tante d'un âge canonique restée célibataire (l'une des premières femmes en France devenue docteur ès lettres) ou, pire encore, que le dé à coudre soit choisi par l'une de ses amies demeurée vieille fille malgré moult tentatives pour lui trouver un conjoint.

Allez savoir pourquoi, dans le flot de visages et scènes d'intérieur, coloris et sonorités associés à notre vie de Colombiens expatriés à Paris, il me revient souvent en mémoire une grande séance festive, se répétant plusieurs fois par an, qui commençait dès le matin avec la mise en place de la table de la salle à manger munie de ses rallonges et recouverte d'une impeccable nappe au tour en guipure ; on disposait dessus un imposant service à thé et à café, des verres pour orangeade mais aussi pour du whisky, du porto ou du jerez, des assiettes à dessert et des couverts. Lors d'une seconde étape, le salon était envahi par une collection de chaises pliantes et de tables de bridge à la feutrine verte. Sauf qu'il ne s'agissait pas de bridge mais de canasta, le « *día de canasta* » orchestré par Mamáma, un joyeux brouhaha de conversations entre des dames pomponnées à souhait. Originaires pour la plupart de Colombie ou bien du Pérou, de Bolivie, d'Argentine, d'Équateur, du Venezuela, elles s'adonnaient à leur jeu de cartes favori tout en se régalant de gâteaux et tartelettes, cakes et meringues, petits fours et crêpes, oublies et biscuits aux formes les plus variées. Je me souviens du goût inimitable de minibeignets à la crème d'amande « *de chuparse los dedos* » (« à s'en lécher les doigts », délicieux quoi !). Dans des coupelles argentées, ces dames maquillées de façon soignée mais sans outrance, fleurant des parfums suaves et jacassant toutes en espagnol, pouvaient piocher truffes au chocolat, caramels ou carrés à la pâte de coing. Nous les enfants participions au spectacle sous prétexte d'aider au service : fort gourmandes mais accaparées par la partie en cours, certaines joueuses après un signe affectueux nous susurraient leur envie de telle ou telle friandise que, sur-le-champ, nous leur rapportions du buffet en échange d'un petit morceau. On appréciait les divers choix en connaissance de cause puisque au tout début de la séance, alors que les invitées bavardaient debout en attendant d'être au complet, nous en avions profité, et d'abord ma sœur à l'espièglerie constante, pour discrètement picorer sur le buffet quelques échantillons donnant l'avant-goût des réjouissances. Longtemps après, j'ai compris que les participantes à cette assemblée entretenaient une vogue à caractère autochtone, la canasta étant née dans un club de Montevideo vers la fin des années 30. Très vite, cette autre manière de combiner les cartes à jouer séduira et se propagera autour de l'Uruguay, remontera jusqu'au nord de l'Amérique du Sud pour finir par débarquer après guerre aux États-Unis où le nouveau jeu deviendra un phénomène tel que le magazine *Life* lui consacrera sa une. Le « *día de canasta* » de Mamáma donnait l'occasion d'assister à une pièce authentique du répertoire latino-américain interprétée à domicile par des comédiennes venues d'un même horizon mais différentes les unes des autres, ne serait-ce que par les intonations comme par les tournures de leur espagnol. La féerie de ces récréations périodiques constituait ainsi l'un des éléments nous offrant assez jeunes la possibilité de pressentir que là-bas, de l'autre côté de l'Atlantique, derrière une vaste communauté de langue, il existait une mosaïque de populations comme de nationalités, de repères historiques comme de coutumes. Toutes ces dames semblaient unies par leur indéniable appartenance à une même Amérique latine et pouvaient, à la fois, se montrer assez dissemblables entre elles.

Imagerie latino

Dès l'école, ce fut avec étonnement (plus tard, cela tournera à l'exaspération) que j'ai pu mesurer l'ignorance crasse sur ces contrées toutes confondues dans un ensemble aux données géographiques les plus élémentaires assez floues hormis la masse du Brésil et, parfois, la forme si étirée du Chili. Quant aux considérations politiques, on se contentait d'un air rogue ou avec un sourire condescendant de propos à l'emporte-pièce du genre « la-région-des-coups-d'État-militaires-à-gogo », sans opérer un minimum de distinguos entre les pays. Dans la seconde partie du XXe siècle (et jusqu'à aujourd'hui, d'ailleurs), la Colombie n'a connu qu'un seul coup d'État, celui de Rojas Pinilla en 1953, le chef d'état-major de l'armée plutôt bien accueilli par les partis traditionnels souhaitant mettre fin à trop d'instabilité politique et dont l'indéniable autoritarisme n'a tout de même pas basculé dans l'horreur répressive. Au bout du compte, ce général devenu un tantinet mégalomaniaque et aux pouvoirs abusifs sera jugé et condamné par les parlementaires. Dès les origines, en réalité, la prédominance des civils resta une constante admise dans le pays allant de pair avec des manifestations ahurissantes de sectarisme. Il faut reconnaître, en effet, que l'histoire de la Colombie se distingue, si l'on ose dire, par une propension inouïe à la violence sous toutes ses formes : guerres civiles, guérillas, paramilitaires, narcotrafic, etc. ; inutile d'ajouter au tableau une tradition de coups d'État qui n'a jamais été prédominante ici comme en Bolivie. Si l'on examine un peu l'histoire globale de l'Amérique du Sud, on prend vite conscience des schémas réducteurs dans lesquels beaucoup d'Européens se complaisent. Un exemple parmi tant d'autres : le Chili et le Pérou ont accédé à l'Indépendance en particulier grâce au même militaire, le fameux général José de San Martín, mais se sont affrontés violemment à partir de 1879 au travers de la « guerre du Pacifique », conflit qui a laissé d'importantes traces des décennies durant. On peut le montrer de multiples façons : toute l'histoire du sous-continent ne correspond en rien à celle d'un bloc monolithique. Voilà pourquoi, en réaction contre les simplifications tenaces et pour bien marquer les différences possibles de situation, le journaliste du *Monde* Marcel Niedergang intitula l'un de ses livres *Les 20 Amériques latines*. D'une manière plus générale, nous ressentions combien, sous le regard de supériorité satisfaite de beaucoup autour de nous, notre famille, aussi civilisée fût-elle, relevait pour eux de mondes exotiques, incompréhensibles et à l'occasion encore sauvages que l'on considère avec un zeste de commisération. Nous provenions en quelque sorte du Costaguana, ce pays d'Amérique du Sud où règne le tumulte imaginé par Joseph Conrad dans *Nostromo*.

Ma mère qui, malgré les apparences d'une parfaite osmose avec le mode de vie européen, n'oublia jamais sa terre natale se plaisait à raconter sur un mode sarcastique que, dans les années 50, une vieille dame de la meilleure société vendéenne lui avait un jour demandé : « Dites-moi, chère María Clara, est-ce que chez vous beaucoup de gens portent encore des plumes ? » Comme j'ai connu la dame en question, nullement demeurée et assez piquante parfois, je sais qu'elle était capable en toute candeur d'extravagances de ce genre. Mais au fond, je partage maintenant encore l'effarement de ma mère face à une interrogation aussi incongrue : comprenne qui voudra, une telle caricature en disait beaucoup sur l'étonnement un peu pincé de bien des Français à notre égard. De notre côté, nous les quatre enfants avons hérité à des degrés divers du teint un peu brunâtre, ce « *moreno* » si répandu dans le monde hispanique et qui, en France à ce moment-là, permettait d'être facilement repérables parmi les autres élèves sur la traditionnelle photo de classe. Un jour, dans la cour du collège, un bon copain par provocation me traita de « métèque » ; il ne devait pas comprendre la signification du mot, moi non plus du reste. J'ai juste ressenti quelque chose de bizarre. Un prétexte anodin à chamaillerie ? Peut-être ; mais je n'ai pas oublié. Plus tard, j'ai parfois constaté des réactions d'une étrange ambiguïté lorsqu'on découvrait mon appartenance à la tribu des « Latinos » via la Colombie, pays à la réputation il est vrai pas très rassurante. Par ailleurs, j'ai découvert que certains natifs de la péninsule Ibérique imbus de leur pur castillan et de la supériorité originelle de leur nation n'hésitent pas à traiter leurs homologues venus d'Amérique du Sud au parler ou aux accents différents de « *sudacas* », en quelque sorte des « métèques » précisément. Une réaction dépréciative dont on trouve, à son tour, des subdivisions au sein des pays de la zone : un Argentin peut très bien vous confier d'un air entendu que lui, au moins, n'est pas un « *sudaca* » comme tel Bolivien ou tel Péruvien. En tout cas, à Paris nous n'étions pas tout à fait d'ici et, faute de déterminer d'où nous venions au juste, on entendait n'importe quoi. Sans pouvoir le formuler de façon explicite, nous sentions que la plupart des Français se trompaient lourdement à propos de l'Amérique latine, *terra incognita* propice à toutes leurs divagations. Peu à peu, j'ai fini par le comprendre : la culture, spécialement au travers du monde des livres, et, sur un autre plan, les voyages offraient une échappatoire parfaite contre la chape des préjugés. Mais s'il existait bien en France une réelle volonté chez certains de prêter attention à tous ces mondes du Sud lointain, pourquoi alors la persistance de tant de malentendus et d'ignorance ?

Une forte poussée de fièvre maoïste entraîna jadis Julia Kristeva à formuler nombre de sottises coupables sur la « nouvelle humanité » chinoise. En revanche, lorsqu'elle a abordé sans verser dans le charabia un sujet la touchant intimement – née bulgare, elle prit assez jeune le chemin de l'exil à Paris –, on put lire un essai d'une rare justesse, toujours d'actualité et riche d'enseignements : *Étrangers à nous-mêmes*. Parmi les multiples thèmes abordés par Julia Kristeva, retenons cette double considération que seul quelqu'un de non français par ses origines mais ayant vécu suffisamment longtemps dans l'Hexagone peut énoncer d'une manière aussi claire : « Nulle part on n'est *plus* étranger qu'en France. N'ayant ni la tolérance des protestants anglo-saxons, ni l'insouciance poreuse des Latins du Sud, ni la curiosité rejetante autant qu'assimilatrice des Allemands ou des Slaves, les Français opposent à l'étranger un tissu social compact et d'un orgueil national imbattable. » Pour contrebalancer cette attitude hautaine et distante qui vire facilement à la condescendance, voire au mépris, il existe un mouvement inverse : « Pourtant, nulle part on n'est *mieux* étranger qu'en France. Puisque vous restez irrémédiablement différent ou inacceptable, vous êtes un objet de fascination : on vous remarque, on parle de vous, on vous hait ou on vous admire, ou les deux à la fois. Mais vous n'êtes pas une présence banale et négligeable, un M. ou une Mme Tout-le-Monde. Vous êtes un problème, un désir : positif ou négatif, jamais neutre. » Le cadre dessiné par Julia Kristeva correspond exactement à ce que j'ai pu éprouver depuis ma prime jeunesse mais en tenant compte d'éléments complémentaires qui modifiaient un peu la donne : d'une part, nous étions en réalité des demi-étrangers, français *et* colombiens, ou, selon les circonstances, colombiens *et* français, dans un entre-deux aux contours indéterminés (mais sans doute sommes-nous devenus beaucoup plus colombiens en vivant à Paris : il fallait à tout prix maintenir un lien constant avec le pays trop éloigné) ; d'autre part, et même si la situation a pu évoluer de manière sensible, notre côté sud-américains constituait un élément peu valorisant dans une société française d'une si notable rigidité vis-à-vis de l'autre ou, du moins, nous cantonnait souvent dans le domaine de l'exotisme. L'Amérique latine représenta toujours pour les Européens, et en premier lieu les Français, une immense contrée propice à la confection de mythologies trompeuses, ce que l'essayiste vénézuélien Carlos Rangel résuma bien en choisissant comme titre pour son livre clé *Du bon sauvage au bon révolutionnaire.* On se situe ici dans le domaine des fabulations sans autre lien avec la réalité que des projections mentales, au point que l'on peut entendre aujourd'hui encore des voix connues abuser de la crédulité du public sur la « révolution cubaine » au mépris de l'évidence depuis des décennies, celle d'une sinistre dictature tropicale. Avec des différences notables selon l'histoire comme la sociologie des pays, une majorité de Latino-Américains aspire plutôt, dans la sécurité, à une progression réciproque des libertés démocratiques et des ressources économiques. Quant à la croyance en un modèle « révolutionnaire », imposé violemment au profit d'une minorité éclairée et sous couvert d'une phraséologie émancipatrice, elle existe encore mais s'est en partie dissipée ; sauf chez beaucoup d'Européens, pour lesquels cela reste un merveilleux fantasme. Telle était la thèse centrale défendue il y a plus de cinquante ans par Carlos Rangel, « le Tocqueville de l'Amérique latine » disait Jean-François Revel qui, le premier, le publia à Paris avant la version originale en espagnol. Le livre obtint du succès et, à la fois, fut vilipendé ou traité avec dédain. Il est vrai qu'au beau milieu des années 70 traversées par tant de passions idéologiques, Rangel tenait des propos peu conformistes sur l'Amérique latine ainsi que sur l'aura très spéciale dont bénéficiait encore Cuba: « Comme du temps de la vogue du "bon sauvage", les yeux de l'Europe se sont tournés vers nous, non pas pour découvrir des vérités scientifiques, mais pour trouver des points d'appui à des préjugés, à des mythes et à des frustrations entièrement européens. Écœurée par le stalinisme, souffrant d'un complexe d'infériorité devant l'Amérique, l'Europe ravie a découvert en Fidel et continue à voir en Che le "bon révolutionnaire". Nous avons reçu ce flot de rhétorique avec certain plaisir mais aussi avec irritation. L'attention qu'on nous prêtait était flatteuse, mais faite d'une grande frivolité, d'une grande présomption et d'une grande condescendance. »

La relecture de certaines aventures de Tintin comme *L'Oreille cassée* ou *Le Temple du Soleil* en dit plus long que beaucoup de thèses savantes sur la vision que l'on peut avoir des Latinos. Certes, les albums conçus par Hergé et son équipe présentent un avantage considérable par rapport aux erreurs et inepties servies habituellement au grand public, dans la mesure où ils s'appuient sur une excellente documentation et des transpositions amusantes d'éléments identifiables puisés dans la réalité: le conflit entre le « San Theodoros » et « le Nuevo Rico » fait allusion à la guerre du Chaco entre la Bolivie et le Paraguay au début des années 30, le fétiche Arumbaya si précieux pour le conservateur M. Balthazar ressemble aux statuettes des Indiens Jivaros, les Picaros sont inspirés par les Tupamaros, groupe d'extrême gauche en Uruguay dans les années 60-70, etc. Pour autant, les paroles attribuées aux différents autochtones dans les scénarios correspondent avant tout à la représentation que l'on s'en fait en Europe. Dans *Tintin et les Picaros* (le dernier de la série puisque *L'Alph-Art* est resté inachevé), on retrouve l'impétueux général Alcazar dont les farouches résolutions révolutionnaires se voient entravées par l'éthylisme permanent de ses troupes ; Tintin propose ses services pour les guérir (grâce à une potion concoctée par le professeur Tournesol) en échange d'une renonciation à la violence après la prise du pouvoir. Réplique furibonde d'Alcazar : « Une révolution sans exécutions capitales ?... C'est impensable, voyons ! Ça ne serait pas sérieux !... Et puis, que faites-vous des traditions ? Hein, qu'est-ce que vous en faites ? Non, ce que vous me demandez là est impossible, amigo... Tapioca et ses ministres sont des tyrans sanguinaires et malfaisants... Ils seront tous fusillés ! Jusqu'au dernier ! » Finalement, un compromis honorable sera trouvé. Profitons-en pour signaler aux admirateurs des « *barbudos* » que l'une des premières décisions prises par Fidel Castro lors de son arrivée au pouvoir en 1959 fut le rétablissement de la peine de mort, disposition dont le régime a usé et abusé depuis lors au nom de... « convictions morales » et en s'appuyant sur des procès expéditifs. Ou aucun procès, c'était plus commode.

« Un Américain du Sud ou quelque chose comme ça… »

Parfois pour notre plus grand plaisir, les meilleurs écrivains n'échappent pas à quelques stéréotypes commodes et récurrents. Ainsi, la figure romanesque assez fréquente du richissime Latino-Américain venu dilapider sa fortune colossale en Europe. La mythologie liée au trésor caché des Incas, ce mirifique tas d'or ayant nourri l'imaginaire du « Vieux Continent » depuis l'époque des conquistadores au XVIe siècle, a doté le Pérou en premier lieu mais aussi les pays issus de la Grande-Colombie, puis l'ensemble du « Nouveau Monde », d'un statut quasi légendaire dont on retrouvera très longtemps après une sorte d'écho dans plusieurs livres. Lui-même riche héritier, Valery Larbaud s'est longtemps caché derrière l'arrogant Archibald Olson Barnabooth, un milliardaire aux 10 450 000 livres sterling de rentes né précisément au Pérou, dont il nous dépeint, à travers des poésies ou un journal, le personnage de parfait cosmopolite fréquentant les meilleurs palaces et se déplaçant à bord de luxueux paquebots ou de trains comme l'Orient-Express. Mais Barnabooth, qui est attendu en Amérique du Sud par la vieille Lolita de son enfance, finit par se lasser de l'Europe et retraverse l'Atlantique chargé de désillusions. Avec *Fermina Márquez*, roman magique de la fin de l'adolescence, Valery Larbaud nous entraîne ensuite au sein d'un pensionnat catholique de la région parisienne où la majorité des élèves viennent d'Amérique latine et sont issus de familles riches aux attributs bien typés : « Ces fils des armateurs de Montevideo, des marchands de guano de Callao, ou des fabricants de chapeaux de l'Équateur… » ; quant au père de l'héroïne, Fermina, c'est un banquier fortuné de Bogotá qui offre aux siens tous les moyens nécessaires pour séjourner très confortablement en Europe. *L'Homme de la pampa* du Franco-Uruguayen Jules Supervielle nous présente un personnage aux ressources illimitées mais qui, lassé de la vie émolliente dans son palais et de trop nombreuses estancias, par exemple les propriétés de Yacari, Tibijo ou San Jacinto, décide comme on l'a vu d'émigrer en Europe après avoir empaqueté dans ses bagages une étonnante invention volcanique. Histoire d'indiquer l'étendue de sa fortune en se servant d'une imagerie teintée de couleur locale, Supervielle note au passage que notre homme possède « plus de taureaux pur-sang qu'il n'en faut pour combler soixante mille vaches » et qu'il fait venir la meilleure paille fumeuse depuis la Hongrie… Pour sa part, Patrick Modiano a débarqué en littérature avec *La Place de l'étoile*, récit halluciné et douloureux annonçant un univers hanté par la période de la collaboration dont la première phrase parodique à dessein évoque des fonds un peu douteux : « C'était le temps où je dissipais mon héritage vénézuélien. » Une simple notation qui annonçait de façon discrète la présence future d'images assez floues mais constantes en provenance de l'univers latino. Et la persistance de ce thème comme la manière dont il est traité méritent qu'on s'y attarde.

Tout au long de l'œuvre de Modiano, l'Amérique latine apparaît par intermittence, soit de façon explicite, soit en filigrane, comme une vaste contrée où l'on s'adonne aux trafics les plus bizarres et dont les pays respectifs, peuplés d'aventuriers ou de femmes à l'étrange beauté, sont nimbés de secrets impossibles à percer. Dans l'un de ses récits les plus récents, *Chevreuse*, voici l'insaisissable Michel de Gama, appartenant sans doute à la famille du célèbre explorateur, dont la mère serait française tandis que le père aurait travaillé « dans une ambassade sud-américaine ». Cette simple indication confère à la narration une zone d'ombre supplémentaire. Le Latino le plus énigmatique et séduisant dans le monde interlope de Modiano se nomme Porfirio Rubirosa : on le croise à plusieurs reprises, dès *La Place de l'étoile* comme dans *Quartier perdu*, une nuit fort tard présenté au narrateur par Carmen (« C'était un comparse de mon père, avec une vie d'aventurier, quelque chose d'un peu inquiétant ») ou bien même dans *Une aventure de Choura*, court récit pour la jeunesse fort joliment illustré par Dominique Zehrfuss (dont les dessins permettent de retrouver divers éléments du début des années 60 : imposante devanture d'une salle de cinéma, lampadaire tripode du salon, vieux pick-up pour vinyle, la forme proche d'un crapaud de la Panhard PL17, etc.). Choura est un « labrador blanc aux yeux bleus, avec des grains de beauté sur le visage », ayant passé son enfance dans la banlieue parisienne en compagnie d'un pilote de ligne et d'une hôtesse de l'air. Ses maîtres, qui se disputent souvent, l'ennuient quelque peu et lui se distrait par des lectures, surtout de l'histoire de France, par exemple *Le Mouron Rouge*, un passionnant roman au cœur du XVIIIe siècle de la baronne Orczy. Pour échapper à la menace de l'envoi dans un pensionnat (Modiano a connu ce monde-là), Choura décide justement d'écrire à la romancière en lui confiant aussi bien son désespoir que le réconfort trouvé à la lecture du *Mouron Rouge*. Miracle, trois jours plus tard une grosse limousine arrive, le chauffeur en livrée ouvre la portière et invite Choura à monter pour le conduire jusqu'à Monte-Carlo. Devenu secrétaire de la baronne, le labrador blanc se souvient de soirées dans la luxueuse Villa Rose avec ses pins parasols, la terrasse, le ciel bleu, la piscine et la mer au loin; « Nous dînions souvent avec un vieil ami de la baronne qui avait un très joli nom. Il s'appelait Porfirio Rubirosa. Après le dîner, nous nous installions sur la terrasse, la baronne, Porfirio Rubirosa et moi, nous parlions très tard. » Rubirosa raconta une fois à Choura que, du temps de leur jeunesse, avec la baronne ils dansaient comme des fous; sur son incitation pressante, notre labrador romantique surmonta alors sa timidité pour inviter la baronne à se lancer dans une valse.

Dans la valse aux souvenirs en partie effacés, *Rue des Boutiques Obscures* occupe une place particulière en raison de l'ambiguïté du narrateur: un détective privé à peine sorti d'une amnésie passagère menant une enquête sur un individu qui semble être lui-même. Et ce roman (prix Goncourt 1978) baigne dans une ambiance latino-américaine qui devient centrale au fur et à mesure que ressurgissent les bribes plus ou moins tangibles d'un passé restant malgré tout incertain:

« Il se pencha un peu plus sur la photo et la scruta. Mon cœur battait fort.

« Mais oui… Je l'ai connu aussi… Attendez… Mais oui […]. Je crois que c'était un Américain du Sud ou quelque chose comme ça… »

Chacun appréciera à sa juste mesure ce « ou quelque chose comme ça »! Tout au long du roman, Modiano va par ailleurs multiplier les allusions à des légations diplomatiques latino-américaines, ambassades ou consulats, ces lieux choisis par excellence pour servir de couvertures diverses et abriter des énigmes qui laissent songeur à l'instar du « Consulat général de la République argentine en France, chargé des Intérêts helléniques en zone occupée »… Dans un vieux Bottin, le détective amnésique retrouve une liste d'ambassades avec les prénoms et patronymes de leurs membres respectifs, ministres plénipotentiaires comme conseillers, attachés militaires ou secrétaires, les adresses et les numéros de téléphone: République dominicaine, Venezuela, Guatemala, Équateur, El Salvador. Et l'on saisit au vol ce genre de notation qui, sait-on jamais, pourrait se révéler fort précieuse:

« Vous vous rappelez quand vous m'aviez proposé de me faire un passeport dominicain… ? Vous disiez que dans la vie, il fallait prendre ses précautions et avoir toujours plusieurs passeports… » Malgré les secrets brumeux attachés aux pas du détective, on comprend malgré tout que son passé est inexorablement lié à cette République dominicaine et, en particulier, à un diplomate, son ami Porfirio Rubirosa chez qui il habitait:

« C'était la bringue tous les soirs. […] Ton ami Rubirosa faisait venir des orchestres… jusqu'à six heures du matin… tu te souviens des deux airs qu'il nous jouait toujours à la guitare ? […] *El Reloj* et *Tú me acostumbraste*. Surtout *Tú me acostumbraste…* »

Peu à peu, on découvre d'autres éléments essentiels:

« Un jour tu m'as dit que tu servais plus ou moins de secrétaire à Rubirosa et que c'était une bonne planque pour toi… J'ai trouvé ça triste que Rubi se soit tué dans cet accident de voiture… » En tout cas, après avoir garni les bagages de liasses de billets de banque et s'être munie, grâce à Rubirosa, de passeports dominicains à l'efficacité hypothétique, tout une petite bande prit la fuite par le train en direction de la montagne, du côté de Megève. Le lieu de résidence ? Un chalet s'appelant « Croix du Sud », exactement comme le dernier avion de Mermoz, l'as des cieux à qui l'on devait tant de liaisons postales en Amérique du Sud et d'exploits à travers la cordillère des Andes; mais aussi comme la fameuse collection d'auteurs latino-américains publiée à partir du début des années 50 par Roger Caillois. Enchâssés au cœur des fictions de Modiano apparaissent souvent des allusions indirectes à des personnages ou des éléments réels qui brouillent encore plus les pistes, tels cette « Croix du Sud » donc, mais aussi la baronne Orczy bien connue pour des romans de cape et d'épée et, surtout, ce Porfirio Rubirosa, l'un des Latino-Américains les plus célèbres à Paris après guerre, mort accidentellement un petit matin de juillet 1965 en traversant le bois de Boulogne à bord de sa splendide Ferrari 250 GT. L'événement fit sensation et je me rappelle qu'un jour le jeune frère de ma mère, notre oncle Alvaro à l'humour britannique si marqué, nous gratifia à ce propos d'une remarque assez sarcastique. Il est vrai que ce lecteur assidu de Chesterton et Belloc, polémistes catholiques aussi redoutables que paradoxaux, devait considérer le charme légendaire de Rubirosa comme l'une des incarnations les plus flagrantes de Satan.

On a peine à se représenter aujourd'hui la célébrité mondiale de ce playboy sulfureux auquel Cédric Meletta a consacré il y a peu un *Tombeau pour Rubirosa* bourré d'informations et d'anecdotes parfois incroyables. Histoire de jauger la renommée éphémère mais bien réelle en son temps de ce séducteur latino, on y apprend par exemple que l'accident fatal de la Ferrari au bois de Boulogne donna lieu dans l'hebdomadaire *Paris Match* à un traitement exceptionnel, nécrologie, reportage et série de photos, s'étalant sur dix pages : « Plus que la mort de Staline. Un tout petit peu moins que l'assassinat de Kennedy. » L'impression de proximité avec le disparu se renforçait grâce au recours à un diminutif familier comme dans ce titre : « RUBI MORT AU VOLANT ». Un physique au magnétisme indéniable, plusieurs mariages entre autres avec les actrices françaises Danielle Darrieux ou Odile Rodin, d'innombrables liaisons parmi lesquelles une pléiade de starlettes comme Zsa Zsa Gabor, Rita Hayworth ou Ava Gardner mais tout aussi bien de pimpantes inconnues d'un soir, une réputation sexuelle démesurée, des liens supposés avec les bas-fonds de la vie politique et, pour sûr, avec un dictateur sanguinaire, une carrière de faux diplomate servant de couverture aux activités les plus douteuses, de mystérieuses sources de revenus y compris quelques soupçons de vols de bijoux à Madrid, des fêtes nocturnes à répétition, de la musique à gogo (il a composé un air interprété par sa deuxième femme l'actrice Danielle Darrieux et eut droit aussi par l'entremise du Trío Servando Díaz à une chanson en son honneur facilement trouvable sur Internet: « *¿Qué es lo tuyo, Rubirosa?* »), de l'alcool à flots, les jeux d'argent, les courses de chevaux ou de lévriers, les voitures de sport (avec deux participations aux « 24 heures du Mans » pas très convaincantes), des avions qu'il pilotait lui-même (cadeaux soutirés à deux autres de ses épouses multimillionnaires), les matchs de polo: citoyen de la République dominicaine et à l'aise partout où l'on était censé s'amuser, Porfirio Rubirosa cumula tous les ingrédients pour attirer les projecteurs sur lui. Une rumeur flatteuse et plusieurs fois certifiée par quelques-unes de ses amantes le dotait de surcroît d'un « chibriape » (mot forgé par Apollinaire) aux dimensions si étonnantes que l'on en retrouvait l'écho jusque dans les restaurants parisiens: les poivriers géants que le serveur présente avec un cérémonial quelque peu appuyé pour saupoudrer une pincée d'épice piquante sur votre assiette de pâtes furent baptisés des « Rubirosa », dénomination évocatrice qui longtemps perdura. Lorsque de nos jours la scène se produit, par exemple dans les établissements de cuisine italienne, cela m'amuse d'y songer, je l'avoue sans peine malgré l'air du temps. Les frasques du personnage n'ont pas manqué d'inspirer tout autant les gazettes de la vie mondaine que des écrivains de renom parmi lesquels Mario Vargas Llosa, Gabriel García Márquez, Truman Capote, Boris Vian, Georges Perec (dans la litanie de ses *Je me souviens*) ou, comme on l'a vu, Patrick Modiano. Dernièrement, à travers l'une des chroniques pétillantes de son *Carnet de bal (3)*, Marc Lambron n'a pas oublié d'évoquer ce « sextoy aux mille fortunes ». Quoi qu'il occupât l'attention de ses contemporains par de très diverses et plaisantes fredaines, on ne saurait oublier les liens déterminants de Rubirosa avec l'un des plus infâmes dictateurs ayant sévi en Amérique latine, région prolixe en spécimens de cette espèce : Rafael Trujillo. En 1930, un coup d'État sanglant permit à ce général d'accéder au pouvoir ; plus de trente ans après, un assassinat, sans doute téléguidé par des Américains le jugeant trop encombrant malgré leurs années de fidèle soutien, mit fin à un règne dévastateur pour la République dominicaine. Le « Bienfaiteur » se distingua, en effet, par la barbarie de méthodes allant jusqu'à des actions génocidaires contre des populations d'origine haïtienne, des viols systématiques en particulier de très jeunes filles, une cleptomanie à grande échelle pour détourner à son profit et sans scrupule les biens publics ou privés du pays, le recours à de multiples services de police pratiquant les pires tortures et la terreur face au moindre signe avéré ou supposé d'opposition à sa personne. Pour couronner le tout, sa mégalomanie le conduisit notamment à changer le nom de la capitale Saint-Domingue, joyau historique des Caraïbes dont l'origine remonte à la toute fin du XVe siècle, en « Ciudad Trujillo ».

Dans *La Fête au Bouc*, l'un des romans les plus impressionnants de Mario Vargas Llosa, on retrouve l'ambiance au temps de cette dictature insensée avec son sinistre ballet d'horreurs, de corruptions, de lâchetés et surtout une constellation de victimes marquées par des blessures indélébiles, en premier lieu le personnage d'Urania : à l'âge de treize ans, la jeune vierge fut offerte au tyran dans l'espoir de l'amadouer par un sénateur qui n'était autre que son père. Même si l'on peine à le croire, l'auteur s'inspire ici d'épisodes réels à l'instar d'une autre scène où un médecin, après maintes analyses et un examen attentif de Trujillo, estime de son devoir de lui délivrer son diagnostic : « Vous n'avez plus qu'à vous recommander à Dieu, Excellence. Votre affection de la prostate est cancéreuse. » Venue spécialement de Barcelone, une sommité émet un avis contraire. Quelques jours plus tard, le généralissime donne l'ordre de faire disparaître au large de Saint-Domingue l'insolent docteur qui avec « sa mauvaise science » l'avait inquiété (Trujillo en fait était bel et bien malade). Dès le milieu du XIXe siècle, l'Argentin Domingo Faustino Sarmiento, intellectuel, militaire et homme politique réputé qui accéda à la présidence de la République, donna naissance avec *Facundo* à ce qui allait devenir quasiment un genre en soi dans la littérature sud-américaine : le roman de la dictature. Dans la première partie du XXe siècle, l'Espagnol Ramón del Valle-Inclán élabora une sorte d'archétype aussi féroce que grotesque avec son roman *Tirano Banderas* dont la lecture impressionna beaucoup les Latinos (le tyran règne ici sur une région imaginaire mexicaine). Après 39-45, venus du Guatemala, du Mexique, du Pérou, de Cuba, du Paraguay, de Colombie ou du Chili, Miguel Ángel Asturias en premier lieu dans *Monsieur le Président*, Carlos Fuentes dans *La Mort d'Artemio Cruz*, Mario Vargas Llosa dans *Conversation à* La Cathédrale, Alejo Carpentier dans *Le Recours de la méthode*, Augusto Roa Bastos dans *Moi, le Suprême*, Gabriel García Márquez dans *L'Automne du patriarche* ou José Donoso dans *Casa de campo* donnèrent à percevoir, chacun dans leur style, la folie baroque de la dictature. Bien d'autres romanciers, hélas moins connus en dehors de l'Amérique latine, ont également abordé ce thème du césarisme dément où l'extravagance le dispute à la cruauté tels, par exemple, le Chilien Fernando Alegría dans *Caméléon*, le Colombien Jorge Zalamea dans *Le grand Burundún-Burundá est mort* ou le Mexicain Jorge Ibargüengoitia dans *Le Tyran meurt au quatrième coup*. Juste au tournant du XXIe siècle, affrontant de nouveau le thème d'une tyrannie absolue à travers le cas de

Trujillo en République dominicaine, Vargas Llosa atteignit une sorte de paroxysme en parvenant avec *La Fête au Bouc* à construire une fiction littéraire éminemment politique nous replongeant au cœur d'un système dévastateur sans verser dans la dénonciation militante stérile. Jean-François Revel l'avait d'ailleurs souligné : « Le roman véhicule une leçon politique, jamais théorisée, seulement montrée : ce qu'est une dictature cruelle, complète, exercée sur un petit peuple d'à peine trois millions d'habitants, une dictature où le despote peut tyranniser presque chacun des sujets pris individuellement. Une dictature pure, sans idéologie sauf pour la frime. Le pouvoir absolu d'un homme, d'un tyran ne servant que lui-même, tel que le dépeint Xénophon dans *Hiéron ou sur la tyrannie.* [...] Ce déploiement narratif et psychologique au niveau des êtres humains qui en sont les acteurs ou les jouets nous fait saisir la genèse et la nature des phénomènes politiques beaucoup plus profondément que bien des analyses politologiques. » Vargas Llosa est parvenu à entremêler de façon magistrale un récit sur la folie d'un homme de pouvoir délivré de tous les tabous avec une exploration dans les coulisses d'une dictature aussi brutale que dépravée mais en n'oubliant pas de placer une lueur d'espoir au-delà de cet enfer : quatre jeunes insurgés qui vont tenter de mettre fin à l'existence du satrape.

Au début, le beau sous-lieutenant Porfirio Rubirosa ne faisait pas partie de la garde la plus rapprochée du tyran dominicain mais fut tout de même repéré par le régime comme un élément ambitieux susceptible de participer à l'indispensable élan de rénovation après le krach économique mondial de 1929. Tout s'accéléra dans son existence le jour où il rencontra Flor de Oro, la propre fille de Trujillo ; une idylle se noua vite suivie d'un mariage fastueux et, surtout, la nomination officielle à des postes diplomatiques, une source de salaire comme d'agréables avantages en contrepartie d'un travail totalement fictif. Puis ce sera la nomination à la direction d'une Compagnie nationale d'assurances histoire d'alimenter la trésorerie du dictateur et de se servir au passage. Envoyé par la suite comme diplomate en Allemagne aux premiers temps du nazisme, Rubirosa servit d'intermédiaire dans de très louches affaires mais peut-être aussi d'espion au service des USA. On le retrouva consul en France (à Paris ou Vichy) et dans différents lieux de villégiature, toujours resté du côté de Trujillo même après qu'il eut rompu son mariage pour convoler en deuxièmes noces avec Danielle Darrieux. Loin de vouloir venger l'honneur de sa fille comme certains s'y attendaient, le dictateur profita des opportunités offertes par les réseaux mondains de son ex-gendre, notamment à l'occasion d'un fastueux périple dans l'Hexagone. Et la vie facile continua allègrement sur tous les fronts. De 1961 à 1965, les années finales de « Rubi » furent moins confortables d'autant que les Américains tenaient à l'œil toutes les personnalités liées au régime déchu. Sa célébrité, son entregent et quelques fidèles protecteurs lui permirent néanmoins de préserver l'essentiel de sa superbe. Pourquoi un tel parcours, incontestablement romanesque, mérite-t-il l'attention ? C'est que justement cet homme, aussi séduisant que d'un cynisme effrayant si l'on songe aux crimes dont il a été le complice objectif, devint pendant longtemps l'un des archétypes caricaturaux les plus en vogue du « Latino », au risque de masquer des mythologies beaucoup plus riches et authentiques.

« La Croix du Sud » et Cie

Depuis les premières décennies du XXe siècle, quelques écrivains de langue française – poètes, romanciers, essayistes – ont apporté des visions de l'Amérique latine conformes à ses véritables richesses, contrastes ou couleurs, quitte à passer de la fascination au désenchantement. S'il est hors de question d'en dresser une liste exhaustive, du moins doit-on retenir juste quelques noms grâce auxquels on pouvait échapper aux préjugés et partir sur les chemins de ces immenses territoires. Jules Supervielle occupe, il va de soi, une place spéciale, lui qui naquit à Montevideo de parents venus du Pays basque et qui sans cesse dans sa poésie si mélodieuse naviguait par les grands espaces ou sur l'Atlantique, tout en restant sensible à la magie des détails les plus familiers. Claude Roy le décrivait comme un homme « dans la position privilégiée du *frontalier*, installé par la naissance, la culture, les goûts à un croisement de montagnes, d'océan et de pâturages, cette Basse-Navarre prolongée pour lui par les pampas d'Uruguay » ; et il ajoutait : « beaucoup de ses poèmes se situent à cette frontière de deux langues qui donne aux mots à la fois leur richesse et leur ambiguïté, ce poids qu'ont les choses dites par celui qui garde en soi la ressource de le dire *autrement* ». Bien des pages rêveuses de Supervielle nous plaçant au cœur même de certains paysages d'Amérique latine (pour l'essentiel le cône Sud) offrent l'occasion unique de se retrouver en compagnie de gauchos sur leurs chevaux au petit trot ou dans le doux balancement d'un hamac, entourés de perroquets, parfois de quelques aigles, de palmiers, de bananiers, de feuillages à profusion, d'une polychromie de fleurs et prêts à déguster des mangues ou des goyaves. On passe de la forêt la plus dense à l'horizon monocorde de l'océan Atlantique, de prairies herbeuses à la « maigre couverture desséchée » d'une pampa traversée par le vent, de vers en forme d'hommage à Lautréamont lui aussi natif de Montevideo à l'impression saisissante donnée par les fameuses chutes d'Iguazú, ces vertigineuses cascades d'eau sur un affluent du fleuve Paraná juste à la frontière de l'Argentine et du Brésil :

Les cataractes,
dans un fracas de blancheurs,
foncent en mille fumantes perpendiculaires
violentes comme si elles voulaient
traverser le globe de part en part.

Chez un autre poète ami de Supervielle, Henri Michaux, prévalait une réalité très différente au terme d'un périple harassant, du fait de la maladie, effectué en 1928 jusqu'au fleuve Amazone à travers les Andes, les montagnes de l'Équateur et la forêt brésilienne. Parti dans l'illusion d'une rupture possible avec l'Europe (et sa Belgique natale en premier lieu), Michaux découvrit entre autres une monotonie angoissante qu'il finira tout de même par supporter. Présentant *Ecuador*, René Bertelé écrit : « Ce “journal de voyage”, s'il est d'abord le témoignage d'une exigence – d'un besoin d'absolu poursuivi dans les aventures les plus difficiles, les plus dangereuses –, est, en même temps, celui d'un *défi* : défi à l'exotisme, au pittoresque d'une réalité extérieure vite décevante à laquelle l'auteur oppose sans cesse les pouvoirs triomphants de la réalité intérieure. » Émaillé de textes poétiques au langage étonnant, *Ecuador* reste une œuvre singulière où bien des notations correspondent à ce que l'on peut éprouver aussi en Amérique latine, l'étouffement dû à l'altitude, l'enlisement dans les boues de l'Amazone ou la présence presque exagérée des Andes, « un approvisionnement de terre, une réserve comme pour le cas où tout d'un coup on en manquerait. Du replié, du bombé, de l'ondulé, mais chaque ondulation a dans les trente kilomètres, et il y en a constamment neuf ou dix dans un paysage. » (En 1968, Michaux publia une édition revue et corrigée d'*Ecuador* comme, malheureusement, il l'avait déjà fait pour *Un barbare en Asie*.)

L'audience de Supervielle ou Michaux, on en conviendra, ne dépassait pas le cercle de lecteurs avertis. En revanche, bien d'autres écrivains ont apporté à un public beaucoup plus large les éclairages les plus divers sur l'Amérique latine. Avec *Vol de nuit* préfacé par André Gide, qui se vit attribuer le prix Femina et obtint un succès considérable, Antoine de Saint-Exupéry se servait de la légende héroïque de l'Aéropostale dont il fut l'un des pionniers pour emmener ses lecteurs jusqu'au bout du monde : les immensités de la Patagonie et les dangers de ses tempêtes soudaines. Un peu plus tard, Joseph Kessel racontera sous forme de biographie romancée le destin de son ami Mermoz, autre héros de l'Aéropostale avec Guillaumet, qu'il qualifiait notamment de « archange glorieux, neurasthénique profond, mystique résigné, païen éblouissant »... Les exploits de l'aviateur évoqués par Kessel sur le mode d'un lyrisme débridé dans la dernière partie de son ouvrage, « Le conquérant des Amériques » – en particulier la première liaison Rio de Janeiro-Buenos Aires en une seule journée ou, surtout, la manière dont il parvint à surmonter « l'immensité minérale » de la cordillère des Andes, cette « barbarie solennelle » –, jusqu'à sa disparition mystérieuse à bord du Latécoère *Croix-du-Sud* constituaient un extraordinaire roman d'aventures.

Le discrédit attaché à la personne de Pierre Drieu la Rochelle en raison de ses terribles errements en faveur de l'Allemagne durant la guerre estompe quelque peu l'originalité de l'un de ses romans paru en 1943, *L'Homme à cheval*, où l'on suivait le destin flamboyant puis la chute de Jaime Torrijos, un officier de cavalerie en garnison à Cochabamba. La seule sonorité du nom de cette ville andine au climat printanier fait déjà rêver... (mais peut-être suis-je sous l'influence d'un ami très cher rencontré au collège et qui, plus tard, y a longtemps vécu ?) Au final de son épopée romanesque traversée par des amours contrariées, une suite d'affrontements politiques à commencer par le renversement du grand chef en place nommé « don Benito » et la révolte des Indiens, un pèlerinage au bord du mythique lac Titicaca à près de 4 000 mètres d'altitude était présenté comme une forme de purification contre les souillures de la guerre et du monde. Impossible de citer Drieu sans se référer à celle qui lui offrit amour et protection tout en condamnant par la suite ses vaticinations idéologiques : l'Argentine Victoria Ocampo grâce à qui, en 1932, il découvrit ce grand pays sud-américain. Malgré un séjour de quatre mois, pas d'incursion en Bolivie où se situe pourtant *L'Homme à cheval.* Victoria Ocampo lui présenta son ami Jorge Luis Borges et Drieu fut l'un des premiers, mais après Valery Larbaud au flair littéraire imparable, à saluer cet « homme vraiment intelligent – ni sceptique ni fanatique – avec des opinions et derrière ces opinions une méditation qui en nuance secrètement l'expression la plus coupante ! [...] Borges vaut le voyage ». Drieu ne cachera pas, d'ailleurs, que l'inspiration de *L'Homme à cheval* lui vint de conversations avec Borges au cours desquelles celui-ci racontait des anecdotes sur un dictateur bolivien des années 1870.

Victoria Ocampo, animatrice de la prestigieuse revue *Sur*, aima plus encore et aida sans faillir le Français grâce auquel la majeure partie de la littérature venue d'Amérique du Sud allait conquérir Paris et, à partir de là, connaître un rayonnement international : Roger Caillois, l'un des esprits les plus brillants de sa génération dont, aujourd'hui, on méconnaît par trop le registre étendu et la qualité du style. Bloqué à Buenos Aires au début du conflit mondial et dans l'impossibilité de rentrer à Paris, Caillois prit le parti de la France libre (à l'instar de Bernanos, réfugié au Brésil) et put lancer là-bas, grâce au mécénat de Victoria Ocampo comme au soutien de Raymond Aron à Londres, *Lettres françaises*, « la meilleure revue que la guerre ait fait naître » selon le grand traducteur Maurice-Edgar Coindreau (cet éloge mérite d'être souligné : d'une part, et on l'ignore souvent, Coindreau était à l'origine un hispanisant, agrégé d'espagnol ; d'autre part, en traduisant plus tard William Faulkner, il contribua à faire connaître l'auteur ayant eu, sans conteste, le plus d'influence après guerre sur les romanciers latino-américains par l'originalité, la richesse et la violence de son univers comme par ses techniques de narration). À côté de textes classiques, Roger Caillois parvint dans cette revue conçue en Argentine à réunir de prestigieuses signatures contemporaines et même à faire découvrir malgré l'éloignement de nouveaux talents comme Marguerite Yourcenar. Mais ce fut après guerre, en 1951 exactement et à la suite d'une patiente élaboration, que Caillois réalisa le tournant majeur dans la relation de l'Amérique du Sud vers la France en lançant aux éditions Gallimard une collection de livres tout de suite identifiables grâce à leur couverture à dominante jaune : « La Croix du Sud » (par référence à la constellation visible uniquement dans l'hémisphère sud). Plus tard, j'ai bien entendu acheté presque tous les volumes de cette série légendaire qui débuta par un titre de Jorge Luis Borges, *Fictions*, recueil de récits insolites d'un brio éclatant comme « Funes ou la mémoire », « La loterie à Babylone », « Pierre Ménard, auteur du *Quichotte* » ou « La Bibliothèque de Babel ». Pendant une vingtaine d'années, « La Croix du Sud » allait devenir la boussole indispensable pour découvrir des textes en provenance, par exemple, d'Argentine (outre J. L. Borges, J. Cortázar et E. Sábato), du Brésil (J. Amado, G. Freyre), de Cuba (A. Carpentier, G. Cabrera Infante), du Guatemala (M. Á. Asturias), du Mexique (M. L. Guzmán, J. Rulfo), du Paraguay (A. Roa Bastos), du Pérou (C. Alegría, J. M. Arguedas, J. R. Ribeyro, M. Vargas Llosa) ou du Venezuela (R. Gallegos) ; un volume final constitué de portraits et entretiens permettait de mieux connaître aussi les œuvres du Colombien G. García Márquez, du Mexicain C. Fuentes ou de l'Uruguayen J. C. Onetti. Un feu d'artifice de traductions en français dont on ne trouva aucun équivalent au monde, y compris dans la langue anglaise disposant, pourtant, d'un marché beaucoup plus vaste. Paris devint sans conteste le premier port d'attache des écrivains latinos jusqu'au moment où Barcelone prit tout naturellement la relève sous l'impulsion de l'éditeur Carlos Barral et, surtout, de Carmen Balcells, l'animatrice intransigeante d'une agence littéraire ayant joué un rôle déterminant pour imposer partout le fameux « boom » de la littérature sud-américaine avec sa mafia centrale de quatre auteurs phares : Julio Cortázar, Carlos Fuentes, Gabriel García Márquez et Mario Vargas Llosa. Plus tard, l'éditrice et critique allemande Michi Strausfeld offrira aux lecteurs de son pays une possibilité similaire : leur permettre de mesurer la diversité et le caractère universel d'une littérature dont elle a une connaissance étonnante. En France, les traducteurs Claude Couffon, puis surtout Albert Bensoussan comme on peut le mesurer dans son essai *Retour des caravelles*, une mine d'informations précieuses sur les œuvres et les auteurs, joueront aussi un rôle important pour une meilleure connaissance de la littérature latino-américaine. Roger Caillois animait par ailleurs, en compagnie de Jean d'Ormesson, la revue *Diogène* publiée sous l'égide de l'UNESCO où l'on trouvait de nombreuses contributions relatives à l'Amérique du Sud. Et, à titre personnel, on lui doit divers écrits transcrivant à sa manière rigoureuse d'une splendide rigueur quelques sensations marquantes éprouvées sur place, notamment en Patagonie et en Amazonie. Dans *Le Fleuve Alphée*, son dernier livre à caractère autobiographique, il indiqua au passage qu'à travers la parution d'un récit volontairement épuré de « tout détail anecdotique ou pittoresque » qui s'efforçait de représenter la solitude, l'immensité et l'inhospitalière nudité de la Patagonie, il devint écrivain malgré lui. Si, à proprement parler, le poète, essayiste et diplomate mexicain Octavio Paz (prix Nobel 1990) ne publia pas dans le cadre de « La Croix du Sud », quasiment tous ses livres furent traduits en France chez Gallimard, maison d'édition où, grâce à Valery Larbaud, Roger Caillois ou Hector Bianciotti, de très nombreux auteurs venus du sous-continent bénéficièrent longtemps d'un accueil privilégié. On peut s'en rendre compte à travers une volumineuse anthologie, *L'Amérique latine et* La Nouvelle Revue Française *(1920-2000)*, offrant un kaléidoscope de textes – poésie, roman, récits de voyage, essais sur l'art, sciences sociales – qui montrent combien l'attention à toutes sortes d'auteurs venus de ces pays est restée constante durant une très longue période.

Jorge Luis Borges

« On me propose Borges : qu'est-ce que vous en pensez ? » Lorsqu'un jour de 1980 Bernard Pivot me posa la question ainsi, au cours de l'une des réunions hebdomadaires de l'émission

« Apostrophes », j'ai tout de suite aligné quelques arguments aussi maladroits qu'enthousiastes pour souligner l'importance comme la singularité de cet auteur. « Vous n'allez tout de même pas m'expliquer qui est Borges ! coupa net Pivot. Je veux juste savoir ce que vous en pensez dans le cadre de l'émission ? » Jorge Luis Borges venait recevoir à Paris le prix mondial Cino Del Duca et Bernard Pivot, désireux de servir au mieux le grand écrivain, craignait tout simplement que la présence à l'écran d'un vieil homme aveugle de plus de quatre-vingts ans renvoyât une image peu attrayante de son œuvre extraordinaire. Tout en profitant de l'événement, ne fallait-il demander à quelqu'un de présenter cet auteur de contes mémorables ? Je fus donc chargé de vérifier comment pouvait être Borges « en vrai », pourrait-on dire, puisque pour certains, en hommage à ses légendaires mystifications, son existence relevait même de la pure hypothèse. Je revins encore plus emballé, convaincu que la présence et les paroles de ce lettré prodigieux s'imposeraient vite à la télévision. Bernard Pivot me fit confiance et ne le regretta pas, je crois, même si, par prudence, il enregistra l'émission au lieu de l'habituelle diffusion en direct. De surcroît, j'ai bénéficié pour *Lire* d'une véritable interview, privilège dont se souvenaient certainement comme d'un moment spécial tous ceux qui ont eu cette chance. En réalité, si au fil du temps l'écrivain argentin devint partout une véritable légende, longtemps il resta une personne très accessible chez lui, aimant beaucoup la conversation au point de se montrer assez prolixe. Un journal de Buenos Aires publia une fois sur sa couverture un petit bandeau ironique : « Dans ce numéro pas d'interview de Borges ».

Fantastiques jeux de miroirs, voyages imaginaires dans les prisons des labyrinthes, poursuite incessante de la mémoire, portes à l'infini, conjurations et crimes, présages et songes obsédants, conclaves obscurs, énigmes à tiroirs, poésie ou science-fiction, propositions métaphysiques ou conjectures mathématiques, subtilités grammaticales dans les littératures scandinaves ou zoologie dans la Chine ancienne, théologiens du Moyen Âge ou penseurs arabes, philosophies d'Aristote ou de Schopenhauer : l'œuvre de Jorge Luis Borges déborde de situations étranges et de références érudites qui peuvent donner le vertige. D'autant qu'il ne cesse de rendre hommage à ses auteurs favoris parmi lesquels Cervantes, Kafka, Carroll, Shakespeare, Verlaine, Melville, Whitman, Swedenborg, James, Conrad, Stevenson, Flaubert, Carlyle… « Que d'autres se vantent des pages qu'ils ont écrites ; moi je suis fier de celles que j'ai lues », note-t-il dans l'un de ses poèmes. Roger Caillois avait montré qu'un thème dominait toute l'œuvre de Borges, celui du *temps circulaire* qui « fait de l'histoire une sorte de plus vaste calendrier où reviennent à intervalles fixes, sinon les mêmes événements, du moins les mêmes conjonctures ». Cette très antique théorie, qui postule un immuable destin et s'adapte parfaitement au retour des saisons comme aux révolutions des astres, a été partagée par de nombreux philosophes malgré leurs divergences d'interprétation. Transposée dans des contes, la durée cyclique peut s'incarner dans le motif du labyrinthe où l'on tourne en rond à jamais. Familier des jeux de l'esprit, Caillois, qui le connaissait bien et le traduisit dans sa collection « La Croix du Sud », se gardait cependant de verser dans la sur-interprétation de Borges dont il saluait « la modestie conjuguée avec tant de paisible audace ». En France, on a eu parfois tendance à échafauder trop de spéculations sur la base du caractère ludique de beaucoup de ses écrits, conçus au départ « un peu comme des blagues », avouait-il lui-même. En 1966, Michel Foucault publia *Les Mots et les Choses*, livre d'accès difficile mais qui remporta rapidement un succès inattendu ; dans sa préface, il expliquait que cet essai avait pour origine le rire provoqué par un texte où Borges cite une « certaine encyclopédie chinoise » divisant les animaux en catégories inouïes, par exemple, « a) appartenant à l'Empereur, b) embaumés, c) apprivoisés, d) cochons de lait, e) sirènes, [...] k) dessinés avec un pinceau très fin en poils de chameau, l) *et cætera*, m) qui viennent de casser la cruche, n) qui de loin semblent des mouches ». Face à ce genre de classification pour le moins insolite, Foucault ne cachait pas son émerveillement et, à la fois, parlait de « monstruosité » circulant dans l'énumération. Si le texte lui permettait de se livrer à de brillantes variations autour des limites et des insuffisances du langage, à aucun moment il n'insistait sur la nature de cet ouvrage chinois dont il devait, bien entendu, douter de l'existence sauf dans l'imagination de Borges. La malicieuse allusion à une « certaine encyclopédie chinoise » apparaît, du reste, dans un essai du volume *Enquêtes*, puis réapparaît au milieu de l'un des contes du *Livre de sable* sans aucun indice pour permettre une éventuelle identification. « Ce docteur en illusions et en farces », disait Gilles Lapouge qui l'interviewa en 1964 et peut-être s'agit-il de la définition la plus adéquate pour aborder cet écrivain si paradoxal, grand amateur de supercheries et peu disposé à se laisser enfermer dans des théories trop complexes. Lapouge ajoutait que Borges n'aimait que les littératures classiques, « vieillottes et empoussiérées, archaïques ». Notons aussi qu'il se moquait de ces œuvres d'art dites d'avant-garde, une sorte de « métaphore militaire ». Célébré dans les universités du monde entier, il affichait une préférence marquée pour les histoires de voyous et de mauvais garçons munis de leurs couteaux. Refusant de s'adresser à une petite élite ou à la Masse, « ces deux abstractions chères aux démagogues », il confiait tout simplement : « J'écris pour moi, pour mes amis et pour adoucir le cours des choses. » Côté canulars, il a laissé quelques perles précieuses, le plus souvent issues d'une sarabande entre le vrai et le faux, comme la fois où il prétendit faire la critique du livre d'un auteur hindou publié originellement à Bombay en 1932 : « J'attribuai une imaginaire seconde édition à un véritable éditeur, Victor Gollancz, et sa préface à l'écrivain réel, Dorothy L. Sayers. Mais l'auteur et le livre sont pure invention de ma part. Je donnai, dans ma critique, le sujet et les détails de quelques chapitres – empruntant à Kipling, et faisant référence à Faridad-Din Attar, un mystique persan du XIIe siècle – et je signalai ensuite les faiblesses du livre. » Ce conte, au titre assez bizarre : « L'approche d'Almotasim », parut à la fin d'un recueil d'essais (puis dans *Fictions*) et fut pris très au sérieux, racontait Borges ; il prétendait même que l'un de ses amis commanda à Londres un exemplaire de l'ouvrage critiqué. Fallait-il le croire ? Spécialiste de la note savante en bas de page consacrée à des commentaires d'écrits fantômes, Jorge Luis Borges concocta avec son complice Adolfo Bioy Casares (auteur de l'extraordinaire *Invention de Morel*) des chroniques signées de l'imaginaire Honorio Bustos Domecq qui, sur le mode plus sérieux justement, nous entretient d'œuvres ou de questions esthétiques aussi absurdes que burlesques comme la beauté d'une exposition où un œil exercé appréciera l'espace circulant entre des moulures au plafond et quelques gravats épars sur les lattes du parquet, ou la polémique opposant le descriptionnisme au descriptivisme venue s'éclairer grâce aux « conférences substantielles » d'un père jésuite, sans oublier le développement des « ensembles inhabitables », architecture enfin débarrassée de tout utilitarisme : « personne n'y entre, personne n'en sort, personne ne s'y assied, même en tailleur ». Borges aimait donc s'amuser et se préoccupait de la qualité formelle de ses contes ou essais sans leur accorder une importance démesurée ni prétendre y cacher des significations absconses. Bon nombre de ses fictions semblent dominées par de déroutants dédoublements d'identité, un sentiment d'effroi et des cauchemars que la mémoire accentue. Mais, comme le souligna le grand critique Paul Bénichou (qui le connut en Argentine pendant la guerre) : « L'inquiétude qu'elles suggèrent n'empiète jamais sur la beauté du récit. » Au bout du compte, la littérature l'emporte sur toute forme d'angoisse.

J'étais impressionné, pour ne pas dire ému, à l'idée de rencontrer Jorge Luis Borges dans son hôtel de la rue des Beaux-Arts. Mais il émanait de ce prodigieux lettré aveugle une sérénité tranquille qui tout de suite rassurait ; rien de solennel dans ses propos, à l'instar de ce qu'il put dire un jour sur la perte de la vue alors que ce bibliothécaire de naissance, pourrait-on dire, vivait dans et pour les livres : « La cécité progressive n'est pas une chose tragique. C'est comme une lente soirée d'été. » Il appréciait vraiment la conversation amicale autour de la littérature « sans chercher des phrases ingénieuses ou dramatiques », un art en train de se perdre notamment aux États-Unis où la langue anglaise, si riche, si belle, semble remplacée, disait-il, par des monosyllabes du style « *OK* », « *Oh* », « *Hey* ». 1980 marquait le centenaire de la mort de Flaubert : excellent prétexte pour lui demander en quel sens il considérait l'auteur de *Madame Bovary* et surtout *Bouvard et Pécuchet* (son titre préféré placé sous le signe de l'amitié) comme le pionnier de la littérature moderne au « destin exemplaire ». Borges répondait simplement : « Parce que Flaubert signifie d'abord pour moi une vie consacrée aux lettres. Et ce fait est plus important que son œuvre elle-même. Concevoir la littérature à la manière d'une religion et d'une foi est quelque chose de capital. Flaubert n'a pas été le premier à vivre la littérature comme cela, mais il est sans doute le premier à l'avoir voulu de façon aussi consciente. » Avec lui, le modèle ancien du poète instrument des dieux en attente de l'inspiration s'efface devant la recherche permanente du mot juste et l'ambition de créer une œuvre d'art en prose. Dans l'un de ses textes, Borges décrivait Flaubert en représentant d'une espèce nouvelle, « celle de l'homme de lettres comme prêtre, comme ascète et comme martyr » ; ce mot « martyr » lui paraissait maintenant trop dur, à moins de le prendre dans le sens étymologique, celui de témoin, « *martur* » en grec. Et il tenait à le préciser : « La littérature, ou du moins la lecture, n'a pas été une souffrance mais une joie dans ma vie. Je dirais d'ailleurs que ce n'est pas tant la lecture que le souvenir de la lecture qui m'a apporté la félicité. Plus qu'un livre, c'est le souvenir d'un livre qui compte. Lorsqu'on commence à le changer, à le modifier, à l'imaginer d'une autre façon. Toute cette rêverie autour d'un livre fait partie de la littérature et compte beaucoup plus en définitive. » Sans craindre le repentir, il corrigeait allègrement d'anciennes déclarations comme des syllogismes dont il fallait rétablir le bon ordre. « Il m'est arrivé peu de chose, et j'ai beaucoup lu », avait-il dit de façon un peu laconique ; mais pas du tout ! Il s'agissait d'une erreur manifeste qu'il eût fallu reprendre en affirmant que bien des choses lui étaient arrivées puisqu'il avait beaucoup lu. Il disait éprouver une profonde reconnaissance à l'égard des livres et que la lecture de Schopenhauer, Stevenson ou Whitman lui semblait une expérience aussi forte que de voyager ou d'être amoureux : « La plupart des gens divisent la vie en deux : d'un côté, les choses réelles, de l'autre, le rêve et l'imagination ; d'un côté, les voyages, de l'autre, la littérature. Je ne suis pas du tout d'accord. La vie est un tout et il n'est même pas impossible que finalement ce tout ne soit qu'un rêve. » Borges s'empressa de préciser qu'après tout son œuvre, tout juste constituée de quelques fragments éparpillés, n'était sans doute qu'une illusion. Il se déclarait très insatisfait de la plupart de ses écrits, considérait avoir trop publié (un « abus ») et a priori n'acceptait de sauver que quelques poèmes, par exemple sur le mythe juif du golem ou ces cinq vers en hommage à la lune : « Il y a tant de solitude dans cet or / La lune des nuits / N'est pas la lune que vit le premier Adam / Les longs siècles de la vigile humaine l'ont comblée d'un antique chant. / Regarde-la : elle est ton miroir. »

Dans la sévère critique à l'égard de ses propres textes – s'estimant, il va de soi, le mieux placé pour souligner leurs faiblesses et imperfections (« J'ai même souvent désiré secrètement écrire sous un pseudonyme un article sans pitié contre moi-même ») –, il n'épargnait pas même sa fameuse « Bibliothèque de Babel », ce récit fantastique imaginant une gigantesque collection où seraient consignées toutes les combinaisons possibles des symboles orthographiques en toutes les langues. Une vision cauchemardesque, a-t-il toujours prétendu et, pourtant, la combinatoire de cette bibliothèque presque infinie s'impose par sa splendeur. Borges concédait avoir tenté un exercice à la manière de Kafka et enchaînait : « Or Kafka est tellement supérieur à moi qu'à présent je trouve un peu bête d'avoir tenté de l'imiter. Mais si vous trouvez que je n'ai pas démérité excessivement dans cet exercice d'imitation, alors tant mieux. » Tout à fait conscient de la notoriété (« très injustifiée j'en conviens ») acquise grâce à « La Bibliothèque de Babel » comme aux autres contes réunis dans *Fictions* ou *L'Aleph*, il se méfiait du mécanisme le conduisant à devenir pour le public une sorte de machine-gadget à produire des histoires de miroirs, de labyrinthes, de tigres, de mémoires troubles, de perte d'identité. Voilà pourquoi il prétendait élaguer au maximum dans ses livres pour ne sauver que quelques lignes, voire une seule phrase ou quelques mots, ce qui devrait constituer l'ambition de tous les écrivains : « Dans l'un de mes contes qui s'intitule "Undr", c'est-à-dire merveille en islandais, ou bien dans un autre, "Le Miroir et le masque", je vais plus loin encore : je pense à la poésie comme étant comprise tout entière dans un seul mot. La destinée du poète serait alors de trouver ce mot unique. C'est le contraire même de "La Bibliothèque de Babel" : au lieu d'un nombre infini de livres, un seul mot infini. » Ne devait-on pas poursuivre le parallèle avec un objet impossible appelé « Le Livre de sable » parce que ce livre, tel le sable, n'a ni commencement ni fin : d'un côté la bibliothèque presque infinie, de l'autre, un seul livre infini ? « Lu de cette manière, je vous concède volontiers que "La Bibliothèque de Babel" est sans doute l'un de mes contes qui méritent de rester. » Borges acceptait aussi de sauvegarder « Funes ou la mémoire », l'une de ses fictions les plus emblématiques relatant le cas d'un Uruguayen mort très jeune accablé par une mémoire infinie ; il ne pouvait rien oublier, enregistrait toute la minutie du réel et le moindre détail restait à jamais dans sa mémoire : « Il savait les formes des nuages du ciel austral à l'aube du 30 avril 1882 et pouvait les comparer aux marbrures d'un livre relié en pâte espagnole qu'il n'avait vu qu'une seule fois ». Funes n'arrivait pas à penser puisque penser c'est généraliser, c'est abstraire et donc éliminer ; il n'avait que la faculté de ne pas oublier. « C'est une histoire très triste et une métaphore de l'insomnie. Je crois que "Funes ou la mémoire" est un conte honorable bien que ce soit moi qui l'aie écrit. »

Trop subtil et cultivé pour admettre le moindre rapprochement avec les auteurs qu'il admirait, Borges finissait ainsi par reconnaître qu'à plus de quatre-vingts ans il avait peut-être commis quelques pages valables ; du moins n'était-ce « pas improbable ». La bibliothèque de son père joua un rôle déterminant dans son existence et au fond il n'en était jamais sorti, comme le montrait son amour des mots et des livres : « Alonso Quixano avait beaucoup lu avant de prendre son nom de bataille Don Quichotte de la Manche et de connaître toutes ses aventures. Moi je pense que je suis un Quixano qui n'a pas eu le courage d'être Don Quichotte. C'est une destinée comme une autre qu'il faut accepter. » Après avoir grandi entouré par les livres de son père, il devint bibliothécaire, puis continua à acheter toutes sortes de volumes pour profiter de leur présence même si la cécité l'empêchait de les lire directement. « Un dessein magistral, une splendide ruse / Me donne en même temps les Livres et la Nuit », a-t-il écrit dans son « Poème des dons ». Il appréciait beaucoup les encyclopédies et dictionnaires (en tout premier lieu, bien sûr, les dictionnaires étymologiques) et n'avait pas honte de s'être adonné à ce genre, surtout si l'on songe à Pline, Diderot, d'Alembert ou l'*Encyclopedia Britannica*: « Mais je n'ai pas été aussi ambitieux que ces glorieux prédécesseurs. J'ai juste composé une petite somme personnelle. » De fil en aiguille, on évoqua l'ancienne et vive querelle avec Roger Caillois à propos de l'inventeur du roman policier: Edgar Poe, avait-il soutenu mordicus, affirmation toujours exacte d'après lui même si, « aujourd'hui que je suis plus vieux, j'accepte les opinions contraires comme étant plus vraisemblables que les miennes ». Si vaste fut-il en soi, l'univers littéraire de Borges ne l'empêchait pas de parler aussi du plaisir des voyages d'autant que, là encore, le fait d'être aveugle ne constituait pas un obstacle. Au Japon, par exemple, cela signifia beaucoup pour lui de sentir qu'il était à Nagayo, Yokohama ou Tokyo, de s'entretenir avec un prêtre shinto ou de parcourir des palais et des jardins. Il disait que toute une partie de l'Orient lui manquait encore. Il en connaissait les deux bouts: d'un côté l'Andalousie (« qui est l'Orient pour nous Argentins ») et l'Égypte; de l'autre côté, le Japon. « Alors je voudrais connaître l'Inde. J'ai passé une partie de ma vie à étudier ses philosophes et à lire Kipling. Et je voudrais connaître la Chine, me sentir près de la Grande Muraille ou à Pékin. » On nous apporta deux cafés. Borges demanda un peu de lait, ce qui lui donna l'occasion de citer d'abord Shakespeare via Lady Macbeth: « *The milk of human kindness* » (« Le lait de la bonté humaine ») puis le « *dulce de leche* », son plat favori et une spécialité sud-américaine que l'on devait aux jésuites, affirmait-il: « C'est dans l'un de leurs couvents qu'un pot de lait aurait été oublié un jour sur le feu. Le premier "*dulce de leche*" était né. Le seul vrai miracle de Jésuites! » Disons plutôt qu'il s'agit de l'une des nombreuses légendes sur ce sujet gastronomique de la plus haute importance. Pour moi, en tout cas, le miracle c'était que le « *dulce de leche* » s'appelle en Colombie « *arequipe* », délicieux souvenir à propos duquel je pouvais échanger avec Jorge Luis Borges en véritable complicité.

Quelques années seulement après les débuts de « La Croix du Sud » qui ouvrait de nouveaux horizons littéraires, une autre collection, « Terre humaine », fondée par Jean Malaurie, accueillit des titres importants dans un autre registre, celui de l'ethnologie et de l'étude des sociétés amérindiennes. En 1955, paraissait *Tristes Tropiques* avec son incipit devenu fameux : « Je hais les voyages et les explorateurs. Et voici que je m'apprête à raconter mes expéditions. » Accompagné d'un cahier de photos émouvantes, une grande partie de ce texte majeur de Claude Lévi-Strauss à mi-chemin du témoignage et de l'essai relatait par le détail plusieurs séjours ethnographiques auprès de groupes d'Indiens au cœur de la forêt amazonienne et tentait d'analyser leur mode de vie quotidien encore primitif, leurs habitudes, coutumes et croyances, leurs représentations du monde, leur langage, leur nourriture, les plans des villages, les organisations sociales, les systèmes de parenté, la répartition des rôles entre les sexes, la place des enfants, les conceptions de l'amour ou de la mort, les rituels religieux, les fêtes, les gestes artistiques, etc. Dans la masse d'informations étonnantes on pouvait découvrir que, chez les Nambikwara semi-nomades du Mato Grosso brésilien, l'armement ne comprenait pas seulement l'arc et les flèches mais aussi « une sorte d'épieu aplati : je ne l'ai vu utilisé que pour des manipulations destinées à mettre en fuite l'ouragan ou à tuer, dans la direction convenable, les *atasu* qui sont les esprits malfaisants de la brousse ». Les portraits attendris d'hommes et de femmes « d'une immense gentillesse et d'une profonde insouciance », les descriptions précises et suggestives de paysages, les récits d'aventures risquées ou les nombreuses anecdotes – ainsi, l'apparition inopinée d'un boa de sept mètres difficile à abattre, encore plus à dépouiller (une demi-journée), dont les entrailles contenaient une douzaine de petits sur le point de naître et déjà vivants – alternaient ici avec des méditations à l'écriture aussi claire qu'élégante sur « ces sauvages dont l'obscure ténacité nous offre encore le moyen d'assigner aux faits humains leurs vraies dimensions » (pour reprendre les mots d'hommage à ces Indiens que Lévi-Strauss formula plus tard, lors de sa leçon inaugurale au Collège de France). Ouvrage d'une grande richesse où l'on passait de la géologie ou la musique à des considérations sur la place des civilisations (en soutenant des thèses relativistes pour le moins sévères à l'égard de l'Occident), ou des comparaisons entre les religions (avec une critique nette de l'islam), *Tristes Tropiques* a vite rencontré le succès auprès d'un large public et contribué à modifier les regards sur des populations menacées d'extinction totale. Profitons-en pour rappeler que la meilleure façon de comprendre l'itinéraire du célèbre anthropologue reste sans conteste son dialogue avec Didier Eribon dans le livre intitulé *De près et de loin*.

Élu en 1973 à l'Académie française, Lévi-Strauss fut dix ans plus tard rejoint sous la Coupole par un autre ethnologue dont la carrière politique controversée a quelque peu estompé les brillantes contributions aux études des civilisations d'Amérique, avant tout le Mexique : Jacques Soustelle. Venu de la gauche et plusieurs fois ministre ou député après guerre, cette figure connue du gaullisme apporta en Algérie son soutien à l'OAS, ce qui l'obligea à l'exil mais, en plus, ne favorisa pas la pleine reconnaissance méritée par ses livres sur les Olmèques ou sur les Mayas. « Terre humaine » publia des souvenirs et réflexions de Soustelle, *Les Quatre Soleils*, brillant essai où l'on pouvait pêcher au passage quelques anecdotes savoureuses à propos de Marcel Mauss : « Les débutants restaient frappés de stupeur quand ils entendaient sa voix caverneuse [...] formuler des aphorismes tels que : "Ce qu'il y a de plus important à étudier dans une société, ce sont les tas d'ordures." » Toujours dans la même collection, impossible d'oublier la *Chronique des Indiens Guayaki* signée par un ethnologue au tempérament libertaire, Pierre Clastres, et relatant son expérience en compagnie de chasseurs nomades au Paraguay, aussi bien la vie quotidienne que les rituels d'un accouchement, les fêtes du miel ou les conflits tragiques. Pour sa part, l'anthropologue Robert Jaulin, après avoir longtemps vécu au sein de communautés indigènes à la frontière entre la Colombie et le Venezuela, dénonça dans *La Paix blanche* l'« ethnocide » commis par l'ensemble de la civilisation occidentale sur toutes les cultures minoritaires. On ne cite guère Jaulin aujourd'hui et, pourtant, son réquisitoire publié il y a cinquante-cinq ans aborde des thèmes d'une singulière actualité. À côté du travail des ethnologues, il faut réserver une place à part aux témoignages de l'écrivain J. G. Le Clézio. Très tôt, il put découvrir le Mexique et la culture des Mayas dont il traduisit des récits mythologiques, *Les Prophéties du Chilam Balam*. Mais ce fut, au début des années 70 entre le Panama et la Colombie, sa longue immersion chez les Indiens Emberás qui le marqua le plus, à commencer par leur usage d'un dialecte uniquement oral ayant un caractère quasi magique. D'une manière générale, Le Clézio avançait dans *Haï* une idée ne l'ayant jamais quitté : « La rencontre avec le monde indien n'est plus un luxe aujourd'hui. C'est devenu une nécessité pour qui veut comprendre ce qui se passe dans le monde moderne. » Une vision un tantinet candide ? Le Clézio a reconnu qu'au bout du compte un Occidental comme lui, en venant s'immiscer chez ces communautés indigènes, risquait beaucoup de perturber un monde fragile et à l'équilibre précaire : « L'univers indien n'a aucun besoin des gens de la civilisation technique, sur aucun plan, même pas pour la médecine. »

Impossible d'évoquer la présence de l'Amérique latine en France sans souligner l'apport singulier de la famille Descola. Le père, Jean Descola, grand hispaniste, a laissé quelques récits historiques fort bien écrits sur les « *Conquistadors* » ou les « *Libertadors* », le Pérou ou le Mexique. Le fils, Philippe Descola, anthropologue, étudia sous la direction de Claude Lévi-Strauss et peut être considéré comme son principal successeur avec Françoise Héritier. Après avoir longtemps partagé la vie des Jivaros en Amazonie, à la frontière de l'Équateur et du Pérou, il a publié plusieurs études ethnographiques et, surtout, un essai majeur, *Par-delà nature et culture*. Du côté de la sociologie, les contributions de Daniel Pécaut (devenu citoyen colombien) et Gilles Bataillon, souvent parues dans la revue *Problèmes d'Amérique latine*, tranchent sans conteste par leur finesse d'analyse dans un langage clair et une absence de sectarisme assez rare en comparaison de penchants si fréquents dans la discipline. C'était le cas aussi d'Alain Labrousse, qui vécut longtemps dans le cône sud de l'Amérique latine et publia des ouvrages très documentés sur l'Argentine ou le Chili mais aussi sur des mouvements révolutionnaires comme les Tupamaros en Uruguay ou Sentier lumineux au Pérou ; on lui doit, par ailleurs, des études pionnières autour de la géopolitique des drogues. Quant à leur aîné, Alain Touraine, qui connaissait particulièrement bien le Chili, il nous a laissé avec *La Parole et le sang*, une importante synthèse sur la politique et la société dans l'ensemble des pays latino-américains. Sans négliger les thèmes liés à la pauvreté, la violence, l'influence des USA ou l'omniprésence des militaires, le sociologue ayant apporté un soutien actif aux étudiants de Mai 68 comme au syndicat Solidarnosc avait voulu aussi présenter un monde ouvert, marqué par une incroyable diversité, une aspiration profonde aux libertés et à une croissance dynamique sous de multiples formes. À rebours des discours habituels et si faciles tenus en Europe sur l'Amérique latine, Alain Touraine renvoyait dos à dos « néo-libéraux qui ne parlent que d'institutions et radicaux qui ne parlent que d'impérialisme ». Il faut, enfin, réserver une place à part à Gérard Chaliand dont l'expérience directe auprès de guérillas partout dans le monde est unique et qui, à ce titre, analysa dans beaucoup de livres la spécificité ou non des mouvements latino-américains. Parallèlement et à l'encontre de thèses historiques trop répandues, Gérard Chaliand a contesté la notion de génocide amérindien lors d'une conquête espagnole qui, d'après lui, relevait avant tout d'une action colonisatrice désireuse non pas d'exterminer mais de soumettre les populations autochtones.

Narcissisme révolutionnaire

Cette incursion beaucoup trop rapide et partielle dans diverses directions du territoire des livres montre au moins un certain attrait intellectuel pour l'Amérique du Sud en France tout au long du XXe siècle, contrastant avec les inepties si fréquentes sur le sujet. L'héritage mental de la Révolution constituait de surcroît un terreau favorable à l'intérêt pour l'histoire des « *Libertadors* », ainsi que l'indiquent les nombreuses études et traductions consacrées à la figure de Bolívar. À partir des années 60, la révolution castriste à Cuba, perçue comme un modèle par bien des mouvements de contestation en Occident et soutenue par un fort penchant pour l'antiaméricanisme, vint d'une certaine manière s'inscrire dans ce cadre-là en permettant de nourrir une mythologie aussi revigorante que fallacieuse, comme le montrent la sanctification de l'icône Che Guevara et la vision d'une île quasi paradisiaque assiégée par l'ogre impérialiste (dans une étude publiée en 2017 à Montevideo, l'ancien militant Tupamaro Jorge Torres qualifie non sans raison l'imaginaire de la révolution cubaine de « pensée magique » ; pour sa part, l'Argentin Pablo Giussani, ancien Montonero, a dénoncé le « narcissisme révolutionnaire de La Havane » qui, en prétendant imposer son modèle aux différents pays d'Amérique latine, provoqua des milliers de victimes – plutôt des « centaines de milliers », s'empressait de corriger Alain Labrousse dans un commentaire détaillé de ces deux points de vue convergents d'ex-militants). Depuis longtemps tombé en lambeaux, ce tissu d'illusions colorées continue pourtant de bercer les rêves de quelques-uns. Par-delà ce cas emblématique, il reste légitime de se demander pourquoi le continent sud-américain a pu alimenter tant de fantasmes, mensonges, tromperies ou approximations ? Je n'ai bien entendu pas de réponse univoque. Laissons donc aux « experts » leur monopole de la vérité avec cet art si particulier de toujours savoir retomber sur leurs pieds que, dans un autre contexte, Simon Leys sut délicieusement caractériser : « Chaque fois qu'il formule une conclusion, un Expert s'empresse d'ajouter qu'il serait également possible de formuler une conclusion inverse. Toutefois, lorsqu'il présente des faits ou des opinions qui vont à l'encontre de ses préjugés favoris, il a toujours pris soin de les priver d'efficacité convaincante, bien qu'en même temps, il leur donnera quand même une substance discrète, suffisante pour qu'ils puissent servir d'issue de secours au cas où sa propre thèse devrait être infirmée par la réalité » (*La Forêt en feu*). D'innombrables essais ou documents consacrés à l'Amérique latine et signés par d'éminents « experts » pourraient illustrer ce propos ; il serait cruel de citer le florilège des pages les plus édifiantes.

Ce qui relève de la libre imagination et du jeu littéraire où tout est permis devient douteux et inquiétant lorsque, dans la réalité, on cède aux poncifs et l'on affiche une vaniteuse ignorance. N'importe quel Latino de passage en Europe, venu s'y installer de son plein gré ou non, a pu faire l'expérience, parfois cruelle, de la mésestime dans laquelle on le tient comme par principe et qui commence par de grands embrouillaminis géographiques, historiques, politiques, culturels, voire un désintérêt total pour ce qu'il est et ce qu'il représente. Dans sa féerie romanesque *Le Monde hallucinant* (1969), le Cubain Reinaldo Arenas imagina l'autobiographie fantastique à la tonalité pamphlétaire, aussi picaresque que sombre, d'un prêtre dominicain mexicain emprisonné en Espagne après qu'il eut multiplié les prêches iconoclastes sur la Vierge de Guadalupe. Ayant réussi à s'échapper, Fray Servando se retrouva en France où il aurait notamment croisé Mme de Staël ou Chateaubriand. Et voilà justement comment Arenas se représentait le décor de la rencontre entre le religieux mexicain et l'illustre François-René entouré des beaux esprits de la société parisienne : « Je me trouve dans le grand palais du vicomte de Chateaubriand. Qui n'est pas présent ce soir dans cet hôtel ? On n'entend de tous côtés que de pédantes conversations littéraires, si solennelles et ennuyeuses qu'elles en deviennent insupportables. Dans tout cela, pas un livre, pas un auteur américain n'est mis en évidence. On dirait que l'Amérique n'existe pas… » Par ce seul indice – l'absence manifeste dans un bel intérieur parisien du moindre écrit consacré aux Amériques –, le personnage imaginé par Reinaldo Arenas exprime tout simplement une évidence : au fond, le monde d'où il vient ne compte pas ; et lui-même se perçoit comme un être de seconde zone. La fable pouvait facilement être transposable au XXe siècle. Quelques jours après un numéro d'« Apostrophes » de juin 1988 à caractère international où il se retrouva notamment en compagnie d'Anthony Burgess et Antonio Tabucchi, j'avais pu rencontrer cet auteur si sensible et attachant. Reinaldo Arenas ne cachait pas son effarement devant l'indifférence, voire l'aveuglement persistant, du public français et surtout des milieux intellectuels face à la répression systématique du régime castriste dans le domaine de la création. Attestant une acuité du jugement esthétique qui est souvent l'apanage des vrais systèmes policiers, la censure se montra impitoyable pour les meilleurs écrivains à commencer par José Lezama Lima qui avec *Paradiso*, roman jouant du télescopage des mythologies ancestrales et des mots comme des images de la vie quotidienne, avait composé un chef-d'œuvre. Son brillant cadet et ami Reinaldo Arenas connut un sort similaire, aggravé par des passages en prison et des tortures en dépit de sa jeunesse combattante au service de la révolution dans la sierra Maestra. Homosexuel (comme Lezama Lima, du reste), il tomba sous le coup de la « paramétrisation », une inimaginable chasse aux individus ne réunissant pas les « paramètres » politiques et moraux corrects ; cette notion aboutira à la loi de « dangerosité » autorisant les arrestations préventives pour « penchant naturel à commettre des délits » ! En termes concrets, n'importe quel écrivain ou artiste « paramétré » – par exemple pour cause d'homosexualité – se voyait d'abord enfermé dans un camp, puis condamné à des travaux forcés de toute nature, aussi bien agriculteur que fossoyeur. Parlant en présence du peintre d'inspiration surréaliste Jorge Camacho qui lui apporta une aide constante, Reinaldo Arenas me semblait au bord des larmes en s'interrogeant sur la passivité de ses homologues français et leur silence au sujet de cette ignominie : devait-on considérer l'espèce cubaine comme une catégorie inférieure de l'humanité ?

Beaucoup d'écrivains latino-américains furent les premiers à chanter les louanges de la révolution castriste qui, à partir de 1959, commença à exercer une emprise totale sur Cuba (provoquant la fuite progressive de millions d'habitants au risque, souvent, de noyades en mer ou de mitraillages par les gardes-côtes). Certains comme Mario Vargas Llosa finirent par admettre leur erreur de jugement initial et devinrent très critiques ; d'autres comme Gabriel García Márquez ont toujours apporté au régime un fervent soutien (semblable à « la communion avec les saints » dans le catholicisme déclara, un jour, le Colombien). Cette longue histoire où tant de facteurs entrent en jeu, notamment l'invocation psalmodiée sous n'importe quel prétexte d'un « blocus » américain qui est en réalité un « embargo » plein de trous, est trop longue, complexe et tragique pour être développée ici. Mais on doit au moins souligner l'indulgence béate liée à la mythologie révolutionnaire en provenance de Cuba. Dans *Les Veines ouvertes de l'Amérique latine*, l'Uruguayen Eduardo Galeano voulait démontrer que, depuis Christophe Colomb, la richesse de l'Occident européen puis nord-américain est en bonne partie le fruit de l'appauvrissement de l'Amérique latine et que les malheurs des Boliviens, des Péruviens ou des Argentins ne proviennent pas du climat ou de la géographie mais d'une exploitation systématique de leurs richesses comme d'un développement du capitalisme mondial à leur détriment. Le café brésilien ou colombien « profite beaucoup plus à ceux qui le consomment qu'à ceux qui le produisent ». Le pillage, qui commença avec le massacre des Indiens, race décrétée inférieure par les envahisseurs, se poursuit à travers les matières premières, les produits agricoles, certains mécanismes financiers ou une circulation des capitaux organisée en sens unique vers les grandes banques des États-Unis. La spoliation de l'Amérique latine bénéficie par ailleurs du soutien, et de l'appui armé si nécessaire, de classes dirigeantes décidées à maintenir coûte que coûte leurs privilèges. Le tableau ne manquait pas de manichéisme mais, du moins, pouvait se défendre sur bien des points. Et puis voilà que, tout à coup, on tombait sur une assertion ridicule : « Dans une société socialiste comme Cuba, les travailleurs ne sont pas mus par la crainte du chômage ou la jalousie. » Lorsque quelqu'un venait expliquer, preuves à l'appui, qu'une vision aussi idyllique et enfantine ne correspondait pas vraiment à la réalité, aussitôt les réactions injurieuses fusaient contre lui. C'est ce qui arriva au placide écrivain et diplomate Jorge Edwards après qu'il se fut décidé à publier le récit aussi cocasse que cauchemardesque de son étrange séjour à Cuba, *Persona non grata*. Nommé chargé d'affaires par le gouvernement de Salvador Allende pour préparer l'ouverture de l'ambassade du Chili à La Havane, il racontait entre autres la suspicion ambiante, le sectarisme, la manière dont on le traitait en représentant de « la bourgeoisie », la surveillance policière au quotidien, la traque contre les vagabonds ou une loi sur les oisifs « qui signifiait, dans la pratique, imposer le travail obligatoire sur toute l'île ». Jorge Edwards insistait particulièrement sur l'obsession du pouvoir à l'encontre d'écrivains tels que Lezama Lima dont « l'érudition extra-temporelle » et « les labyrinthes verbaux » ne répondaient pas à la doctrine officielle d'une littérature au service du peuple pour promouvoir un homme nouveau. Pas si longtemps avant la parution de *Persona non grata* avait éclaté l'« affaire Padilla », du nom de ce poète victime d'un procès en raison de prétendus écrits subversifs et à qui, dans la stricte tradition stalinienne, l'on extorqua des aveux publics de culpabilité. Les protestations internationales d'écrivains et d'artistes de renom contre cette mascarade (qui provoqua une rupture chez beaucoup d'entre eux) n'ont toutefois pas réussi à éteindre la lueur d'espoir née avec la révolution cubaine. Et une partie non négligeable de l'intelligentsia française porte ici une lourde responsabilité autant par ses mensonges et ses complaisances que par son refus de considérer l'évidente faillite politique, sociale, économique et culturelle d'un régime dictatorial en place depuis 1959.

Un « épilogue parisien » de *Persona non grata* se moquait sans ménagement des « infatigables théoriciens de la révolution, depuis leurs tranchées du journalisme occidental, des universités ou de la rive gauche ». Plus loin, Jorge Edwards formulait un jugement qui mérite d'être relu à l'aune de toutes les considérations enflammées sur le destin de l'Amérique latine proférées depuis des décennies : « La révolution correspond à l'instinct de vie, tandis que le romantisme révolutionnaire, si cher aux habitants du Quartier latin, est toujours accompagné d'instincts suicidaires, comme s'il reflétait plutôt un instinct de mort. » Bien des années après, Edwards intitula un tome de ses Mémoires *Esclavos de la consigna* : « esclaves du slogan », formule par laquelle il voulait rappeler comment nombre d'intellectuels romantiques choisirent délibérément de se coucher sous le joug de la propagande et la manière dont il fut traîné dans la boue, parfois par des écrivains amis de longue date, pour son témoignage non conforme sur la réalité factuelle du castrisme. En 1989, l'historienne et sociologue Jeannine Verdès-Leroux avait justement publié avec *La Lune et le Caudillo* une étude bourrée d'informations et de références précises sur « le rêve des intellectuels et le régime cubain ». On y découvrait les méthodes d'un régime pour mettre en place, sans même s'en cacher et à l'aide d'une police politique aux méthodes sophistiquées, une répression politique implacable supprimant toutes les libertés. Cette totale mise sous tutelle s'accompagnait de campagnes destinées à séduire l'opinion étrangère, en particulier certains intellectuels européens vite ensorcelés par cette version tropicale du socialisme. La rumba dansée sous les palmiers, beaucoup de rhum et l'imagerie langoureuse du tabac roulé naguère sur les cuisses nues des filles de La Havane ajoutaient un zeste de piquant si besoin. Les meilleurs esprits revenaient donc éblouis de leur pèlerinage à La Havane, capables de disserter sur les miracles de la récolte de canne à sucre (la « *zafra* ») ou de la réforme agraire, la liquidation du système capitaliste ou la nouvelle culture militante. Le culte de la personnalité flagrant autour de Fidel Castro (comme plus tard la glorification du Che Guevara comparé au Christ) ne semblait pas problématique, ce qui montrait encore une fois la propension inouïe chez les plus doctes, à commencer par Jean-Paul Sartre ou Simone de Beauvoir dont la bienveillance émerveillée à l'égard du pouvoir atteignit des sommets, à bâtir des constructions extravagantes et à en soutenir le caractère irréfutable. Le journaliste Claude Julien reconnaissait l'absence de liberté de la presse mais multipliait les arguties contradictoires jusqu'au comique involontaire pour, au bout du compte, la justifier tout en n'hésitant pas au passage à inventer des fables sur la situation du temps de Batista où, en dépit de ses affirmations, quelques journaux non gouvernementaux réussissaient à paraître de temps à autre malgré la censure. Au terme de son dossier minutieux, Jeannine Verdès-Leroux considérait que les amis de Cuba, ou prétendus tels, « ont contribué à ce qu'en masse des hommes soient emprisonnés, frappés, humiliés, exilés, d'autres réduits à la peur. [...] L'appui donné par les intellectuels révolutionnaires au pouvoir de Castro a encouragé ses violences et ses iniquités, et la poursuite d'une politique qui a appauvri matériellement et spirituellement la société ». D'une manière générale, le cas emblématique de Cuba a d'abord montré l'état d'ignorance abyssale sur ce pays latino-américain au profit de fantasmagories et de niaiseries coupables : la réalité de l'île des Caraïbes, de son histoire comme de sa population n'existait pas et l'on se permettait de raconter n'importe quoi en toute impunité.

Méli-mélo

Rien de plus typique du halo d'incertitudes et de confusions entourant l'Amérique latine qu'une erreur commise naguère devant de nombreux téléspectateurs par François Mauriac lors d'une intervention en faveur de Régis Debray, condamné à trente ans de prison pour sa participation à la guérilla en Bolivie. Dans son *Bloc-notes*, en date du 11 novembre 1969, il exprimait un salutaire courroux : « J'enrage d'avoir hier soir, à la télévision (interrogé sur Régis Debray), durant les trois minutes où j'ai occupé l'écran, deux fois parlé de Colombiens au lieu de Boliviens. Rien qui offense plus ces peuples, et avec raison, que d'être pris les uns pour les autres ; et certes c'était bien aux Boliviens que je pensais, mais c'est un autre nom qui m'est venu aux lèvres. [...] Me voilà bien puni du plaisir que j'avais eu de me trouver si bonne mine sur le petit écran. Oui, bonne mine, mais prenant un mot pour un autre, en une matière où il était grave de commettre cette confusion qui risque d'irriter les Boliviens, s'ils en ont connaissance, et de leur donner l'impression que je ne savais pas de quoi ni de qui je parlais. » Dans l'un de ces habiles mouvements de contrition dont il avait le secret, Mauriac, alors âgé de quatre-vingt-quatre ans, avouait que ce lapsus public le chiffonnait à double titre : d'une part, l'homme de lettres en lui, sensible au ridicule, gardait les « réflexes de sa vaniteuse jeunesse » et, d'autre part, il s'inquiétait « d'avoir peut-être desservi la cause de Régis Debray ». Décédé moins d'un an après la publication de ces lignes, l'auteur du *Bloc-notes* pour rattraper sa faute intercéda-t-il auprès des autorités divines ? Toujours est-il que le jeune intellectuel français fut relâché en 1971. Coïncidence : presque au même moment, à Cuba, Heberto Padilla se vit arrêté et réduit à sa sinistre autocritique sous la contrainte. Il ne recouvrera la liberté qu'au bout d'une dizaine d'années et, comme tant d'autres de ses compatriotes, prendra le chemin de l'exil.

La manière dont François Mauriac racontait sa bévue prouve au moins, et c'est à son honneur, qu'il en mesurait la portée exacte car le plus grave, de fait, résidait dans une offense à l'égard de peuples consistant à les emmêler dans un magma indifférencié. Né à une époque où le vocabulaire courant ignorait le terme « latino-américain » – on ne le trouve pas dans le grand *Dictionnaire de la langue française* de Littré –, il savait néanmoins qu'un tel méli-mélo entre la Bolivie et la Colombie relevait d'un dédain apparent à l'endroit de ces deux pays (sans même une frontière commune). À travers cette courte notation, Mauriac faisait preuve d'une culture politique rudimentaire mais inexistante chez beaucoup de Français dans leur perception de l'Amérique du Sud, carence qui trop souvent perdure de nos jours ou se manifeste derrière d'incroyables clichés. Et il pointait de la sorte le pire aspect de l'affront : la faculté de pouvoir en toute impunité raconter n'importe quoi à ce sujet. Comme l'entretien n'était pas en direct, Mauriac en marge de son manuscrit s'agaçait, d'ailleurs, de la passivité de son interlocuteur, un journaliste de l'ORTF avec lequel il entretenait des relations cordiales et qui aurait pu sans crainte interrompre l'enregistrement : « Comment Bernadac ne m'a-t-il pas repris ? » L'anecdote illustrait ce que toute ma famille ressentait de manière viscérale et contre quoi les protestations fusaient chaque fois : au contact de bien des Français, imbus d'une supériorité intrinsèque comme de la *grandeur* historique de leur nation, nous étions à part, pas vraiment intégrés, des personnes aux origines nébuleuses et aux curieux comportements, incapables d'accéder à l'empyrée de la culture et du savoir-vivre. Dès lors, tout en gardant une vive curiosité pour le monde extérieur, qui se manifestait de manière palpable par une profusion de revues ou journaux venus de tous les horizons et souvent renouvelés grâce au cosmopolitisme de mon père travaillant au sein du groupe international Time Life, il existait dans la famille un penchant naturel au repli sur soi, dans le cocon d'une Colombie imaginaire. Là, pour sûr, on se sentait à l'abri de toute condescendance. Mais, hors de ce refuge, place aux désillusions et, aujourd'hui encore, tapi en moi, je garde un vif ressentiment face à une tranquille désinvolture toujours de mise. Il suffit de se montrer un peu attentif pour découvrir des perles à foison, à l'instar de cet imbroglio fréquent provoqué par une forme ténue d'assonance entre Bolivie et Colombie.

En septembre 2018, l'association Foi et culture scientifique rend compte d'un livre en affirmant au passage : « Camilo Torres, Bolivien, [...] rejoindra la guérilla colombienne où il mourra les armes à la main. » Et lorsque l'on passe d'un cercle confidentiel vers une audience nettement plus large, l'affaire ne s'arrange pas. En mars 2022, l'émission de radio « Affaires sensibles » sur France Inter consacra un numéro à « La théologie de la libération » et à tous ces prêtres qui au milieu des années 60, en Amérique latine, s'engagèrent dans la défense des plus défavorisés contre les classes dirigeantes et nombre de régimes militaires. Une place à part était bien sûr réservée à Camilo Torres dont on apprenait, d'abord, qu'il était né au sein de l'« oligarchie bolivienne » et qu'il avait subi les foudres du général Barrientos, alors président de la Bolivie. Ces erreurs manifestes tournaient vite au remarquable embrouillamini : après un passage par l'Université catholique de Louvain, le jeune prêtre « de retour en Bolivie » défend, nous disait-on, une vision du Christ pauvre ; mais, trop sensible aux thèses marxistes, il se voit rappelé à l'ordre par le cardinal-archevêque de… Bogotá. Pile à ce moment-là, un document sonore permettait d'entendre Camilo Torres s'exprimant en français et parler explicitement de « la Colombie, mon pays » ; mais peu importe, le récit se poursuivait, imperturbable, pour nous raconter que, bientôt, ce Che Guevara chrétien « prend le maquis en Bolivie » où il va être tué. Dans la dernière partie de l'émission, cette fois en direct, une incise nous informait que Camilo Torres était bien natif de Colombie, sans un mot d'excuse pour les bourdes répétées : on n'allait tout de même pas imiter ce vieux barbon de Mauriac et perdre son temps pour tenir compte de la susceptibilité des Latinos ! Passons vite sur une curieuse formulation du quotidien *Libération* en janvier 2025 : « Dans les années 70, l'ELN comptait parmi ses rangs des figures religieuses comme Camilo Torres, prêtre et sociologue tué en 1966. » Et sans cesse relisons plutôt Valery Larbaud, l'écrivain polyglotte le plus ouvert sur la richesse des autres, respectueux de leur culture, récoltant des informations précises et, au gré de ses voyages, en quête permanente de nouvelles moissons. Dans son recueil de pérégrinations vagabondes *Jaune bleu blanc*, il ne manque pas de fustiger ces gens « toujours plus ou moins décontenancés, en garde, surpris, choqués, ou imperméabilisés par un imbécile orgueil patriotique ou de secte. La vraie vie, la vie de l'humanité, le progrès, c'est dans leur pays que cela se passe ; ailleurs il n'y a rien d'intéressant, de tout à fait compréhensible, d'important dans ce genre. Ce qu'on ne comprend pas semble absurde : ils rient et se sentent supérieurs ». Nul doute qu'ici Larbaud songeait d'abord à nombre de ses compatriotes. Et c'est à dessein que j'évoque ici l'auteur de *Fermina Márquez*, vu la manière désinvolte dont l'imposant *Dictionnaire des œuvres* (Laffont/Bompiani) nous présente la protagoniste centrale de ce roman, une jeune Latino-Américaine dont l'apparition va provoquer un émoi considérable dans la vie quotidienne d'un pensionnat de garçons de la région parisienne – elle est la sœur de l'un des élèves et vient souvent lui rendre visite. Tout de go, la notice de ce dictionnaire affirme que la belle Fermina est une « jeune Péruvienne » alors que, dès les premières pages du récit, le lecteur apprend, comme on l'a vu, que « son père était un grand banquier de la Colombie ». Un ouvrage de référence, rédigé par une pléiade de critiques, traducteurs et universitaires aux compétences indubitables, peut continuer ainsi à fourrer toutes ces contrées dans le même sac, celui d'une tranquille indétermination.

Historiettes…

Chez nous, en tout cas, les allées et venues de visiteurs provenant du pays dont on chérissait la souvenance accentuaient encore plus le statut particulier de l'appartement parisien : une véritable enclave territoriale et mentale tournée jusqu'à l'excès vers autrefois, loin là-bas du côté de Bogotá ou des « *fincas* » à la végétation luxuriante. Fréquemment, une tablée fort animée réunissait en fin de semaine divers membres de la famille (déjeuners dont Camilo Torres fut un convive régulier pendant ses séjours en Europe ; sa présence parmi nous impliquait, bien entendu, le rituel du bénédicité avant l'entame du repas. Il le disait lentement, en prononçant les paroles de façon claire, dans le but de permettre aux plus jeunes de comprendre). Papámono le premier profitait de ces repas pour nous servir des tas de comptines ou historiettes anodines, tels ces deux simples vers autour du *tejo*, jeu d'adresse populaire consistant à lancer un palet en direction d'une cible munie de poudre explosive, ce qui en cas de réussite provoque une légère détonation avec de la fumée : « *Una vieja y un viejo jugando al tejo/ ¡Ojalá que la vieja le gané al viejo!* » Oui, pourvu que la vieille l'emporte sur le vieux grincheux ! Ou alors cette saynète de rue : une jeune femme élégante trébuche au moment de monter dans un tramway et se retrouve à terre. Rien de grave, sauf qu'avec sa robe un instant retroussée deux messieurs juste près d'elle ont dû apercevoir ses jolis dessous en dentelle. L'un d'entre eux l'aide à se relever et, par galanterie, la rassérène en français : « C'est *la vie* ! » ; alors l'autre de le tancer : « *Yo también* se la vi, *pero no soy tan grosero para decirlo.* » L'imbécile se vante d'avoir aussi *vu* ce qu'il ne faut pas voir mais sans la grossièreté d'aller lui dire ! Un quiproquo d'autant plus plaisant que, pour nous, l'usage indistinct des deux langues tenait du naturel. (Beaucoup plus tard, en lisant « Les ingénus », un poème des *Fêtes galantes* de Verlaine, je me suis dit que le premier quatrain aurait plu à mon grand-père : « Les hauts talons luttaient avec les longues jupes, / En sorte que, selon le terrain et le vent, / Parfois luisaient des bas de jambes, trop souvent / Interceptés ! – et nous aimions ce jeu de dupes. » Des vers que l'on retrouve en partie dans une chanson d'Alain Souchon.) On appréciait beaucoup l'histoire connue de l'élève qui à force de dilettantisme hérite en fin d'année scolaire d'un carnet de notes catastrophique. Pour atténuer les remontrances prévisibles, il demande à son frère d'intervenir auprès de leur père. Très peu de temps après, le résultat de la mission lui parvient sous la forme d'un message aussi succinct qu'évocateur : « *Papá preparado ; prepárate tú.* » Le terrain paternel se trouvait « préparé » ; au tour du fils de se tenir prêt ! Nombre d'anecdotes tournaient autour des festivités du mariage, surtout leurs à-côtés imprévus, et je n'ai pas oublié la splendide désinvolture de Pedrito, un bon bougre vivotant de petites tâches auquel on confiait les faire-part pour aller les remettre de porte en porte. Un jour de pérégrinations fastidieuses, sans doute ponctuées de plusieurs arrêts pour boire un coup, Pedrito vers le milieu de l'après-midi avisa un banc près d'un arbre et décréta que c'en était fini pour cette tournée-là. Il prit dans sa besace les invitations pas encore distribuées et les déchira une à une ; tout à fait conscient des vexations probables chez certaines personnes croyant ne pas avoir été conviées à la noce, il s'écria en même temps : « Voilà des relations qui sont rompues ! » Dans un autre genre, on raffolait de l'épisode lié à la tradition courante à Bogotá d'exposer dans une salle dédiée tous les cadeaux offerts aux jeunes époux, chaque objet étant accompagné de la carte de visite du donateur. Un mondain réputé pour sa pingrerie en profitait pour exercer ses talents : après une nonchalante déambulation tout au long de l'exposition, il repérait l'endroit où une concentration de présents pouvait donner lieu à confusion et, d'une chiquenaude discrète mais efficace, y propulsait son propre bristol qui, ainsi, atterrissait au hasard devant l'un des cadeaux. Imparable pour recevoir des remerciements sans bourse délier ! À l'heure du café, lorsque les jeunes n'étaient pas censés entendre – précaution formelle : nous écoutions tout –, Papámono se lançait parfois dans des historiettes un peu plus osées. Vraiment rien de hardi, en réalité, juste son goût constant pour les mots à double sens. J'ai gardé en mémoire l'une d'entre elles parce que ma mère, contrairement à ce que l'on eût pu imaginer d'une personne parfois arc-boutée sur les bienséances, la trouvait désopilante et ne s'en lassait pas. L'anecdote authentique concernait un certain « Coco », ami apprécié de la famille pour son caractère avenant et, surtout, la drôlerie de ses propos. Séduisant de sa personne, il avait épousé une beauté originaire de Cali qui avec les années, malheureusement, se distingua par son embonpoint marqué. Coco ne voulut ni rompre un mariage avantageux sur bien des plans ni renoncer à sa vie de noceur invétéré. Tard un soir, rentrant bien éméché d'une fête et encore poursuivi par les effluves d'un parfum capiteux, il prit toutes les précautions d'usage pour aller se glisser le plus discrètement possible dans le lit conjugal. Hélas pour lui, son épouse ne dormait point, au contraire elle guettait son retour, et l'infidélité manifeste donna lieu à une scène de colère face à laquelle, penaud, il ne trouva au bout du compte qu'une fade excuse : « Tu sais ma chérie, ce sont les faiblesses de la *chair…* » En espagnol : la *carne*, mot qui peut signifier aussi la *viande*. D'où le formidable esprit de repartie de cette femme : rendue furibonde par l'outrecuidance de la tromperie et entrouvrant sa chemise de nuit pour pointer de l'index son avant-bras plantureux, elle apostropha le mari volage : « Et ça, qu'est-ce que c'est, du *poisson* ? » (« *¿Y esto qué es, pescado ?* ») Il ne s'y attendait vraiment pas mais, avec sa malice coutumière, n'hésita pas à propager lui-même le bon mot : qui d'autre, sinon, aurait pu nous l'apprendre ? Coco, du reste, excellait dans l'art de la réplique définitive. Ainsi, cette fois où, tard dans la soirée comme d'habitude et de retour d'un cercle de jeu connu à Bogotá, il annonça accablé, toujours à sa femme : « J'ai perdu des dizaines de milliers de pesos. » Et elle de lui faire remarquer illico : « Tout ça pour avoir joué un Vendredi saint ! » C'était, en effet, pile à cette date sacrée dévolue, en règle générale, au recueillement et la pénitence. Mais lui de riposter du tac au tac : « Et celui qui m'a plumé, il jouait peut-être un dimanche de Pâques ? » Coco n'hésitait pas, le cas échéant, à se mettre en scène de façon certes drôle mais un tantinet odieuse, notamment lorsqu'il racontait des épisodes liés au golf, activité qu'il pratiquait surtout pour son côté mondain étant donné sa maladresse insigne (dont il se vantait, du reste). Un jour ordinaire, la trajectoire insolite qu'il donna à sa balle la fit disparaître au milieu de buissons touffus disposés sur le parcours : « Cours la chercher ! » ordonna-t-il d'un ton vexé au jeune caddy accompagnateur portant à l'épaule le lourd sac lesté de tous les clubs. Au bout d'un moment, celui-ci revint en lui avouant : « Je ne la vois pas, señor » ; « Eh bien, si tu ne vois pas maintenant, tout à l'heure c'est ton pourboire que tu ne verras pas… » Avec un sérieux imperturbable dans l'expression, Coco prétendait avoir toujours mis ce genre de menaces à exécution ; on en doutait un peu, mais sans avoir de certitude.

… et histoire familiale

À partir des années 30, hormis quelques parenthèses, mes grands-parents vécurent en Europe et tous leurs enfants finiront par épouser des Français. Seule ma mère, les premières années de son mariage, retrouva pendant un certain temps la ville de sa jeunesse, Bogotá, où mon père avait monté une petite affaire d'import-export. Ma sœur est née là-bas et il s'en fallut de peu que moi aussi. Les turbulences politiques et économiques les contraignirent, après bien des hésitations, à se résoudre au retour à Paris et ma mère n'effectuera plus dans son pays qu'un voyage de quelques semaines au cours des années 70, dont elle rapporta des impressions mitigées du fait de la transformation considérable de la société et des paysages urbains. L'ancrage de la famille pour sûr était devenu européen sans pour autant supplanter un attachement à l'Amérique latine chevillé au cœur. Tout en s'efforçant de suivre au mieux l'actualité colombienne, on en parlait d'abord par référence implicite à l'histoire et la distance géographique, loin de contribuer à l'effacement de ce passé-là, au contraire en favorisait la pérennité à la faveur, en sus, du recours dans la conversation courante à un espagnol agrémenté de quelques locutions particulières. À notre génération, celle des petits-enfants, le cadre de vie parisien par exemple ne constitua nullement un obstacle pour se ressentir comme des Franco-Colombiens à part entière, un droit du reste reconnu depuis plusieurs années par l'octroi de la double nationalité avec carte d'identité et passeport. À des degrés divers, entretenir des liens avec le versant andin de la famille relève de l'impératif naturel pour nous tous et certains ne manquent jamais la possibilité qui leur est donnée de voter à l'occasion d'une élection ou d'un référendum. Quant à la génération des arrière-petits-enfants, force est de constater que l'ancrage colombien, loin de se relâcher comme on eût pu l'imaginer, se renforce parfois, notamment par des alliances sentimentales.

Féru d'histoire et de poésie, mon grand-père vouait un culte à la mémoire de son père, Carlos Holguín Mallarino, président de la République de 1888 à 1892, auquel il consacra une monumentale biographie qu'il ne se résolut jamais à achever mais qui fut éditée à titre posthume grâce au patient labeur de reconstitution effectué par ma mère dans un écheveau de sections, chapitres, sous-chapitres, digressions, notes, tableaux, chronologies et autres appendices. Elle tria dans la pile de dossiers afin d'établir un manuscrit cohérent, opéra des coupes indispensables et clarifia ou réécrivit différents passages. En 1981, la parution, huit ans après la mort de son auteur, de cette somme incomplète qui fut imprimée à Barcelone me troubla de façon ambivalente : tout cela semblait suranné, traversé par les préjugés d'une prétendue « élite », un monde englouti de fantômes n'ayant plus aucun sens et que personne n'irait jamais explorer même si une poignée d'érudits salua l'entreprise ; et, à la fois, on trouvait là un témoignage partial mais unique, la chronique irisée d'un pays d'Amérique du Sud autrefois avec des galeries de portraits, des anecdotes en pagaille et des tas de lettres ou discours permettant de mieux cerner le style et les préoccupations de ce temps disparu sauf, justement, pour mon grand-père qui continuait à vivre au présent dans ce passé lointain. L'histoire de ses ancêtres, en provenance à partir de la fin du XVIe siècle d'Espagne ou d'Italie et dont on retrouve des traces dans bien des pays latino-américains, pas seulement la Colombie et le Venezuela mais aussi le Mexique, le Pérou et Cuba (une ville à l'est de l'île caribéenne se nomme « Holguín »), cette histoire-là lui était familière ; il préféra, pourtant, se concentrer sur la vie de son père (1832-1894), période à propos de laquelle il possédait encore à Paris une riche documentation et dont il semblait parfois avoir gardé une étonnante mémoire, aussi panoramique que précise. Il me suffit maintenant d'ouvrir au hasard l'un des deux volumes épais, au total 1 300 pages avec quelques illustrations perdues dans le bloc compact du texte, pour tout de suite revoir sa silhouette filiforme et entendre sa voix attachante ne se lassant pas d'évoquer, surtout au moment du whisky ou du xérès des fins d'après-midi, la vie d'une famille ayant occupé du XIXe siècle jusqu'à aujourd'hui encore une place éminente dans le monde politique et culturel de la Colombie. Son père, écrit-il, avait grandi dans un climat familial « saturé de politique », formulation également valable pour lui né au sein même du palais présidentiel et qui, par certains aspects de sa personnalité, ne quitta jamais cet enclos. Que ce soit du côté paternel, les Holguín, ou maternel, les Caro, la liste était longue des présidents, ministres, parlementaires, diplomates, maires, juristes, écrivains, artistes, journalistes, universitaires, entrepreneurs permettant de nourrir, malgré ou à cause de notre éloignement en France, un légendaire colombien, d'autant qu'il existait parfois une singulière imbrication entre l'activité politique et le monde des lettres. Ainsi, rien que du côté maternel (Margarita Caro Tobar), José Eusebio Caro puis Miguel Antonio Caro se sont-ils distingués en tant que figures majeures du mouvement conservateur, le père comme cofondateur du parti, le fils comme rédacteur d'une Constitution accordant à l'Église catholique un rôle primordial (de surcroît, lui-même deviendra président) ; mais on reconnaît tout autant le premier comme une figure notable de la poésie romantique hispanophone qui influença Rubén Darío, le second comme un philologue et traducteur de poètes latins. En se gardant de jugements anachroniques, un peu de patience dans la lecture de ces pages au caractère de mémorial laissées par mon grand-père valait la peine pour entrevoir les lueurs diffuses d'une époque lointaine et tenter d'en saisir l'esprit.

Simón Bolívar, la figure tutélaire

Après un rappel sur l'origine de ses ancêtres, d'un côté l'Andalousie, de l'autre Florence, la partie liminaire de l'ouvrage résume bien la geste fondatrice qui en 1819, sous le commandement de Bolívar et Santander, présida à la naissance de la « Grande-Colombie », gigantesque ensemble géographique réunissant la Nouvelle-Grenade (avec Panama), le Venezuela, l'Équateur ainsi qu'une partie du Pérou et de la Bolivie. Dans la querelle postérieure entre les deux généraux, mon grand-père penche sans conteste pour Bolívar et son témoignage, parmi tant d'autres, permet de mesurer la ferveur suscitée par un personnage dont on célèbre le destin hors du commun à satiété depuis les statues, médailles, pièces de monnaie, portraits peints, chromos et porcelaines jusqu'à la dénomination des rues, des avenues ou des places, la plaque en marbre sur une maisonnette où il aurait dormi un soir et la pancarte à la croisée de chemins où il aurait juste été de passage (les avis divergent parfois). En 1963, à l'occasion du centenaire de Pereira, principale ville dans la zone de culture du café, le maire commanda un monument au sculpteur Rodrigo Arenas Betancourt. Cet artiste connu livra une œuvre pour le moins « originale » (le terme figurait dans le cahier des charges) : à l'image d'un Prométhée volant le feu aux dieux dans le but de libérer les hommes, Bolívar se retrouve entièrement nu, couché sur un cheval au galop et semblant flotter au-dessus des montagnes. Pour imaginer l'effet produit, il suffit de se représenter une statue équestre de Napoléon ou Garibaldi tout nus! Si, au début, la sculpture fut reçue de façon mitigée – c'est une litote –, notamment par les autorités académiques, aujourd'hui elle trône en plein centre de Pereira, sur la place Bolívar il va de soi, et plus personne ne s'en formalise.

L'un des sites les plus emblématiques dans l'exercice de glorification nationale se trouve au pont de Boyacá près de Tunja, ville assez centrale du pays. Ce fut là qu'en août 1819 eut lieu une bataille décisive permettant l'accès vers Bogotá et marquant le triomphe des indépendantistes face à des troupes royalistes en déroute totale. L'événement historique est célébré ici depuis le début des années 40 par un obélisque et un imposant monument en pierre de taille agrémenté d'un ensemble de sculptures en bronze (réalisées en Allemagne). Tout en haut trône la statue de Bolívar, revêtu d'une cape à la manière des empereurs romains, tenant de sa main droite le drapeau serré sur son cœur et de sa main gauche la Constitution; l'illustre héros militaire est hissé sur les épaules de femmes vigoureuses: un symbole sous forme d'allégorie de toutes les contrées qu'il a permis de libérer avec ses troupes. Plus bas, des anges à la trompette annoncent aux quatre points cardinaux l'issue éclatante de la bataille de Boyacá; enfin, au pied de la composition, la dernière sculpture représente Clio, la muse de l'Histoire. Pour le moins grandiose, ou kitsch, comme on voudra, même si au Venezuela ou en Équateur on trouve parfois mieux dans le genre. Bien des romanciers ont, à juste titre, ironisé sur les cocasseries de ce culte folklorique qui, malgré tout, célèbre un authentique mouvement de libération alors que l'exaltation de l'épopée napoléonienne, par exemple, se fiche bien de la manière despotique dont l'Europe fut mise à feu et à sang. Soit dit au passage, il est plaisant de constater la propension de nos historiens, politologues et autres sociologues à placer l'Amérique latine sous le signe quasi endogène d'une violence certes réelle, en maintes occasions d'une rare barbarie, et pourtant nullement exclusive, de l'assigner ainsi à une sauvagerie parfois indéniable mais reléguant ses habitants dans une sorte d'état d'infériorité. Fort de ses exploits, le continent européen se montre toujours disposé à délivrer des leçons sur ce plan. Passons et d'ailleurs n'oublions pas que le « Libertador » fut fasciné par Napoléon, ce général qui s'autoproclama empereur et dont il eût pu reprendre à son compte le propos pour le moins équivoque : « Je suis grand pour les grandes choses, petit pour les petites. » Même si cette folie semble lui avoir traversé l'esprit, jamais en tout cas il ne céda à la tentation d'un sacre impérial. Et, aujourd'hui, quiconque voyage en Colombie apercevra à maintes reprises des hommages très appuyés à la mémoire du « Libertador » mais pas l'équivalent dans la pompe et la solennité du tombeau de l'« Empereur des Français » sous le dôme doré des Invalides à Paris. Disons, plutôt, qu'ici le culte ne parvient pas à effacer une touche perceptible d'ironie, cette manière souriante de résister à l'emphase autour du grand homme (tout en y cédant, bien sûr) que partagent peu ou prou, de manière volontaire ou pas, beaucoup de Colombiens. En 1830, près de la ville de Santa Marta sur la mer des Caraïbes avec en arrière-fond les sommets enneigés de la Sierra Nevada, dans une hacienda organisée autour du traitement de la canne à sucre, Bolívar termina sa vie aventureuse, emporté à l'âge de quarante-sept ans par une phtisie. Réaménagé en un vaste domaine comprenant jardin, musée et un monumental édifice à la gloire de la patrie, le lieu « vaut le détour » pour paraphraser notre Michelin, surtout si l'on tombe – les candidatures ne manquent pas – sur un ou une guide du cru aux commentaires pour le moins réjouissants. Au cours de la visite de la chambre où Bolívar vécut ses derniers jours, on découvre sur un mur une horloge dont les aiguilles marquent à jamais l'heure exacte de son dernier soupir : « Parce que là où est mort le Libertador, le temps s'est arrêté. » Emportée par son élan, ce jour-là la guide pimpante raconta que l'ensemble du mobilier – lit à barreaux, fauteuil, armoire, commode, service à café, candélabre – avait été reconstitué à l'identique puisqu'en 1830 il avait fallu se débarrasser au plus vite de tout en raison de l'extrême contagiosité de la tuberculose pulmonaire de Bolívar : « Tout a été brûlé, y compris la salle de bains et la baignoire en marbre »...

Au XXe siècle, devenu lui-même un héros mythique de la Colombie au point de ne plus vouloir y vivre pour échapper aux sollicitations, Gabriel García Márquez décida de s'affronter au destin du Libertador avec *Le Général dans son labyrinthe*, en reprenant à son compte un projet conçu par son compatriote et ami Álvaro Mutis. Le roman, à la croisée de faits réels et imaginaires, entreprend de raconter les derniers mois d'un Bolívar dans un état d'épuisement total et désireux de quitter l'Amérique du Sud pour s'embarquer à destination de l'Europe, départ sans cesse différé. La liberté de ton et les détails intimes, parfois scabreux, ont pu choquer des lecteurs colombiens ou vénézuéliens habitués depuis longtemps à une forme de canonisation du libérateur de la patrie ; dans un autre registre, bien des historiens ont relevé à juste titre une distorsion exagérée de données factuelles peu contestables au profit d'une licence romanesque trop commode à invoquer, surtout lorsque l'auteur en profite pour plaquer sur les intrigues ses propres convictions politiques. Sans aller jusqu'à se référer à de grands classiques comme Tolstoï ou Dumas, Gabriel García Márquez ne témoigna pas de la maîtrise du roman historique dont sut faire preuve parmi ses contemporains un Umberto Eco, grâce à son érudition. Il n'en reste pas moins que *Le Général dans son labyrinthe* permet de découvrir une version non conventionnelle de l'Amérique du Sud et de quelques personnages de premier plan autour de Bolívar, à commencer par Santander ou Sucre sans oublier José Palacios, son majordome né esclave et à travers lequel dans le livre on retrouve par le souvenir quelques étapes d'une épopée extraordinaire.

La figure prééminente de Bolívar n'échappe pas aux outrances et simplifications alors qu'il est presque impossible de débrouiller l'écheveau des innombrables contradictions du personnage. Référence centrale de l'imaginaire latino-américain, la seule invocation de son nom sert à cautionner les régimes politiques les plus divers, parfois détestables et en contradiction flagrante avec le sens proclamé de son action. Issu d'une famille créole aisée, il lutta pour l'Indépendance contre les colonisateurs espagnols tout en manifestant un réel attachement à l'Europe par d'habiles alliances politiques avec la Grande-Bretagne où il trouva d'importantes aides matérielles comme par son admiration pour le mouvement des Lumières en France. On le prétendait lecteur de Rousseau, ce qui est exact, mais aussi de Montesquieu, ce dont il ne sembla guère tirer profit. En tout état de cause, il faut se débarrasser de visions populistes fallacieuses : de facto l'élite créole, associée au gré des circonstances avec des populations métisses mais pas avec les Indiens, provoqua une révolution à caractère semi-aristocratique, ce qui pourtant aboutira à l'éclosion de nombreux régimes républicains bien avant l'Europe. Au moment opportun, il sut aussi bénéficier de l'aide du tout nouveau géant en Amérique du Nord, les États-Unis. Il maniait la langue avec un sens remarquable de la formule qui frappe encore, comme dans sa *Lettre de la Jamaïque* écrite lors d'une période d'exil : « La haine que l'Espagne nous a inspirée est plus grande que la mer qui nous sépare. » Par bien des aspects, il sut fixer pour longtemps le cadre du projet sud-américain : « Nous sommes comme un petit genre humain. Nous possédons un monde à part, entouré de vastes mers, novice dans presque tous les arts et les sciences, bien que possédant jusqu'à un certain point les vieux usages du monde civilisé. [...] Nous ne sommes ni Indiens ni Européens, mais une espèce intermédiaire entre les légitimes propriétaires du pays et les usurpateurs espagnols. En somme, étant Américains de naissance et Européens par les droits, nous avons à disputer ces droits aux indigènes et à nous maintenir dans le pays. » Il perçut vite l'étrange ambivalence de la relation avec une Amérique du Nord qui, déplorait-il, « ne fait pas un geste vers ses frères du Sud », une manière de marquer au passage l'appartenance à une même fratrie dans un continent commun. Aujourd'hui, le rejet usuel des États-Unis, manifeste à travers l'expression péjorative « *gringo* », ne saurait abolir un truisme souvent négligé par les Européens : les Sud-Américains sont aussi des Américains ; mais le sort réservé aux populations indigènes a marqué de notables différences entre le Nord et le Sud.

Conservateurs, libéraux, populistes, militaires ou guérilleros peuvent légitimement se réclamer d'un Bolívar agissant avec orgueil et ténacité au nom de l'émancipation, mais de facto se montrant, à la différence de Santander, l'autre général fondateur de la République, peu sensible aux lois et, en même temps, plus respectueux parfois à l'égard des adversaires espagnols, opposé aux mécanismes de la démocratie (d'après lui, une forme de gouvernement « débile » réservé aux « anges »), se moquant du principe d'égalité entre tous les hommes au point de mépriser les peuples indigènes et affichant ouvertement un indéniable penchant pour l'autoritarisme quasi dictatorial qui l'amena à se prononcer pour un président à vie (c'est-à-dire lui-même !). La soif insatiable du pouvoir et la certitude d'avoir raison le conduisirent en maintes circonstances à l'intolérance la plus bornée. Certaines de ses directives, comme celle de la « guerre à mort » dont l'une des conséquences fut le massacre délibéré des prisonniers et même de... malades dans un hôpital, ont de quoi susciter des débats. Il est vrai que ce principe d'extermination fut adopté en réaction contre les tueries des colonisateurs. Stratège hors pair au cours de nombreuses batailles victorieuses grâce à la vélocité de ses hommes et un courage indéniable, sa rancœur après une défaite pouvait l'aveugler et le pousser vers de furieuses cavalcades qui devenaient des fautes tactiques inutiles. Partisan d'une Constitution centralisatrice avec pour axe majeur la nette prééminence accordée à l'exécutif, il se méfiait de l'« anarchie législative » d'un Congrès sous la coupe de piètres politiciens tournés vers les seuls intérêts locaux. Le rêve d'une « Grande-Colombie », qui aurait pu s'étendre encore au gré d'un messianisme latent et de nouvelles conquêtes militaires, s'accompagnait nécessairement chez lui d'une volonté farouche d'unification face à laquelle ses nombreux opposants et surtout son principal compagnon, Santander, défendaient plutôt des idées fédéralistes (dans un pays occupant un si vaste espace, l'antagonisme entre le centre et l'ensemble des périphéries restera toujours une donnée fondamentale à prendre en compte). Si Bolívar admettait le recours au terme « République », cela ne signifiait en aucune manière laisser la porte ouverte à une « liberté absolue », au bout du compte synonyme de « despotisme absolu ». Dans les rues, quand les foules l'acclamaient, il se réjouissait et feignait de ne pas savoir qu'on le craignait avant tout. Vers la fin, en s'appuyant sur l'immense ensemble qu'il semblait contrôler, depuis l'embouchure de l'Orénoque jusqu'à l'actuelle Bolivie, il tenta de bâtir un ambitieux projet de solidarité interaméricaine. Mais son hubris manifeste, par exemple la facilité avec laquelle il endossait le rôle de dictateur, ne favorisait guère une telle espérance, sans compter l'opposition de l'Angleterre comme des États-Unis, les nombreux conflits des nouvelles nations et les rivalités entre ses compagnons qu'il a souvent attisées. L'historiographie officielle attachée au « Libertador » tend à rejeter sur ses successeurs les échecs et régressions venus après les conquêtes si valeureuses de la liberté (on estime qu'il aurait parcouru près de 70 000 kilomètres à cheval et conduit une centaine de batailles importantes). Malade et proche de la fin, Bolívar tirant les conclusions de ses échecs politiques aurait déclaré à travers l'une de ces hyperboles singulières dont il était coutumier : « Les trois plus grands imbéciles de l'histoire furent Jésus-Christ, don Quichotte et moi. » Il exprima dans une lettre testamentaire tout son désarroi alors qu'il voyait son rêve, on devrait plutôt dire ses « chimères », se fracasser contre la réalité : « Celui qui sert une Révolution laboure la mer », accompagnant cette sentence devenue célèbre d'une sombre prédiction : « Ce pays tombera infailliblement entre les mains de la foule déchaînée des petits tyrans presque trop petits pour qu'on les remarque » ; et, sous un angle plus général, il ajouta : « S'il était possible pour une partie du monde de retourner au chaos primitif, l'Amérique le ferait. » La noble allure des propos ne saurait exempter de toute responsabilité dans des dérives postérieures celui qui, par orgueil démesuré et narcissisme, se montra toujours fort préoccupé de sa propre gloire, feignant à maintes reprises d'abandonner son rôle de président et généralissime – rien de plus dangereux, affirmait-il, que de laisser un citoyen gouverner trop longtemps – pour mieux organiser en réalité son retour quasi messianique au pouvoir. Et comment ne pas s'interroger sur quelques infamies, en particulier celle dont fut victime en 1812 Miranda, général aventurier aux mille facettes, pourchassé en France sous la Terreur, passé par l'espionnage comme par la diplomatie, bénéficiant toujours de fonds d'origines mystérieuses, qui joua malgré ses revers un rôle pionnier dans la libération du Venezuela mais se fourvoiera dans des compromissions jugées humiliantes et qu'en conséquence Bolívar n'hésitera pas à trahir en le livrant aux… Espagnols ? Il mourra les fers aux pieds dans des conditions atroces. La postérité accordera cependant à Miranda, chronologiquement le premier héros de l'Indépendance, une sorte de revanche symbolique : personne ne peut lui contester le fait d'avoir été le créateur d'un drapeau aux trois bandes horizontales jaune, bleu et rouge par référence, affirme-t-on d'habitude, à l'abondance de richesses naturelles et aux mines d'or, à la présence des deux océans, et au sang versé pour conquérir la liberté. En fait, Miranda se serait tout simplement servi des trois teintes primaires de l'arc-en-ciel. Quoi qu'il en soit, il s'agit encore des couleurs de la Colombie, du Venezuela et de l'Équateur ; mais ces pays que Bolívar tenta d'unir dans un ensemble commun sont devenus trois nations différentes, parfois opposées et dont les querelles peuvent bien entendu porter sur des interprétations divergentes du passé. Dans la partie plus méridionale de l'Amérique du Sud où l'on célèbre plutôt la figure du général San Martín, personnage d'une réelle originalité et d'une audace incroyable comme le prouva une expédition armée dans les Andes en 1816, à qui l'Argentine, le Chili et la majeure partie du Pérou doivent leur émancipation, on ne manque pas d'ironiser sur les légendes autour du « Libertador » ; Jorge Luis Borges, dans l'un de ses récits au moment d'évoquer une bataille fameuse, glisse ainsi une plaisante incise de son cru : « Toujours envieux de nos titres de gloire, les Vénézuéliens attribuent cette victoire au général Simón Bolívar, mais l'observateur impartial, l'historien argentin, n'est pas dupe et sait très bien que les lauriers en reviennent au colonel Mariano Rubio. Celui-ci, à la tête d'un régime de hussards colombiens, triompha dans un combat incertain au sabre et à la lance… » (« L'aïeule », *Le Rapport de Brodie*) Les deux principales figures de l'Indépendance en Amérique latine se réunirent en juillet 1822, une rencontre restée mémorable, mais San Martín lassé par les méfiances, querelles et ambitions dévorantes choisira finalement la voie de l'exil en Europe. Malgré une tentative de retour, il mourra assez seul à Boulogne-sur-Mer.

Par-delà d'incessantes querelles historiques, l'imagerie populaire liée à la figure de Bolívar n'en reste pas moins un recours commode et omniprésent, comme l'a encore prouvé en 2022 Gustavo Petro à peine élu président de la Colombie. À l'occasion d'une interview, le journal madrilène *El País* mettait en parallèle son passé de guérillero ayant fait le choix de la violence armée et sa récente accession au pouvoir par le concours des bulletins de vote pour lui demander s'il ne se serait pas trompé dans sa jeunesse; alors Gustavo Petro de réagir sans craindre l'anachronisme: « Non. C'est comme se demander si Bolívar s'est trompé en prenant les armes contre l'Espagne et en fondant une république. C'est l'histoire. » La révérence obligée envers le « Libertador » est à l'origine d'un incident significatif, aussi futile que plaisant, survenu en août 2022 lors de la cérémonie d'investiture du même Gustavo Petro. À peine avait-il reçu l'écharpe présidentielle aux trois couleurs du pays qu'il prit la parole pour promulguer haut et fort le premier décret de son mandat: que les militaires aillent sur-le-champ chercher l'« épée de Bolívar »! Protégée par un caisson de cristal et considérée comme l'une des reliques les plus précieuses de l'illustre général, ladite épée se trouve exposée dans sa dernière résidence du vieux Bogotá devenue aujourd'hui un musée. Peu importe que, pour de multiples raisons, beaucoup d'historiens doutent de l'authenticité de ce trésor: ils soulignent ainsi qu'après une grande bataille Bolívar avait l'habitude connue d'offrir son arme à un proche compagnon, auquel cas l'épée conservée ressemblerait furieusement au célèbre « couteau sans lame auquel ne manque que le manche » de Lichtenberg. Réplique ou pas, il s'agit néanmoins d'un véritable totem et Gustavo Petro issu de la gauche aurait aimé qu'il figurât en bonne place au cours de son investiture, ce que ne lui accorda pas le président sortant, un conservateur. Il faut dire qu'en 1974 ce fétiche national avait été dérobé par le mouvement de guérilla urbaine M-19 qui donna une certaine emphase au vol en laissant sur place ce message : « Bolívar, ton épée retourne à la lutte. » Cachée durant de nombreuses années par l'intermédiaire de Cuba entre autres, elle ne réapparu qu'après 1990, lors de la démobilisation négociée du M-19 auquel appartint justement Gustavo Petro. Non prévu donc au programme officiel de la cérémonie de 2022, le défilé inopiné du caisson de cristal provoqua un garde-à-vous immédiat et comme mécanique de ses confrères latino-américains présents – seul le président argentin, peut-être fatigué par le voyage, sembla hésiter – qui s'inclinèrent à l'unisson devant cette épée pourtant sans statut protocolaire, à la différence du drapeau ou de l'hymne national. Le roi d'Espagne, Felipe VI, resta quant à lui impassible assis sur son fauteuil et si, à Bogotá, cette réserve fut remarquée, voire jugée regrettable, on n'y prêta pas une attention particulière. En revanche, à Madrid ou Barcelone, la gauche radicale de Podemos comme les séparatistes catalans profitèrent de l'occasion pour déclencher une polémique dénonçant son « attitude irrespectueuse ». En somme, plus de deux siècles après l'Indépendance de la Colombie, il eût fallu de la part du monarque abhorré un geste d'expiation devant l'« épée » victorieuse de Bolívar ! (Dernièrement, à l'occasion de la fête du 1er Mai et pour soutenir un projet controversé de réforme du code du travail, Gustavo Petro a derechef fait ressortir en grande pompe l'arme emblématique qu'il ne se permet de toucher qu'avec des gants.)

En 2024, la nouvelle présidente élue du Mexique, Claudia Sheinbaum, provoqua un incident diplomatique avec l'Espagne somme toute similaire en refusant d'inviter à sa cérémonie d'investiture le même Felipe VI : il n'avait donné aucune suite à un courrier de son prédécesseur, Andrés Manuel López Obrador, lui demandant de présenter des excuses officielles pour les excès commis lors de la Conquista à partir de la fin du XVe siècle. En revanche, Pedro Sánchez était convié en tant que chef du gouvernement de l'Espagne, pays avec lequel le Mexique entretient, soulignait la présidente, une « solide relation d'amitié »; invitation aussitôt déclinée et de façon très nette par Pedro Sánchez puisqu'on feignait de ne pas savoir qu'en principe le chef de l'État espagnol, c'était justement le roi! Tout dans ce genre de péripéties tient du jeu de rôles, par exemple lorsque M. López Obrador, juste avant de quitter ses fonctions, se demande d'un air candide: « Qu'est-ce que ça leur coûte de présenter des excuses? » en précisant qu'il ne s'agit en rien de désaccords avec le peuple espagnol ou le gouvernement à Madrid mais de divergences avec la monarchie. Si la volonté exprimée par les Mexicains de renouveler les débats sur les exactions coloniales des conquistadores semble pour le moins légitime, établir une continuité historique entre cette période et aujourd'hui, plus de cinq siècles après, tient manifestement du prétexte idéal pour soutenir des desseins de politique intérieure. Au passage, on se demande bien pourquoi en 2018, lors de l'investiture de M. López Obrador, un certain Felipe VI faisait partie des invités: ne s'agissait-il pas du monarque espagnol?

Comme bien des hommes politiques soucieux d'asseoir leur légitimité, le dernier président colombien en exercice montre une appétence certaine pour des objets symboliques qui lui permettent sinon de réécrire l'histoire contemporaine de son pays, du moins de l'infléchir dans le sens de ses propres options. Un chapeau blanc de style panama fait désormais partie du patrimoine culturel de la nation et se retrouve, en tant que tel, exposé sous un coffret en cristal: ce précieux couvre-chef appartenait à Carlos Pizarro, le commandant en chef du M-19 signataire en 1990 d'accords de paix assortis d'une remise de toutes les armes et qui, peu de temps après, fut assassiné lors de la campagne présidentielle. Fallait-il vraiment mettre ainsi en valeur un mouvement de guérilla dont quelques actions spectaculaires ont provoqué de nombreuses victimes ? Les débats vont longtemps continuer, sans compter, pour l'anecdote, un détail divertissant : tout en se réjouissant de cet hommage posthume, l'une des filles de Carlos Pizarro affirme preuve à l'appui, assez convaincante, être en possession de l'authentique chapeau blanc de son père. À la fin de juillet 2024, le président Petro a monté une marche encore plus haute dans la réappropriation historique en s'emparant du flambeau de Camilo Torres passé du sacerdoce chrétien au combat armé. La soutane du plus célèbre prêtre latino-américain était en sa possession, communiqua-t-il en fanfare sur les réseaux sociaux, avec une explication grandiose qui mérite d'être citée : « J'annonce au peuple colombien et latino-américain, à l'Église catholique et à toutes les combattantes et tous les combattants sociaux du monde avoir eu la confirmation scientifique de la Médecine légale que la soutane conservée par un ouvrier depuis la décennie des années 60, avant le départ du prêtre Camilo Torres Restrepo pour l'insurrection de l'ELN puis sa mort, et qui m'a été remise dans les semaines passées par son gardien, est bien la soutane du père Camilo Torres Restrepo. » Ce qui ne laisse pas d'épater ici, c'est la volonté de conférer un caractère « scientifique » à la proclamation. Allez savoir pourquoi, je revois et j'entends Camilo riant de bon cœur parmi nous.

Conservateur ou libéral

Bien que ce fût un sujet à maintes controverses, mon grand-père jugeait exemplaire le « Libertador », un homme politique plus sensible aux notions républicaines qu'à des valeurs démocrates, et je me plais à imaginer que le tempérament séducteur de cet « esprit volcanique », comme il le qualifiait, devait lui inspirer un surcroît de sympathie. Il faut à ce propos réserver une place spéciale à la plus fameuse de ses maîtresses, la belle Manuela, dont l'une des occupations favorites consistait à se déguiser en homme aux épaisses moustaches – arrachées à un Espagnol après la bataille décisive d'Ayacucho en 1824, prétendait-elle – pour aller, une fois vêtue d'un uniforme de colonel, combattre sur son cheval. Capable de n'importe quelle extravagance, par exemple s'infliger par défi la morsure d'un serpent venimeux, Manuela organisait parfois à l'intention d'un cercle d'intimes un spectacle au cours duquel elle s'exhibait en représentation lascive accompagnée de sa jeune esclave, prélude sensuel à une soirée d'orgie. Si l'on a sans aucun doute beaucoup brodé au sujet de ces frasques, voilà qui contribuait aussi à favoriser l'essor d'une nouvelle mythologie. Les querelles impossibles à trancher autour de Bolívar ne doivent cependant pas cacher l'essentiel pour la génération de mon grand-père : partagée par tous quelle que soit la sensibilité partisane, une culture pétrie de références précises se traduisant par une conscience aiguë des évolutions de l'histoire depuis l'Indépendance, processus entamé en 1810 mais effectif seulement avec la proclamation d'une constitution en 1821 à Cúcuta (devenue aujourd'hui la grande ville frontière avec le Venezuela). Ce sens de l'héritage commun d'une nation encore jeune, on le retrouve sans cesse dans la somme qu'il consacra à la mémoire de son père.

Avant d'en venir aux années de la présidence de Carlos Holguín, précédées par l'expérience de la diplomatie (comme ambassadeur, puis ministre) et une intense activité dans la presse, sa biographie analyse en détail les caractéristiques politiques de la Colombie au XIXe siècle avec, en premier lieu, l'opposition marquée entre les libéraux et les conservateurs : d'un côté le choix du fédéralisme et un net penchant pour l'anticléricalisme, de l'autre la préférence pour un pouvoir central fort et la reconnaissance du rôle prééminent de l'Église. Santander ou Bolívar, même si les deux héros de l'Indépendance restent des figures tutélaires de la République difficiles à dissocier. Sur un territoire morcelé propice aux particularismes régionaux, ce clivage, qui a évolué mais n'a jamais disparu (en tout cas jusqu'au début du XXIe siècle), engendrera de multiples conflits tournant parfois aux guerres civiles. À partir des années 1880, au travers du mouvement de « Régénération », appellation significative, les conservateurs vont pendant très longtemps occuper une position hégémonique dans la vie politique, économique et sociale du pays tout en ne parvenant pas à endiguer l'âpreté d'antagonismes qui ont entraîné de sanglants épisodes de lutte armée comme la guerre des Mille Jours, un conflit mémorable au tournant des deux siècles dont l'Amérique de Theodore Roosevelt profitera pour faire main basse sur le Panama. Quasiment toutes les régions colombiennes furent le théâtre d'épouvantables tueries entre deux clans ne s'affrontant pas seulement pour des raisons d'ordre politique mais aussi sur des questions religieuses notamment ; dans un pays comptant alors 4 millions d'habitants environ, on comptera en définitive plus de 100 000 morts. La répétition de ces massacres servira de trame au grand roman cyclique de Gabriel García Márquez *Cent ans de solitude*, où les protagonistes se retrouvent piégés dans le « cercle vicieux » de guerres civiles sans avenir plus faciles à commencer qu'à finir. Une absurdité dont le colonel Aurelanio Buendía, coriace belligérant parti au front une trentaine de fois, prend conscience :

« Un soir, il demanda au colonel Gerineldo Márquez :

– Dis-moi une chose, camarade : pourquoi te bats-tu ?

– Parce qu'il le faut, camarade, répondit le colonel Gerineldo Márquez. Pour le grand parti libéral.

– Tu as bien de la chance de pouvoir répondre, répliqua-t-il. Pour ma part c'est à peine si je me rends compte à présent que je me bats par orgueil.

– Ça, ce n'est pas bien, fit le colonel Gerineldo Márquez.

Son inquiétude amusa le colonel Aureliano Buendía. "Naturellement, dit-il. Mais dans tous les cas, ça vaut mieux que d'ignorer pourquoi on se bat." Il le regarda dans les yeux et ajouta en souriant : "Ou de se battre comme toi pour quelque chose qui n'a de sens pour personne." »

Gabriel García Márquez

À partir de 1967 et la publication de son roman-épopée racontant la naissance, la gloire et la décrépitude du petit village de Macondo, Gabriel García Márquez devint un auteur phare dans le paysage littéraire latino-américain au point de susciter des propos d'une emphase remarquable. Pablo Neruda alla jusqu'à considérer *Cent ans de solitude* comme l'œuvre la plus importante jamais publiée en espagnol depuis *Don Quichotte*… Auréolé d'une célébrité devenue mondiale, García Márquez ne fit paraître que huit ans plus tard *L'Automne du patriarche*, une sorte de litanie hallucinée contre le pouvoir dictatorial. Profitant de ses droits d'auteur bien mérités, presque chaque mois de septembre « Gabo » revenait incognito à Paris, une ville dont il gardait des souvenirs plus que mitigés : il y avait survécu dans la dèche totale au milieu des années 50 après la fermeture arbitraire de son journal à Bogotá et il s'y fit embarquer à maintes reprises par la police au motif d'un faciès supposé arabe. Il reconnaissait toutefois avoir pris conscience à ce moment-là qu'il n'était plus seulement un natif de la côte colombienne : « Dans un seul café se retrouvaient des Vénézuéliens, des Chiliens, des Uruguayens et des Colombiens et j'ai commencé à exister selon une perspective latino-américaine. » En 1979, alors qu'il préférait fuir la presse française et, sans doute, d'éventuelles questions sur un fort tropisme pro-castriste, Gabriel García Márquez, grâce à son ami Plinio Apuleyo Mendoza comme à l'un de mes frères, accepta de me rencontrer dans l'hôtel proche du Palais-Bourbon où il avait ses habitudes. Pas encore nobélisé, chaleureux, hâbleur et d'une roublardise évidente en contant des tas d'anecdotes vraies ou fausses, aucune importance, il ne dissimulait pas une certaine fierté de sa légendaire enfance au village d'Aracataca, devenu le fameux Macondo (figé désormais en un lieu de pèlerinage touristique, constellé bien sûr de papillons jaunes comme dans le final féerique de *Cent ans de solitude*). Et il se montra aussi véhément que prolixe à propos d'une fracassante « grève littéraire » contre le général Pinochet. Au cours d'un meeting, peu après la parution de *L'Automne du patriarche*, il avait en effet créé la sensation en annonçant son refus irrévocable de publier romans ou nouvelles tant que la dictature chilienne ne se serait pas écroulée. Les plus naïfs applaudirent le geste téméraire, d'autres affichèrent du scepticisme et les mauvaises langues insinuèrent que c'était bien la seule conséquence positive du coup d'État militaire, car le talent de l'écrivain commençait déjà à décliner. Lui se défendait d'avoir voulu monter une opération publicitaire – et de fait on n'en voyait pas la nécessité –, mais s'emberlificotait dans ses contradictions quand il voulait se justifier. Bien avant le retrait du dictateur, il votera d'ailleurs, à bulletin secret, la reprise du travail en librairie. Politique et littérature n'ont jamais fait bon ménage ; chez Gabriel García Márquez, cela tournait au salmigondis et à l'orgueil farfelu. Je l'invitai à commenter un passage de *L'Automne du patriarche* : « Après le cyclone il [le vieux tyran] accorda une amnistie aux prisonniers politiques et autorisa le retour de tous les exilés, à l'exception, bien entendu, des hommes de lettres, ceux-là pas question, dit-il, ils ont la fièvre dans les plumes comme les coqs de race quand ils font les leurs, croyez-moi ils sont bons à rien sauf quand ils sont bons à quelque chose, ils sont pires que les politiciens, pire que les curés… » García Márquez commença par affirmer que les dictateurs avaient toujours surévalué l'art et la littérature, au point de croire que le livre d'un écrivain pourrait en finir avec leur pouvoir : « Moi je ne le crois pas, mais eux ils le croient. » Et l'instant d'après, il reconnaissait qu'il lui arrivait de se leurrer sur la force politique des mots puisque, précisément, il avait entamé une « grève littéraire » contre Pinochet. Quitte à poursuivre sur ce chemin tortueux, je n'ai même pas eu la présence d'esprit de lui demander si son soutien à Fidel Castro relevait de la grève du zèle. De toutes les manières, il se montrait un vrai prestidigitateur dans l'art d'esquiver la moindre question gênante en posant comme principe que l'interview s'apparente à de la fiction, à une conversation où l'on « tourne en rond, on vagabonde, on ne termine pas ses phrases, on dit des bêtises », ce qui lui donnait toute latitude pour répondre à côté le cas échéant et s'embarquer où bon lui semblait. Ainsi, il trouva un prétexte pour commenter l'un de ses anciens articles, « Le cimetière des lettres perdues », né d'une interrogation sur le sort des lettres qui n'arrivent jamais. Parti un jour au bureau des rebuts de la poste, une petite maison de la banlieue de Bogotá, García Márquez racontait être tombé sur un extraordinaire retraité qui s'occupait de chaque pli comme d'un trésor, en essayant de trouver tous les moyens imaginables pour faire parvenir les lettres à bon port : « Et pourtant, il s'agissait de lettres sans destinataire identifiable ou dont l'adresse était libellée de façon démente. Il y avait par exemple une lettre en provenance d'un hôpital pour lépreux et destinée à "la dame qui va à la messe de 5 heures du matin à l'église de Las Nieves". Ce retraité se rendait alors tous les jours à 5 heures du matin à l'église de Las Nieves pour demander aux dames de l'assistance si l'une d'entre elles n'attendait pas une lettre venant d'un hôpital pour lépreux ! J'étais tellement fasciné que je suis resté une semaine avec ce retraité au grand désespoir de mon journal qui ne comprenait vraiment pas ce que je pouvais fabriquer au bureau des rebuts de la poste. » L'anecdote paraissait assez improbable, presque trop conforme aux canons supposés du « réalisme magique » à travers lequel on définissait une partie de la littérature latino-américaine. Sur la recommandation d'Álvaro Mutis, García Márquez lut assez vite le chef-d'œuvre du Mexicain Juan Rulfo, *Pedro Páramo*, où l'on découvre par bribes quelques terribles vérités à propos d'un cacique de village. Dans ce bref mais intense roman, l'extraordinaire entremêlement du réel et du fantastique l'influença plus que l'âpre brutalité des scènes. Confronté dans son pays à des faits parfois incroyables, le Colombien savait indéniablement agencer ses récits pour donner l'illusion du vrai. À cet égard, il tenait en réserve le cas d'un impeccable faux reportage. D'après García Márquez, le correspondant du journal dans le département du Chocó leur transmit pendant un certain temps des informations selon lesquelles, à la suite d'un projet de nouvelle division du territoire, il y avait là-bas des grèves, des manifestations et même des morts. Mais, une fois sur place, il découvrit qu'il ne se passait strictement rien sauf dans l'imagination de ce correspondant : « Furieux, j'ai dit alors que ce n'était pas possible, que je n'avais pas fait pour rien ce voyage en avion avec un orage épouvantable au-dessus des forêts et qu'en conséquence j'exigeais que l'on organise illico une manifestation pour pouvoir ramener des photos. La manifestation bidon se fit et lorsque les photos furent publiées à Bogotá, les représentants politiques du Chocó, qui, effectivement, ne croyaient pas beaucoup à l'existence de troubles, durent constater le contraire. Ils partirent pour le Chocó, il y eut de véritables manifestations, des protestations et le gouvernement dut pour de bon renoncer au projet. » Comme une interview tient de la fiction, il fallait bien entendu demander à Gabriel García Márquez si cette jolie histoire n'avait pas été inventée, y compris son compte rendu du faux reportage. Il se défendit en affirmant que tout était publié aux dates précises, comme le prouvait la collection complète du journal *El Espectador* ; mais il ajouta : « Il est vrai qu'une partie des archives a brûlé… » Un temps pour vous laisser croire à une supercherie et, de nouveau, une pirouette : « Ce qui a brûlé correspond à une date où je ne travaillais pas dans ce journal. » Sur le moment j'ai jugé qu'il en faisait beaucoup. Et pourtant, malgré les apparences, il ne mentait pas puisqu'il profita de l'épisode pour publier un vrai reportage pour le coup à propos de ce département du Chocó, au nord-ouest de la Colombie, le plus pauvre du pays et à la fois d'une prodigieuse biodiversité (on trouve beaucoup de détails sur cette aventure dans son autobiographie *Vivre pour la raconter*). En revanche, je n'ai eu aucun mal à tout de suite le croire sincère lorsqu'il ne cachait pas une aspiration à la notoriété venue de très loin : « Dès que l'on devient connu et si votre talent est réel, vous pouvez publier tout ce que vous voulez, on vous l'arrache même des mains. Voilà pourquoi je prétends que la chose la plus importante en ce monde est d'acquérir la renommée : pour pouvoir faire enfin ce qui vous plaît. » Prix Nobel assez jeune, en 1982 à cinquante-cinq ans, Gabriel García Márquez en a largement profité.

Un personnage central de *Cent ans de solitude*, la vieille Ursula, a maintes fois l'impression que le temps ne cesse de tourner en rond, justement comme dans un vide qui n'a pas de sens. Dans nombre de familles colombiennes, on appartenait ainsi, souvent bien par-delà les différences sociales, au camp libéral ou conservateur de façon héréditaire et viscérale sans que l'on sache au juste pourquoi. L'un de mes enfants vivant alors à Bogotá fut prévenu sur le mode ironique par l'un de ses cousins : « Ici, tu peux être ce que tu veux, même communiste ou anarchiste ; mais surtout pas libéral ! » La mise en garde se prolongeait par un complément lié au football : « Et, bien sûr, tu soutiens Santa Fe » – par opposition à l'autre grand club de la capitale, Millonarios. N'exagérons rien, cependant : au sein même de notre famille, on comptait des libéraux avec qui les relations étaient excellentes ; pareil pour des amis proches. En période de tensions exacerbées entre les camps, aller tuer « l'autre » tenait presque de l'obligation non seulement parce que l'on visait à travers lui tous ceux d'en face mais aussi comme un exercice de violence relevant d'abord d'une épreuve initiatique. D'une certaine manière, on retrouve ici l'excentrique et richissime Archibald Olson Barnabooth, natif de Campamento, en Amérique du Sud, à propos duquel son tuteur littéraire, Valery Larbaud, nous rapportait entre autres une singulière anecdote : « Une guerre ayant éclaté entre deux États de l'Amérique centrale, M. Barnabooth parlait de s'engager dans l'une des deux armées belligérantes. “Laquelle ? lui demanda-t-on. – Peu m'importe ; si je fais la guerre, c'est pour le sport ; je n'ai pas encore abattu d'homme”. » Les trains et paquebots de luxe pour des voyages à travers toute l'Europe, de multiples aventures féminines, une certaine forme de cynisme pour masquer un sentiment de solitude et Lolita, la fidèle gouvernante qui patiente dans l'attente de son retour : Barnabooth incarne à merveille quelques figures romanesques venues d'Amérique latine que j'ai pu connaître ou dont j'ai maintes fois entendu parler il y a longtemps déjà. Comment oublier, par exemple, un excellent ami de ma mère, consul de Colombie au Havre – mais des affaires privées l'occupaient par ailleurs –, à qui, chaque fois, je demandais avec envie : « Quand est-ce que je peux faire un tour dans ta petite Jaguar ? » Et, en effet, il possédait une merveilleuse XK120 de couleur verte où, malgré des promesses réitérées, je ne suis hélas jamais monté. Quand je pense à lui maintenant, affichant une élégante aisance et parlant d'une voix légèrement aiguë un espagnol impeccable, il m'arrive de me demander s'il n'avait pas une parenté lointaine avec M. Barnabooth.

Républicain attaché aux principes constitutionnels et excellent polémiste à l'occasion, Carlos Holguín Mallarino bénéficia d'une relative estime de la part de ses opposants libéraux, y compris certains des plus radicaux, ce qui lui permit de gouverner vers la fin du XIXe siècle sans connaître d'agitation majeure. Très ouvert sur le monde extérieur – ses nombreuses missions diplomatiques l'avaient passionné –, il n'en resta pas moins intransigeant sur tout ce qui relevait de l'indépendance et de la souveraineté de son pays. Quelques années avant son accession à la présidence, un grave différend opposa la Colombie à une Italie aux velléités coloniales qui, sous un prétexte totalement fallacieux, menaçait avec ses forces navales de bombarder la ville de Cartagena. Dans une lettre de mise au point adressée au directeur du quotidien parisien *Le Matin*, Carlos Holguín alors ambassadeur en Europe ne craignait pas de s'exprimer sans détours : « des journaux italiens ont même l'indiscrétion de dire que leur gouvernement doit [...] s'emparer d'un de nos ports de l'Atlantique dont ils ont besoin pour avoir une station près du canal du Panama et servir les intérêts italiens en Amérique du Sud. On se croirait encore en plein XVe siècle ; on nous considère donc comme des barbares chez lesquels on peut aller faire des découvertes ou des conquêtes. » Cette réaction correspondait déjà à un ethos latino-américain profondément ancré, dont on retrouve aujourd'hui les marques sur tout l'échiquier des sensibilités politiques.

Orateur cultivé, Carlos Holguín se référait volontiers aux classiques latins, en tout premier lieu Virgile dont il avait fait graver dans la pierre, à l'entrée de sa maison de campagne, le vers célébrant la paix bucolique octroyée par un dieu : « *Deus nobis haec otia fecit* ». Soucieux de progrès dans l'industrie et le commerce, il modernisa l'économie mais n'en restait pas moins un éminent représentant du camp conservateur, favorable par ses idées à l'ordre traditionnel. Il prit l'initiative de créer une police nationale en faisant appel pour en organiser la formation à un militaire français (J.-M. Marcelin Gilibert). Face au caractère « subversif » de certaines publications et la véhémence des polémiques, il prônait un encadrement de la presse au risque, sinon, de verser dans l'impunité face à l'État, ce qui en clair signifiait l'approbation d'une forme de censure comme dans bien des régimes en Europe à la même époque. Et il exerça ce droit abusif. Mais, favorable par tempérament au principe de liberté d'expression, Carlos Holguín du temps de sa présidence montra tout de même une certaine modération au moment de réagir face à quelques attaques incendiaires dans des journaux (par respect filial excessif, mon grand-père dans son livre regrette ce manque de sévérité !). Par ailleurs, un geste d'amitié inconsidéré à l'égard de la régente Marie-Christine de Habsbourg, qui avait arbitré de manière favorable une querelle de frontière avec le Venezuela au nord-est du pays dans l'actuel département de la Guajira, l'entraîna à prendre une calamiteuse initiative : le don à l'Espagne d'une fabuleuse collection de cent vingt-deux pièces, la plupart en or, laissées par une tribu précolombienne, dite de Quimbaya. Du fait de liens historiques entre la Colombie et l'Espagne sans doute plus étroits que dans le cas de bien d'autres pays d'Amérique latine, cette affaire revêt maintenant une tournure assez polémique. Certains ont voulu prendre la défense de mon aïeul en arguant qu'à l'époque la notion de « patrimoine national » n'avait pas cours, ce qui est exact au sens strictement juridique : les premières lois colombiennes protégeant les « trésors de la patrie » et interdisant leur sortie du pays sans autorisation ministérielle ne furent promulguées qu'en 1920 ; néanmoins, comme l'a montré Krzysztof Pomian dans sa monumentale étude *Le Musée, une histoire mondiale*, le dessein à titre public et non plus seulement privé de rassembler, conserver et protéger des objets d'art jugés précieux comme l'apparition corrélative d'un « patrimoine » avec d'innombrables conséquences remontent au XVe siècle en Italie et se généralisèrent partout en Europe à partir du XVIIIe. Il est impossible qu'un Colombien comme Carlos Holguín, en activité pendant la seconde partie du XIXe siècle, pétri de culture européenne (ses voyages, ses écrits, sa correspondance, ses discours le prouvent abondamment), ait pu être insensible à ces thèmes-là. Simplement, en faisant cadeau du trésor Quimbaya – de nos jours réclamé avec véhémence par la Colombie à l'Espagne mais en vain jusqu'ici –, il a commis une évidente faute politique, inutile d'ergoter sur ce point. En revanche, Carlos Holguín se montra beaucoup plus inspiré sur un sujet comme celui de Cuba en lutte pour son indépendance : dans l'esprit de Bolívar, Sucre ou Santander, il élabora en 1870 un projet de loi instituant un pacte entre toutes les nations latino-américaines afin de mettre en place une médiation avec l'Espagne et de permettre ainsi aux peuples de Cuba, des Antilles ou de Porto Rico de s'organiser selon leurs souhaits. Trop audacieux dans sa conception, ce plan ne put aboutir mais suscita l'enthousiasme de la grande figure des indépendantistes Carlos Manuel de Céspedes : « Vous pensez comme moi, j'en suis certain, écrivit-il à Carlos Holguín, que le triomphe de la révolution cubaine aboutit à la mort de la domination européenne en Amérique, et que cette question étant purement américaine, toutes les Républiques sœurs doivent prendre part à cette grande œuvre et contribuer au triomphe des idées démocratiques et républicaines que nous soutenons. »

On ne peut pas taxer Carlos Holguín d'intolérance fanatique ni l'accuser de cléricalisme comme beaucoup d'autres de son bord conservateur, mais il fut l'une des personnalités ayant contribué à la formation de cette élite dirigeante qui *nolens volens* deviendra une véritable oligarchie aux prérogatives considérables, trop souvent inadmissibles. Énoncer une telle généralité peut toutefois conduire à des jugements péremptoires, anachroniques et sans nuances ne permettant pas d'appréhender la complexité des histoires individuelles. Appartenir de par la naissance à une caste restreinte engendre certaines formes de comportement, de mentalité ou de langage, c'est une évidence sociologique incontestable. Si je ne prise guère ce genre de notions souvent employées de façon par trop mécanique, admettons pour la forme : en Colombie, ma mère à n'en pas douter disposait a priori d'un « capital social », ou « symbolique » si l'on reprend le vocabulaire de Pierre Bourdieu, très important ; mais en France, cet acquis indiscutable s'était réduit pour elle comme peau de chagrin et il y a dans l'expression une touche de tristesse qui lui correspond bien. Le plus intéressant reste donc ce qui ne colle pas avec les catégories préétablies et la réduction facile d'une personne à un échantillon. La singularité de quelques membres de ma famille proche résidait dans le fait que l'on ne pouvait absolument pas les assimiler à des possédants qu'ils n'étaient pas et dont, par ailleurs, ils ne refusaient ni ne cherchaient la fréquentation éventuelle. En tout cas, il eût été inconcevable pour ma mère que l'on cherchât à lui reprocher les privilèges de son milieu d'origine alors qu'au bout du compte elle ne profitait guère de l'avantage le plus tangible, celui de l'argent facile. Hasards de la vie, l'un et l'autre de mes parents ne bénéficièrent d'aucun patrimoine, strictement rien, et malgré les apparences comme leurs relations on ne pouvait en aucune manière les assimiler à ces gens fortunés, à ces propriétaires dont la confiance en soi, tournant vite à la morgue, repose sur l'habitude du confort matériel. Curieusement, d'ailleurs, il m'est arrivé d'observer que l'aplomb et une sorte d'aisance naturelle facilités par la jouissance d'un magot douillet peuvent se combiner sans vergogne avec de martiales opinions d'extrême gauche, par exemple lorsqu'il s'agit de formuler un docte avis sur l'Amérique latine. Observateur ironique et impitoyable des comportements présents, Nicolás Gómez Dávila l'avait noté : « Les opinions révolutionnaires ouvrent la seule carrière, dans la société actuelle, qui assure une position sociale respectable, lucrative, et paisible. »

D'un milieu comparable à celui de mon grand-père mais disposant pour sa part de moyens financiers qui lui offrirent des rentes confortables, Nicolás Gómez Dávila (1913-1994) fut une personnalité singulière dont on peut affirmer que la biographie se confondit avec son immense bibliothèque personnelle où il passa le plus clair de son temps : près de trente-mille volumes, soit presque tous les classiques depuis l'Antiquité jusqu'au début du XXe siècle en littérature, philosophie, esthétique, théologie, histoire, politique, etc. De santé fragile, cet homme élevé à Paris vécut, une fois rentré à Bogotá, dans le prolongement quasi exclusif de ses lectures en produisant de simples notations, proches de l'aphorisme, appelées par référence au grec « scolies ». Il ne prétendait pas enseigner à quiconque mais maintenir son existence dans « un certain état de tension ». L'essentiel de son œuvre, cinq volumes regroupés sous le titre *Scolies pour un texte implicite*, peut au premier abord donner l'impression d'un orgueil démesuré ; et pourtant, on découvre vite chez ce styliste unique dans l'art de l'ellipse une profonde modestie à l'opposé de la prétention omniprésente des modernes qu'il ne cesse de pourfendre : « Personne ne s'appelle lui-même poète, philosophe ou artiste sans quelque inconvenance et force impudeur. » Nicolás Gómez Dávila ne craignait pas de se déclarer « réactionnaire » en un sens étonnant : « Je ne suis pas un intellectuel moderne contestataire, mais un paysan médiéval indigné » ; il ajoutait que la providence avait offert à la démocratie la victoire et au réactionnaire la vérité. D'une manière générale, il affirmait que la droite était menacée par le vice du cynisme et la gauche par celui du mensonge. À son propos on a souvent évoqué et à juste titre Nietzsche ; mais c'est Pascal plutôt qu'il faudrait citer, d'abord à travers son fameux fragment d'une lucidité sans concessions : « le dernier acte est sanglant, quelque belle que soit la comédie en tout le reste. On jette enfin de la terre sur la tête, et en voilà pour jamais ». Chez ce Colombien délibérément hors de son temps, on trouve une foi catholique sans cesse réaffirmée dans une version traditionnelle fort exigeante et d'une ironie cinglante à l'égard de toutes les formes de doctrines inspirées par Vatican II où la croyance en Dieu devient une question secondaire. L'immense culture de Nicolás Gómez Dávila permet de lire ses « scolies » comme des commentaires croisés d'auteurs les plus divers, aussi bien l'interprétation de l'histoire par Thucydide que la notion de bon gouvernement de Jean Bodin ou la vision du Moyen Âge chez Jacob Burckhardt. Mais on y apprécie tout autant l'attirance authentique pour l'« obsolète » par opposition au moderne ou à l'ancien qui sont des penchants faciles. Nicolás Gómez Dávila nous avait prévenus par ailleurs : « La relativité du goût est l'excuse qu'adoptent les époques qui en sont dépourvues. » Et comment ne pas l'approuver (il suffit d'écouter certains grands esprits autour de nous) lorsqu'il s'agace presque dans les mêmes termes que William Faulkner après son prix Nobel : « Rien de plus irritant que l'aplomb avec lequel opine sur tout celui qui a eu du succès dans quelque chose. » Il m'a fallu du temps avant de considérer le splendide isolement de cet auteur à sa juste valeur, indépendamment des circonstances matérielles et sociales dont il a pu bénéficier pour lire et écrire en toute patience. Au regard de l'originalité de son œuvre, peu importe il va de soi. Mais je connaissais trop le milieu protégé qui était le sien pour ne pas éprouver de prime abord un peu de méfiance, d'autant que l'interprétation hâtive de ses « scolies », notamment sa notion de « réactionnaire », donne lieu à beaucoup d'ambiguïtés. Aujourd'hui, je crois mieux percevoir pourquoi ce critique radical de la modernité qui insistait sur la valeur de la tradition mérite vraiment d'être entendu. Le très subtil conteur et poète colombien Álvaro Mutis affirmait que les écrits de Gómez Dávila apportent au fil des jours une « certaine lumière intérieure », utile au moins pour affronter la mort.

Par cette forme d'opposition bêtement frondeuse que l'on affiche à l'adolescence, j'ai cru une fois jouer au finaud devant ma mère en lui citant de façon appuyée le fameux « Vous vous êtes donné la peine de naître, et rien de plus », du monologue de Figaro dans la pièce de Beaumarchais que nous venions d'étudier en classe. Elle m'arrêta net, « *déjame en paz con eso* », ayant tout de suite compris que je voulais l'enquiquiner en me référant implicitement à sa famille paternelle, les Holguín et les Caro. Une double imbécillité de ma part en réalité : d'abord, le prestige de sa famille colombienne ne provenait en aucune manière de privilèges de naissance mais d'une série d'actions individuelles depuis des décennies ; par ailleurs, dans les divers pays d'Europe où elle vivait depuis bien longtemps, les éventuelles prérogatives liées à son patronyme n'existaient plus par définition et ne relevaient que de chimères personnelles. Si par un sursaut d'orgueil et par comparaison avec son entourage, ma mère de temps à autre se plaignait d'un manque d'aisance – son tempérament la portait à l'exagération et nous ne manquions de rien d'essentiel –, au fond elle se résigna à vivre par l'entremise d'une illustre ascendance en dilapidant des richesses imaginaires, à ses yeux beaucoup plus séduisantes. Son occupation favorite consistait à bâtir des châteaux en Colombie, puis à se laisser bercer par cette fantasmagorie nourrie de myriades de souvenirs qu'elle entretenait de mille façons, d'abord avec la tâche quotidienne de longues lettres. En dehors de l'abondante correspondance privée, elle donna corps à l'une de ces rêveries en reconstituant la biographie de son grand-père Carlos Holguín, sorte de testament sur une société ancienne qui survécut longtemps grâce au poids de forces traditionalistes et dont elle put encore voir les traces directes jusqu'à son adolescence. Peu longtemps après qu'elle se fut acquittée de cette tâche, accomplie à la fois comme un devoir envers les siens et comme un adieu à sa jeunesse et à son éducation, apparurent les premiers signes de la maladie qui allait la dévaster. Avant la fin, ma mère prit aussi l'initiative de ranger un tas d'archives – « *Quizás es tiempo de aclarar* », disait-elle, peut-être est-ce le moment de clarifier, donc de mettre de l'ordre – et elle effectua un précieux travail de classement, de datation et de décryptages pour les signatures illisibles de lettres ou de légendes des vieilles photos. Bien que ce fût en apparence une illusion, elle voulait préserver de l'effacement inéluctable quelques traces de mémoire, peut-être pas pour ses enfants – sur ce point l'essentiel avait été accompli par la transmission de sa langue – mais tout simplement par obstination, et pour survivre un peu de temps encore si loin du pays perdu. Comme tant de Latino-Américains vivant en Europe, par choix personnel ou obligation peu importe, elle ne parvenait pas à se départir d'un voile de mélancolie lié à son expatriation définitive. Colombienne à jamais dans l'*âme*, c'est à dessein que j'emploie ce terme d'ordre spirituel puisque sa foi catholique l'enveloppait jusque dans l'excès, elle ne se sentit jamais pleinement à l'aise en France, un pays dont bien des codes culturels lui inspiraient une méfiance évidente. En maintes occasions, je me suis demandé si elle ne m'avait pas transmis surtout cela en héritage, une façon imaginaire de toujours se tourner vers les Andes, de l'autre côté de l'Atlantique.

La « Violencia »

Dans ma famille colombienne expatriée, la présence d'un passé à l'attrait irrésistible se faisait sentir de manière différente selon les générations et les personnes, chacune lui donnant des colorations caractéristiques. Pour mes grands-parents, la perspective d'un retour en Colombie ne fut plus de l'ordre d'une éventualité à considérer au fur et à mesure que la situation de leur pays devenait chaotique et que le cercle de leurs proches s'élargissait en France. Au demeurant, pourquoi repartir puisque tant de compatriotes venaient leur rendre visite ? En fait, à partir de 1948 exactement, tout me porte à croire qu'il devint pour eux non pas impossible, mais presque inconcevable de retrouver une terre natale en proie à d'effarantes convulsions. Le 9 avril de cette année-là, l'assassinat en pleine rue d'un homme politique charismatique, Jorge Eliécer Gaitán, provoqua dans la capitale une émeute qui allait se propager à travers la plupart des régions, puis dégénérer en massacres à répétition. Le « Bogotazo » – selon l'expression devenue courante – eut d'autant plus de retentissement que la presse internationale se trouvait sur place pour assister au congrès fondateur de l'Organisation des États américains (OEA), en présence du général Marshall. La personne comme le style de Gaitán tranchaient avec presque tous les représentants de la classe dirigeante : des origines plus modestes, un visage à la peau cuivrée avec quelques traits indiens, un don pour la parole torrentielle, le sens du contact direct, une réelle connaissance du monde du travail et la capacité de galvaniser les foules par des slogans efficaces. S'inspirant d'un socialisme de type soviétique mâtiné de quelques éléments venus du fascisme mussolinien, sa démarche devint l'archétype du populisme qui dans bien des pays a fait florès depuis lors et dont il résuma le programme en une exclamation pour le moins douteuse si l'on y réfléchit : « Je ne suis pas un homme : je suis un peuple ! » En d'autres termes, il affirmait ne plus exister lui-même en tant que personne et se proclamait l'incarnation comme l'interprète du peuple (Pierre Rosanvallon a souligné toute l'ambiguïté de cette notion d'homme-peuple). Aux sources de ses discours enflammés on retrouvait toujours l'aspiration à la dignité des personnes et un appel à l'immense majorité contre la minorité des corrompus : « Pour la restauration morale de la République, contre les oligarchies, à la charge ! » Mais, le plus souvent, le tribun endossait l'habit du justicier sans proposer d'autre perspective politique que la haine et la vengeance à l'encontre de ses adversaires. Ceux-ci le lui rendaient bien, il est vrai, avec des propos à caractère délibérément racistes : « *el Negro Gaitán* », disaient-ils pour le désigner. D'abord dissident de gauche du Parti libéral, Gaitán, appuyé par les syndicats comme des bataillons de partisans, parvint non sans quelques envolées démagogiques, dont des enregistrements réalisés lors de ses meetings gardent une trace saisissante, à en prendre la tête et semblait promis au triomphe présidentiel. Juste après l'annonce du meurtre par un inconnu qui finira lynché, le soulèvement populaire dans la capitale, où se multiplièrent les incendies d'édifices publics et des moyens de transport, les saccages de la radio et de sièges de journaux, les profanations d'églises et les pillages de commerces surtout à la recherche de boissons alcoolisées, fera plusieurs centaines de morts, bien au-delà d'un millier, assurent diverses sources. Il faut dire qu'une fraction de la police attisa la colère des révoltés au point de leur distribuer des armes. Ailleurs, d'innombrables villes furent le théâtre de scènes similaires et les affrontements s'intensifièrent d'autant plus que le camp conservateur, tenu pour responsable de l'attentat sans qu'aucune preuve tangible soit venue étayer l'accusation, se lança dans une vague de répression tenant de la croisade contre les « barbares » impies, la franc-maçonnerie et le communisme. (Il n'en reste pas moins que Moscou, où régnait alors un Staline en rivalité frontale avec Washington, avait joué un rôle obscur dans le « Bogotazo » et dans les émeutes concomitantes un peu partout via le Parti communiste colombien qu'il contrôlait ; de façon plus anecdotique sans doute malgré bien des spéculations, on a aussi appris beaucoup plus tard qu'un étudiant cubain nommé Fidel Castro se trouvait sur place à ce moment-là. Et même s'il arriva au « Commandante » d'entretenir le flou pour se donner un rôle après coup – pensez donc, le jeune et vaillant Castro déjà en rébellion contre l'impérialisme US représenté par l'illustre général Marshall ! –, aucune preuve convaincante n'est venue établir sa participation active au « Bogotazo ».) Un engrenage inexorable d'exécrations et de représailles commencera à partir de 1948, affrontement général qui perdurera plus d'une décennie. Tueries, viols, rackets suivis d'exécutions, supplices d'une cruauté inouïe, rituels macabres, terreur entretenue par les bandes rivales : les carnages en tout genre donneront lieu, au fil des ans, à un bilan de 250 000 victimes au moins, sans tenir compte de graves conséquences annexes comme les déplacements de population, l'émergence de nouvelles guérillas à côté de nombreux foyers armés existant depuis longtemps déjà ou l'augmentation considérable du banditisme armé.

« La journée qui a tout changé pour nous » : bien longtemps après, voilà comment le journaliste et essayiste Plinio Apuleyo Mendoza résumera le profond bouleversement issu du 9 avril 1948, crise dont à son tout début il fut le témoin quasi direct. Âgé alors d'une quinzaine d'années, il se trouvait aux alentours de 13 heures en compagnie de ses deux sœurs dans une cafétéria bruyante du centre-ville ; leur père, « un libéral subversif » selon son expression, venait de les quitter en indiquant qu'il partait déjeuner avec Gaitán dont il était l'ami et l'un des proches conseillers. Avant même le service du premier plat à table, les adolescents entendirent trois détonations, puis aperçurent derrière la vitre donnant sur l'avenue des gens fuyant en tous sens. Aussitôt, les sœurs de s'exclamer à l'unisson : « Mon papa ! » et lui, Plinio, imaginant le pire, de se précipiter dehors. Non loin de la cafétéria, il croisa d'abord un petit homme pâle, hirsute et mal fagoté soutenu par deux policiers : l'assassin. Et tout près de là, gisant sur la chaussée, un corps qu'il pensa avec effroi être celui de son père ; en s'approchant, il eut la stupéfaction de reconnaître Gaitán : « Jamais je n'ai oublié le visage, semblant figé dans l'amertume, de celui qui, aujourd'hui, est considéré par l'histoire comme le plus grand caudillo populaire de la Colombie. » Impossible aussi d'oublier qu'un filet de sang coulait de la nuque et qu'une femme, secouée par les sanglots, s'agenouilla pour en recueillir semblait-il quelques gouttes : « Canailles ! On nous l'a tué. » Au hasard de l'attroupement qui se formait, le jeune Plinio retrouva son père organisant le transbordement dans un taxi de Gaitán à l'agonie ; et, peu après, il assista à de multiples scènes où les expressions de douleur et de colère se métamorphosaient presque sur-le-champ en rage collective. Ainsi ce chauffeur de tramway qui, à l'annonce du meurtre, freina sec, descendit, jeta sa casquette par terre et la piétina en s'exclamant, planté face au véhicule : « Ce machin ne bouge plus d'ici ! » Bientôt, le vieux centre de Bogotá dévasté par les destructions sera la proie des flammes. Lorsque le surlendemain l'armée parviendra à mater le soulèvement, des corps trempés par la pluie jonchaient la rue où vivait Plinio Apuleyo Mendoza. De sa maison, il distingua dans la brume matinale une infirmière accompagnée d'un prêtre ; elle se penchait de temps à autre comme pour s'assurer qu'il s'agissait bien d'un cadavre puis, vérification faite suivie d'une brève bénédiction, le duo poursuivait sa déambulation mortuaire : « Cette image semblait annoncer la Colombie tachée de sang que nous n'avions jamais prévue, celle dans laquelle il nous a été donné de vivre depuis lors. [...] Le 9 avril 1948 a brisé en deux notre vie. » Par la suite, Plinio Apuleyo Mendoza deviendra et restera toujours un ami de « Gabo », alias García Márquez, mais, politiquement, se rapprochera des positions libérales défendues par un Vargas Llosa, ce qui lui vaudra de solides détestations. Sa capacité d'affabulation serait fort développée, a-t-on prétendu, histoire de se hausser du col après coup et de se décrire en témoin privilégié d'une scène qu'il aurait reconstituée de toutes pièces ; ce n'est pas impossible mais, en même temps, dans un pays où le réel et le fictif se mêlent si étroitement, ce genre de procès n'émeut personne. En tout cas, l'attentat contre Gaitán garde encore une telle résonance qu'un écrivain d'une tout autre génération, Juan Gabriel Vásquez, a pu en faire près de soixante-dix ans après l'un des éléments centraux de son roman *Le Corps des ruines*, longue enquête policière et personnelle autour des meurtres d'hommes politiques. On n'élucidera jamais nombre de mystères liés aux derniers jours de Gaitán, mais cet assassinat occupe une place à part dans le martyrologe de la Colombie ; et cet homme politique a pris une dimension singulière dans son histoire contemporaine en raison, précisément, des circonstances dans lesquelles il fut tué.

Le pays avait donc basculé dans une nouvelle ère, désignée sous le terme générique de la « Violencia » et vécue comme un traumatisme indélébile. Remarquable connaisseur de la région, Daniel Pécaut estime qu'il s'agit d'une véritable coupure historique : « La phase de la "Violencia" va altérer toutes les représentations collectives. Non seulement elle suscitera le sentiment d'un avant et d'un après, mais elle modifiera jusqu'à la perception du passé. Rétrospectivement tout tendra à être déchiffré à la lumière de ces événements, y compris les moments de paix et de progrès matériel [...]. La "Violencia" a semblé de même vouée à se reproduire sans fin, les nouvelles modalités de conflit armé n'en étant que la suite. » D'après Daniel Pécaut, les innombrables atrocités du conflit ont en définitive eu pour point commun la référence à une identité partisane renvoyant au clivage « ami-ennemi ». Autour de la profonde division entre deux camps politiques venait par ailleurs se greffer une myriade de conflits locaux avec l'exhumation d'anciennes querelles ou rivalités aux motifs exacts le plus souvent obscurs, mais peu importait puisque l'autre devait expier toute affaire cessante. Quelquefois, la vengeance se voulait avant tout dégradante en reprenant, par exemple, les usages les plus barbares quand il s'agit de sanctionner une traîtrise (ou prétendue telle) : après avoir trucidé l'adversaire déclaré, on l'émasculait, puis le cadavre était abandonné au milieu d'un chemin, le sexe planté dans la bouche. Les tueurs aguerris devinrent des « *pájaros* », oiseaux de nuit découpant en morceaux à la machette même des femmes enceintes. Les témoignages directs et de vifs souvenirs au sein des familles montrent que cette longue période de quasi-guerre civile a provoqué chez bien des Colombiens une double réaction dont on retrouve encore, comme en filigrane, les traces intactes : de la honte devant tant d'absurdités et une accoutumance résignée face aux horreurs sans pour autant éteindre leur singulier sens de l'humour, ce goût allant de la drôlerie à la satire si présent dans des œuvres littéraires. Plus tard, lorsque surviendront d'autres épisodes sanglants, on y verra toujours une résurgence de la « Violencia » au risque de masquer des phénomènes de nature assez différente. Ce sera le cas, notamment, quand à partir du milieu des années 70 avec la montée en puissance du narcotrafic sous l'égide de plusieurs cartels (les deux principaux venus de Medellín et Cali) ; pour la Colombie, des années dramatiques marquées par une criminalité à grande échelle ayant recours aux méthodes terroristes les plus effroyables, et une décomposition telle que les institutions et l'ensemble de la société se retrouveront au bord de l'effondrement. Dans la première série télévisée produite sur place consacrée au parrain de la cocaïne Pablo Escobar, une scène récurrente le montre face à une ou plusieurs personnes qui, de toute évidence, l'agacent ; tout de suite, il sort de sa veste un petit carnet pour gribouiller quelques notes. Très peu de temps après, des images furtives permettent de comprendre qu'une ou plusieurs exécutions sommaires ont eu lieu. La reprise de la scène tout au long de la série télévisée produit un effet de répétition tragicomique indéniable. Mais en Colombie à cette époque, c'était tout sauf de la fiction.

Avec le tournant de 1948, dans la Colombie devenue le théâtre d'affrontements proches d'une guerre civile, quelque chose d'un ordre ancien commença à se déliter de manière irréversible et mes grands-parents, tous deux nés au XIXe siècle, ont dû le pressentir depuis leur port d'attache en Europe. Alors qu'après les dévastations du conflit mondial le Vieux Continent nourrissait l'espoir d'un vrai renouveau, ils apprenaient la folie destructrice sur leur propre sol, prélude certain à nombre d'incertitudes. Pour mon grand-père, déjà au seuil de la soixantaine et si peu enclin aux changements, le refuge d'un poste diplomatique en France ou en Angleterre, charge parfois délicate pendant la guerre mais plutôt tranquille après, apparaissait comme le meilleur moyen de préserver l'essentiel. Par tempérament, de toutes les manières il ne cherchait pas des fonctions de premier plan telles que la mairie de Bogotá ou un ministère pour lesquels il avait été pressenti dans les années 20. Beaucoup plus tard, on lui proposa à un moment l'ambassade au Pérou et, malgré le prestige du poste de Lima pour un Colombien, il déclina cette offre en acceptant notamment la représentation auprès de l'UNESCO, une sorte de sinécure il faut le reconnaître. En fait, ses points de repère s'étaient disloqués du moment où, sous l'impulsion de Laureano Gómez, la direction du Parti conservateur adopta résolument une orientation d'ultra-droite aux connotations populistes et parfois fascistes. Tout se brouillait et les antagonismes entre camps opposés durant les années de la « Violencia » allaient atteindre un tel paroxysme que, des deux côtés, les notables ayant pris peur finirent par accepter sans protestation majeure et avec le soutien implicite de l'Église un coup d'État tranquille mené par le général Rojas Pinilla, chef des armées. Président en exercice et de tempérament modéré, le beau-frère de mon grand-père n'opposa aucune résistance alors que le général lui avait plutôt proposé de composer avec lui. Au grand soulagement de beaucoup, Laureano Gómez fut contraint à l'exil en Espagne.

Situation inédite, l'accession des militaires au pouvoir arrangeait presque tout le monde et leurs premières initiatives, aussi bien des mesures d'amnistie à l'égard de multiples forces belligérantes que la volonté de ménager l'Église, contribuèrent à apporter un peu d'apaisement. Il n'empêche qu'assez vite militaires et policiers usèrent de leurs armes contre une manifestation d'étudiants, jusqu'à provoquer des morts. En réalité, une fois bien installé à la tête de l'État, Rojas Pinilla profitant de la fermeture du Congrès prit goût aux prérogatives de la fonction gouvernementale et, par les méthodes usuelles des régimes autoritaires (propagande, censure tatillonne, répression, mouvement politico-syndical fabriqué de toutes pièces en s'inspirant d'un vague modèle péroniste), il chercha à transformer son mandat provisoire en dictature conduite par un « Chef suprême » à l'écoute directe du peuple. Sa fille joua un rôle important dans cette tentative d'accaparement complet du pouvoir et, parmi ses initiatives les plus risibles pour instaurer un culte de la personnalité, mentionnons la commande à un plumitif de service d'une biographie dont l'éditeur nous affirme qu'il s'agit d'un reportage « sensationnel » reposant sur des informations de première main. Cette hagiographie où le grotesque le dispute à la puérilité nous apprend que, dès sa prime jeunesse, notre héros manifesta un sens profond de la justice et de l'injustice, une intelligence supérieure, une appétence marquée pour les mathématiques comme pour le sport et une autorité naturelle sur tous ses camarades. Obligé par le destin à accomplir sa mission au sein d'un palais, le président n'en garde pas moins une simplicité souriante qui frappe tout son entourage. Réveillé dès l'aube pour une journée de travail jusque tard dans la soirée, le général saute de son lit pour aller prendre une douche, légèrement tiède sous le climat de Bogotá (à plus de 2 600 mètres d'altitude), bien froide dans des villes aux températures plus chaudes comme Cali ou Barranquilla. Au menu du petit déjeuner – seul rituel accordé à la famille –, des œufs (dont la préparation varie), du pain avec du beurre et de la confiture, une tasse de café au lait et, surtout, un verre de jus de tomate. La base de l'alimentation quotidienne se compose de fruits, viandes et légumes, habitude acquise lors de stages d'école militaire aux États-Unis. Lors du Conseil des ministres (ponctualité exigée), le président prête attention à chacun des avis exprimés, il les analyse mentalement non « pour en déduire son propre concept mais afin de soupeser le pour et le contre de l'idée qu'il avait déjà élaborée ». Quand il s'agit d'une audience ou d'une interview de presse, le général s'assoit jambes un peu étirées, laissant voir ainsi ses bottes d'officier, il appuie les coudes sur les bras du fauteuil et croise les doigts. Il n'a aucun tic, répond de manière lente mais précise à ses interlocuteurs et ses phrases ont une telle netteté qu'elles peuvent être reproduites textuellement. Dans sa modeste maison de campagne, au bord d'une rivière où il se baigne dès son arrivée, les décorations aux murs témoignent de la sobriété de ses goûts : les fanions de différents régiments des forces armées ou une collection de boîtes d'allumettes multicolores accrochées en forme d'arc-en-ciel. Pareil pour l'ameublement : une petite table, quelques sièges en toile, un hamac et un divan sur lequel le général fait la sieste, vite rejoint par l'un de ses deux chiens. Au moment du réveil, le pékinois blotti sur lui a droit à une caresse indulgente : « Tu es le seul qui grimpe sur le président. »

De telles fadaises, dont on retrouve à dire vrai des tas d'équivalents dans cette presse qui sous toutes les latitudes encense les puissants, ne masquaient en rien l'autoritarisme d'un général décidé à mater les oppositions. La répression devint de plus en plus implacable et l'on n'hésita pas à arrêter l'un des principaux candidats à l'élection présidentielle prévue après la transition militaire. En même temps, une Assemblée constituante à la solde du général prétendait proroger l'échéance de son mandat, en clair ouvrir les portes d'un maintien au pouvoir sans limites de celui qui n'hésitait plus à s'autoproclamer « Chef suprême ». Malgré leur dissension séculaire, malgré tant de victimes provoquées par ce qu'on appelait la « guerre civile non déclarée », conservateurs et libéraux parvinrent alors à comprendre que les ambitions de Rojas Pinilla représentaient cette fois-ci une menace commune susceptible de provoquer leur disparition. Vers la fin des années 50 et au terme d'âpres négociations, les deux partis traditionnels échafaudèrent donc un pacte, le Frente Nacional, approuvé par plébiscite : l'alternance entre eux pour le mandat présidentiel assortie d'un strict partage des responsabilités, jusqu'aux échelons locaux. À la surprise générale, ce système de cogestion, présentant l'avantage de garantir une forme de stabilité mais le défaut majeur de verrouiller la vie politique, tiendra cahin-caha une vingtaine d'années, non sans rectificatifs, puis contestations diverses ou tricheries manifestes (notamment au détriment de Rojas Pinilla revenu dans le jeu) et aura des effets notoires, jusqu'au vote d'une nouvelle constitution en 1991.

Le narcotrafic, une course à l'abîme

Les ajustements apportés aux institutions chancelantes ne serviront guère, cependant, dans la dernière partie du XXe siècle et pendant fort longtemps, face à la conjugaison de multiples facteurs susceptibles de produire une désintégration : trafic de drogue prenant une dimension internationale et pourrissant toute la vie du pays, actions armées menées par plusieurs guérillas (déjà à l'œuvre à partir des années de la « Violencia ») ou par des groupes de paramilitaires, meurtres de nombreuses personnalités politiques mais aussi de juges, d'avocats ou de policiers, enlèvements accompagnés de demandes de rançon, déplacements massifs de personnes ou de communautés, résistance des plus favorisés face aux indispensables réformes agraires, habitude ancrée à tous les niveaux de la corruption et, surtout, persistance d'effarantes inégalités sociales avec un taux de pauvreté très élevé sans oublier une accentuation de la violence quotidienne comme en témoigne, entre autres, l'omniprésence des « *sicarios* », ces tueurs à gages sur leurs motos entrant en action sous n'importe quel prétexte, les tarifs variant selon l'importance de la cible désignée mais restant assez modestes : moins de trois décennies après l'ère de la « Violencia », les mises à mort devinrent de nouveau des banalités dans la vie publique en Colombie avec, cette fois-ci, la gangrène politique, économique et sociale liée au narcotrafic. Dans *La Vierge des tueurs*, roman ayant pour cadre sa ville natale de Medellín devenue un charnier, Fernando Vallejo a décrit sous forme de pamphlet macabre cette descente aux enfers entraînant de jeunes garçons sur des motos à multiplier les assassinats, puis, tôt ou tard, à être la cible d'une balle, abattus par la police, une bande rivale ou leurs commanditaires soucieux de liquider ces exécuteurs devenus incontrôlables à force de drogues, d'alcools et de calmants. L'un d'entre eux, « fabuleuse machine à tuer » parmi tant d'autres, vient se confesser à un curé naïf: « Mon père, je m'accuse d'avoir couché avec ma fiancée. » Le prêtre s'empresse de le questionner, finit par apprendre qu'en réalité il a tué treize personnes mais l'absout: « Comme pénitence il lui avait donné treize messes, et c'est pourquoi les églises sont tellement bondées d'adolescents. » Comme l'a noté le traducteur de *La Vierge des tueurs*, Michel Bibard, ici « la réalité n'est plus merveilleuse ni magique, elle est délirante », et la pérégrination avec un éclat de rire satanique à travers ce qui était alors la capitale mondiale du crime et de la drogue devient « une métaphore de l'apocalypse sociale que vit ou va vivre notre terre entière ». D'une autre génération, Jorge Franco Ramos a montré aussi dans *La Fille aux ciseaux* que la vie dans les bas-fonds de Medellín et la violence atroce d'un très jeune tueur (ici d'une tueuse) n'excluaient pas un penchant pour le sentimentalisme. De son côté, l'économiste et homme politique Alejandro Gaviria a pu dire: « Massacres après massacres et massacres, nous sommes tous devenus insensibles. Notre ville avait même perdu la capacité de compter ses morts. » Le redressement spectaculaire que Medellín a connu par la suite, au point de devenir l'un des pôles les plus attractifs du pays, masque l'enfer dans lequel était tombée la capitale d'Antioquia.

À partir des années 80, la Colombie devint donc une sorte de narco-État où tous les opposants potentiels aux trafiquants – juges, syndicalistes, maires, ministres, policiers, journalistes – se voyaient menacés et, le plus souvent, éliminés sans vergogne. Il est impossible de ne pas évoquer ici le personnage de Pablo Escobar à propos duquel on a tant glosé et dont l'itinéraire comme les exploits abominables continuent de nourrir une étrange mythologie : dans les séries proposées par la plateforme Netflix, l'efficacité du montage gomme quelque peu la réalité glaciale de la tragédie, sans oublier le curieux choix de faire jouer le narcotrafiquant colombien par un acteur brésilien incapable de gommer l'accent si reconnaissable de sa langue ; quant au film *Escobar* de l'Espagnol Fernando León de Aranoa, inspiré par la liaison d'une célèbre présentatrice de télévision (ici Penélope Cruz) avec le richissime caïd de la cocaïne, la réalisation verse par trop dans les clichés à sensation malgré la performance manifeste de Javier Bardem. Que les truands, même ou surtout les plus sanguinaires, puissent provoquer une attraction hypnotique, rien de plus banal ; mais, comme le note d'emblée Thierry Noël dans son enquête fort bien documentée *Pablo Escobar, trafiquant de cocaïne*, en l'occurrence beaucoup font parfois preuve d'une « complaisance regrettable ». L'expression reste faible face à l'écœurement ressenti par bien des Colombiens : tant de souffrances et d'épouvantes pour in fine en venir à des spectacles hollywoodiens aux profits considérables pour leurs producteurs ? La violence sidérante d'un narcotrafic passé au stade industriel par l'intermédiaire du Patron Pablo Escobar ou des frères Ochoa Vásquez à Medellín, des frères Rodríguez Orejuela à Cali, de José Rodríguez Gacha dans des régions plus proches de Bogotá, du sympathisant nazi Carlos Lehder, maître des réseaux aériens dans les Caraïbes, de Griselda Blanco, la cruelle « Marraine », toujours flanquée de « Rivi », le tueur cinglé, et de tant d'autres encore nouant des alliances avec les groupes paramilitaires ou parfois les guérillas, toute cette terreur criminelle durant des années (même si la période la plus sombre semble passée, la plaie reste ouverte) ne donne-t-elle pas lieu désormais à une sorte de glorification insidieuse ? La question se pose, en fonction de trois facteurs principaux qui ont largement contribué à atténuer pour le public européen ou américain l'impact dévastateur du marché de la cocaïne en Colombie et à en donner des représentations si l'on ose dire confortables. D'abord, les stéréotypes sur les sociétés d'Amérique latine et une méconnaissance des réalités quotidiennes pour l'écrasante majorité de la population dans chacun des pays ; ensuite, une image assez chic, voire mondaine, de la cocaïne, drogue récréative et favorite des milieux « branchés » – cinéma, médias, show-biz, trading financier, etc. ; enfin, une forme d'impunité accordée à un narcotrafiquant criminel d'envergure comme Pablo Escobar au travers d'une imagerie simpliste le représentant tel un Robin des Bois, certes d'une violence rare (difficile de nier cette évidence), mais préoccupé par le sort des pauvres, affichant à l'occasion des idées proches de l'extrême gauche et dont l'itinéraire aussi flamboyant que meurtrier s'inscrirait dans le destin légendaire de l'Amérique du Sud. À cet égard, la présentation par les éditions Grasset du *Testament de Pablo Escobar*, un essai du journaliste Jean-François Fogel publié moins d'un an après la mort du narcotrafiquant, suscite un certain étonnement avec des propos de ce genre : « Lorsqu'il fut abattu, en décembre 1993, on lui imputait plusieurs milliers de morts. Il faut pourtant se garder de lancer ce héros trop vite dans les poubelles de l'Histoire. [...] Dans le destin d'un criminel hors pair apparaissent le poids du passé, l'ombre des États-Unis, les difficultés des plus pauvres, l'inertie de la violence, le romanesque des caudillos, l'État fiction. Escobar – voilà pourquoi ce livre ignore le bien – n'est dès lors qu'un homme qui raconte comme Bolívar, comme les héros de

Gabriel García Márquez, un continent éloigné de nous. » Si dans la mémoire des Colombiens les traces d'un tel personnage ne s'effaceront sans doute jamais, faut-il céder aux curieux raccourcis plaçant dans une même catégorie de « héros » Bolívar et Escobar ? Et que dire de cette étrange façon de situer son analyse au-dessus du bien et du mal, sur la vaste échelle historique d'un continent où les individus finissent par s'effacer ? García Márquez lui-même n'échappa pas aux ambiguïtés dans son *Journal d'un enlèvement*, fruit d'une enquête autour de l'une des plus sanglantes tragédies de l'histoire colombienne contemporaine : la vague de rapts organisée à partir du début des années 90 par la mafia de la drogue pour tenter de monnayer une forme d'impunité. Le livre se concentrait sur le cas de dix prises d'otage commanditées par Pablo Escobar en personne, dont la hantise restait l'extradition vers les États-Unis, tandis qu'il pouvait aisément contrôler la justice et la police de son propre pays. Ponctué par le rappel d'une série effroyables d'attentats, *Journal d'un enlèvement* se présentait d'abord comme un témoignage saisissant sur le calvaire subi par les séquestrés et sur les efforts accomplis par les autorités pour essayer de les sauver. Mais peu à peu, le reportage tournait au récit romanesque dont le rôle principal était tenu par un personnage qui précisément n'aurait pas dépareillé dans les écrits précédents de García Márquez. À l'évidence l'écrivain se montrait fasciné par « Don Pablo » et ne pouvait s'empêcher, à la manière d'un feuilletoniste consommé, d'apporter des détails sur sa folie meurtrière, ses frasques luxueuses, son art du mensonge, son sens des affaires et l'auréole presque magique qui l'entourait. Parmi tant d'autres épisodes relatés, on sentait bien le trouble du romancier face aux prédictions du célèbre astrologue colombien Mauricio Puerta, d'après lequel Escobar était « un Sagittaire avec ascendant Poissons. Sa conjonction astrale ne pouvait être pire : Mars et Saturne dans la Vierge. Ses tendances étaient : autoritarisme, cruauté, despotisme, ambition insatiable, rébellion, turbulence, insubordination, anarchie, indiscipline, atteinte à l'autorité. Et sa fin fulgurante : mort subite ». Escobar essaya par tous les moyens d'obtenir des précisions supplémentaires sans jamais y parvenir en raison d'une série d'impondérables interprétée par Puerta « comme une protection des astres pour que nul n'intervienne dans le cours d'un destin désormais inexorable ». Sous la plume de García Márquez, le tragique en Colombie semblait devenir ainsi de l'astrologie élevée au rang de science exacte.

Tout se passe comme si, au bout du compte, l'on devait ignorer qui fut réellement Pablo Escobar pour permettre aux uns de se lancer dans des considérations de haute volée sur la dimension malgré tout héroïque d'un représentant de l'Amérique du Sud face à l'oppression impériale des États-Unis et aux autres d'entretenir une imagerie folklorique du personnage. Aujourd'hui, à Medellín, sa tombe est devenue un lieu de visites touristiques organisées tandis que l'on se promène avec des T-shirts floqués à son effigie exactement comme pour Che Guevara. En Colombie et ailleurs, on continue de s'extasier sur la collection, il est vrai aussi fabuleuse que démentielle, d'animaux qu'il avait fait venir du monde entier pour se constituer un zoo privé dans sa luxueuse hacienda de Nápoles (propriété d'environ 3 000 hectares comprenant de très nombreuses résidences, une piste pour avions, y compris les gros porteurs, des hélicoptères toujours prêts à décoller, des voitures ou motos somptueuses à foison, des lacs artificiels, des bateaux de plaisance ou de compétition, plusieurs piscines, une magnifique palmeraie, des écuries avec différentes races de chevaux dont quelques pur-sang, une arène, etc.). Éléphants, girafes, zèbres, rhinocéros, chameaux, cerfs, kangourous, tapirs, antilopes, sans oublier des hippopotames qui après la mort du Patron ont proliféré, au point de devenir un grave danger pour l'environnement et qu'il fallut se résoudre à abattre ou renvoyer dans d'autres pays : presque rien ne manquait parmi ce type de mammifères. Mais Pablo Escobar restait d'abord fasciné, et jusqu'à l'obsession, par les oiseaux rares qu'il pouvait trouver sur place en Colombie ou qu'il importait à grands frais, de façon totalement illégale en ne respectant aucune législation sur les espèces protégées. Il fit ainsi l'acquisition de quelques étonnants spécimens dont un couple de perroquets noirs. Son zoo, affirmait-il, devait devenir une « Arche de Noé » destinée au peuple et, certain de bénéficier d'une protection absolue grâce à son armée de gardes du corps comme à sa stratégie d'intimidation permanente des autorités, il laissait assez souvent son domaine de Nápoles en libre accès. Et là, justement, résidait sa roublardise très calculée qui fit illusion aussi bien chez lui qu'à l'étranger.

Il ne faut jamais oublier que les actions « sociales » que Pablo Escobar réalisa, par exemple pour réduire les bidonvilles autour de Medellín, mettre en place des dispensaires ou permettre aux jeunes de disposer de nombreux terrains de football, cachaient en réalité des actions réfléchies destinées à corrompre de façon massive toutes les autorités locales ou nationales grâce à la manne financière inépuisable générée par le narcotrafic. Il était passé maître, par une brutalité toujours affichée et prête à s'exercer, dans l'art de tout acheter en commençant par les tentatives de se donner une image respectable. Thierry Noël rappelle sa volonté constante de « soudoyer une armée de fonctionnaires, de policiers, de militaires, de politiciens, de juges, d'avocats, et de rémunérer une quantité équivalente d'employés qui interviennent dans toutes les étapes du trafic et tous les domaines ». Cette liste doit être complétée par celle de tous les prestataires qui, d'une manière ou d'une autre, se retrouvaient enrôlés dans la bonne marche de ses affaires. Seul principe de management énoncé de façon aussi claire que menaçante : « *Plata o Plomo* » – « L'argent ou le plomb », archétype de la proposition mafieuse « qu'on ne peut pas refuser et qui conduit la majorité de ses interlocuteurs, que l'on se gardera bien de juger, à choisir la première option ». Dans une interview au quotidien *El País*, Alonso Salazar, ancien maire de Medellín et auteur du livre de référence *La Parábola de Pablo*, indiquait que l'une des principales caractéristiques de cet homme, le premier à avoir donné au marché de la cocaïne une dimension mondiale, était son absence totale de scrupules: « S'il avait disposé de l'arme atomique, il l'aurait utilisée. » Dès sa prime jeunesse, en se livrant à la contrebande de cigarettes, puis en effectuant ses premières transactions dans l'univers de la drogue, Pablo Escobar se distingua par sa cruauté et, surtout, sa capacité ahurissante à susciter la peur chez les autres, jusqu'à les soumettre: ses différents interlocuteurs savaient qu'en cas de rebuffade il n'hésitait jamais à tuer, en ayant pris soin de torturer auparavant. Pour Alonso Salazar, il est vain de lutter contre les fantasmes et le parcours de Pablo Escobar longtemps continuera à nourrir une fabulation de mauvais aloi; raison de plus, néanmoins, pour énoncer certains faits vérifiables. Ainsi, contrairement à l'image qu'il voulut imposer, ce psychopathe fut un père de famille abusif d'abord centré sur son désir compulsif de faire partie de l'élite colombienne. Il parvint, du reste, à se faire élire à l'Assemblée nationale et n'imaginait pas s'arrêter en si bon chemin – pourquoi pas la présidence? – tout en continuant à diriger sa richissime multinationale de la drogue, ce qui le conduisit, emporté par une folie furieuse, à commettre des fautes majeures. Après avoir ordonné, entre autres, l'assassinat d'un ministre de la Justice qui le gênait, son crime le plus retentissant eut lieu en 1989 lorsqu'il fit mitrailler en plein meeting Luis Carlos Galán, leader politique charismatique décidé à combattre les narcos et candidat libéral à une élection présidentielle où il apparaissait largement favori. Le palmarès meurtrier de Pablo Escobar offrit une gamme complète d'atrocités, des plus spectaculaires jusqu'à la simple routine, et visait toutes les cibles possibles, aussi bien des représentants de l'État (les modestes fonctionnaires comme les ministres) que des concurrents dans le trafic ou d'anciens amis dont, tout à coup, il voulait se débarrasser ; policiers, militaires, juges ou journalistes constituaient des adversaires à abattre en priorité. On lui doit l'explosion en vol d'un avion de la compagnie Avianca (111 morts), une multitude d'attentats à la voiture piégée, des exécutions en série de ses propres mains ou par l'intermédiaire de jeunes « *sicarios* » dévoués à sa cause, des enlèvements pour obtenir des rançons qui, une fois payées, se prolongeaient de toutes les façons par la mort des otages, de violentes extorsions de fonds, des actes de torture d'une rare barbarie tels que les mutilations progressives de ses victimes jusqu'à leur décès et, d'une manière générale, la condamnation sans pitié de tout concitoyen, officiel ou non, susceptible d'entraver son business florissant. Si l'apparition de milices d'autodéfense s'explique surtout par la volonté de lutte contre les guérillas, Pablo Escobar contribua beaucoup à accentuer ce phénomène délétère qui a provoqué d'innombrables victimes en Colombie : lui-même prit la tête d'un mouvement armé s'attaquant aux responsables d'enlèvements dont les narcotrafiquants ou leurs familles pouvaient être victimes ; mais surtout, en réaction contre ses agissements, on vit naître notamment les PEPES (« Persécutés par Pablo Escobar »), un groupe de paramilitaires devenu au bout du compte la principale mafia à Medellín et qui suscita de nombreuses vocations dans d'autres villes. Comme un traité d'extradition signé avec les États-Unis constituait la seule menace rédhibitoire pour lui, dans un premier temps il parvint à orchestrer une vaste campagne d'opinion destinée à empêcher sa ratification en dénonçant une atteinte à… la souveraineté nationale. Plusieurs forces politiques tombèrent dans ce piège assez grossier et lui donnèrent raison, jusqu'au moment où la folie meurtrière de Pablo Escobar conduisit l'État (du moins, ce qu'il en restait) et les quelques autorités courageuses encore capables de gouverner à mettre de côté des scrupules juridiques inadéquats en cas de véritable guerre intérieure et à le considérer comme l'ennemi public numéro 1. Après une longue traque menée conjointement par le service de renseignements et des agents des unités spéciales de la police avec le soutien des Américains, un commando mit fin à son aventure criminelle au début décembre 1993 alors qu'il tentait de s'échapper de sa cachette par les toits, une scène que le plus célèbre peintre de Medellín, Fernando Botero, fixa dans deux grands tableaux ayant provoqué une polémique : certains reprochèrent au célèbre artiste – à côté d'autres pièces maîtresses, Pablo Escobar possédait bien sûr plusieurs de ses œuvres – de vouloir tirer profit de cette sinistre destinée ; non sans raison, Botero répliqua que le personnage le répugnait mais que la Colombie ne pouvait pas ignorer celui par qui tant d'horreurs étaient advenues, toutes ces réalités épouvantables dont il n'avait cessé, en témoin de son temps, de rendre compte au travers de nombreux tableaux ou dessins. Aujourd'hui encore, plus de trente ans après la mort de Pablo Escobar, il est évident que son ombre maléfique continue d'une certaine manière de hanter les Colombiens : non pour y trouver matière à spectacles, comme tant de personnes indifférentes à la sensibilité réelle du pays, mais tout simplement par profond dégoût.

Les États-Unis ayant beaucoup investi en Colombie dans des plans de lutte contre la drogue, de multiples dénis liés précisément à un antiaméricanisme de principe, voire viscéral, ont conduit certains à contourner l'évidence et à ne pas accorder au narcotrafic une place déterminante pour expliquer l'état de terreur d'une partie de la population pendant plus de vingt-cinq ans. De surcroît, quelques agents importants de la CIA ou de la DEA, agence fédérale chargée des lois antidrogues, ont pu brouiller la situation et l'aggraver en se laissant corrompre ou en passant des alliances calamiteuses avec des groupes paramilitaires. D'autres n'ont pas nié le rôle central d'un narcotrafic irriguant toutes les facettes de la vie colombienne – les guérillas, les paramilitaires, les hommes politiques à tous les niveaux, la police et la justice, le BTP, les clubs de football, les concours de beauté, etc. – mais considéraient que la légalisation de la drogue aurait suffi à presque tout régler, ce que le grand voisin impérialiste du Nord ne voulait à aucun prix en raison de ses intérêts financiers considérables. Telle était la thèse soutenue, entre autres, par un membre de ma famille de grande culture, le journaliste et écrivain Antonio Caballero Holguín, aussi virulent dans ses écrits qu'amène dans la conversation privée, dont la haine inextinguible à l'égard des Américains allait jusqu'à la formulation d'un étonnant paradoxe : en réalité, ce sont les États-Unis qui organisent méthodiquement et de part en part le narcotrafic. D'un côté, le « plan Colombie », signé du temps de Bill Clinton et destiné, en principe, à aider les forces de sécurité colombiennes et à promouvoir le développement économique du pays mais aussi à mieux contrôler le flux du trafic illégal vers le Nord, ne constituait qu'une façade pour alimenter l'appareil militaro-industriel gravitant autour du Pentagone ; de l'autre côté, la consommation effrénée de drogue en Amérique comme partout dans le monde, dont la Colombie paye les conséquences par le sang et des violences inouïes, reste à la fois tolérée et suffisamment réprimée dans l'unique but de créer un marché à la rentabilité maximale et de favoriser un puissant système bancaire qui en tire des bénéfices considérables : « 95 % des 400 000 à 500 000 millions des gains annuels du narcotrafic va aux banques américaines », précisait Antonio Caballero.

Toujours dans la même veine, il incriminait beaucoup moins un mafioso d'envergure tel que Pablo Escobar que l'ensemble de la société américaine à travers la guerre du Vietnam, la contre-culture des hippies, les idoles de la pop musique ou les magnats de Wall Street. CQFD. Peut-on avouer qu'au bout du compte ce genre d'échafaudage diabolique laisse assez sceptique? Antonio, d'un courage notable lorsqu'il vécut sous la menace explicite des paramilitaires, voire de certains représentants de l'armée, et auquel les États-Unis finirent par refuser un visa d'entrée, ce qui attisa son ressentiment, se montrait plus pertinent dans ses jugements littéraires et artistiques, domaines dans lequel il distribuait allègrement bons et mauvais points avec le cas échéant une curieuse mais stimulante mauvaise foi, sans oublier des chroniques tauromachiques où il excellait sans partage. Nos mères respectives, impossible de l'oublier par ailleurs, étaient des cousines très proches terminant leurs échanges de longues lettres par la formule « *tu casi-hermana* », « ta presque-sœur »; et je comprends vraiment la situation qu'il décrivait en évoquant sa naissance au sein de l'oligarchie colombienne, de « grandes familles complètement ruinées » – appréciation un tantinet hyperbolique tout de même! – gardant nombre de privilèges d'ordre éducatif et culturel. Par provocation, il se définissait il y a fort longtemps comme « traître de classe »: croyait-il vraiment à la validité pour lui de ce genre de formule? Aux côtés de García Márquez, de journalistes ou d'universitaires, Antonio Caballero fut en tout cas, à partir de 1974, l'un des principaux animateurs de la fameuse revue *Alternativa* proposant une information ancrée à gauche, loin de la presse traditionnelle, du côté libéral ou conservateur.

S'il ne faut jamais oublier l'iniquité dans la répartition des terres, la pauvreté de la majorité face à la richesse outrecuidante d'une minorité, les multiples injustices et la défiance permanente à l'égard de l'État, il est impossible de ne pas considérer l'argent de la drogue comme l'un des principaux mobiles du crime ; et il semble trop facile de prôner doctement la légalisation de sa consommation comme seule issue alors qu'il ne s'agit pas ici de cannabis mais de l'usage et du marché de la cocaïne, psychotrope autrement plus toxique. Les revenus substantiels de la drogue sont venus corrompre en premier lieu toute la sphère politique jusqu'au plus haut niveau de l'État ; pour preuve, notamment, le scandale lié à la campagne présidentielle du candidat libéral Ernesto Samper, élu en 1994 en grande partie grâce à l'appui financier du cartel de Cali, aussi puissant que celui de Medellín. Au terme de son mandat et face à la profusion de preuves accablantes, ce président reconnut publiquement les faits en prétendant toutefois avoir été victime d'une manipulation de la mafia et d'une conspiration internationale. Avec un piteux cynisme, Samper malgré sa culpabilité évidente ajouta s'être accroché à son poste dans le but de préserver la Colombie des conséquences néfastes d'une démission : la flétrissure d'un narcotrafic capable de renverser le pouvoir aurait été catastrophique pour son pays ! Du temps de Pablo Escobar, l'État soumis à sa terreur absolue s'était déjà ridiculisé en le laissant purger une peine de prison symbolique dans une maison luxueuse, « La Catedral », construite sur un terrain appartenant au narcotrafiquant, et dotée des équipements et moyens de communication les plus modernes ; ayant pu choisir lui-même ses « gardiens », à savoir ses propres troupes, il se déplaçait à sa guise, par exemple pour aller voir des matchs de football, et le jour venu décida de prendre le large en passant bien entendu par la porte d'entrée. La Colombie n'en finit pas de souffrir politiquement du fléau de la drogue si l'on en juge par une déconvenue fâcheuse pour le président Petro, issu de la gauche et en poste depuis 2022 : moins d'un an après, on a découvert que son fils, principal animateur de sa campagne électorale, avait touché de l'argent en provenance du narcotrafic. Le pays n'a pas non plus été épargné par le système de corruption mis en place par la grande l'entreprise de BTP Odebrecht qui, dans toute l'Amérique latine, a versé des pots-de-vin à de hauts dirigeants politiques en échange de marchés publics.

Paramilitaires et guérillas

À partir des années 2000, le niveau général de la violence, tout en restant le problème quasi endémique de la Colombie, commença à baisser légèrement et le pays, maîtrisant un peu mieux les questions d'insécurité, put attirer de nouveau des visiteurs étrangers. Parallèlement, on vit se mettre en place, par exemple avec la loi Justice et Paix en 2005, de complexes processus juridiques destinés à favoriser la réinsertion des combattants après leur désarmement et à concevoir diverses logiques de réparations ; il s'agissait d'introduire quelques règles légales pour l'arrêt négocié des hostilités, la recherche de véritables conditions de paix et le rétablissement d'une justice n'oubliant pas les victimes. Les négociations, s'étalant sur plus d'une dizaine d'années, distinguèrent explicitement le cas des groupes paramilitaires de celui des guérillas et pouvaient concerner des cas gravissimes comme les crimes contre l'humanité. Si de nombreuses critiques furent à juste titre formulées – peines trop légères, aveux incomplets ou, surtout, victimes trop peu reconnues –, du moins l'objectif de justice devenait-il désormais central. À la suite des accords signés en 2016 avec l'ex-guérilla des FARC, une Commission de la vérité et de la réconciliation a établi un rapport pour dresser le terrible bilan du conflit intérieur pendant plus de trois décennies (depuis 1985) : on y recense au moins 450 000 tués (en réalité cela doit être le double), 120 000 disparus et près de 8 millions de déplacés. Le tableau reste imparfait, mais permet de mesurer l'ampleur des affrontements. À n'en pas douter, les paramilitaires et groupes d'autodéfense d'extrême droite, prospérant à l'aide de politiciens véreux, de grands propriétaires terriens, de financiers liés au trafic de drogue (mais pas seulement, bien sûr) et de certains éléments de l'armée, ont commis d'effroyables massacres dans la lignée directe de la « Violencia » en provoquant d'importants déplacements de populations. Leur responsabilité est écrasante et la diversité des bandes incriminées comme un mode opératoire de type mafieux ont favorisé leur impunité. Chez eux, pas besoin d'idéologie ou de couverture politique pour tuer de sang-froid et commettre des abominations : on a découvert récemment d'anciennes installations destinées à la transformation de la canne à sucre dont les fours ont permis de brûler les corps de dizaines et de dizaines de personnes portées disparues. D'un autre côté, une guérilla comme celle des FARC a joué dès le départ sur l'ambiguïté, par exemple avec un projet d'émancipation de la population des campagnes en vue d'une profonde réforme agraire, pour se livrer au bout du compte à du narcotrafic, des enlèvements en vue de l'obtention de rançons et des opérations terroristes (il a été établi, d'ailleurs, des liens indubitables entre l'organisation colombienne et certaines branches de l'ETA basque ou les milices du Hezbollah au Liban). D'après un chiffrage donné par Daniel Pécaut, on estimait dans les années 90 que les revenus des FARC provenaient à 40 % de la cocaïne, 25 % des enlèvements, 30 % des extorsions et le reste d'activités diverses. La part dévolue au narcotrafic n'a cessé de s'accroître depuis la production jusqu'à la diffusion de la drogue en lien avec des filières internationales. Il est exact de dire que diverses guérillas virent le jour en Colombie bien avant l'expansion du trafic de drogue en réaction contre le sort misérable réservé aux petits paysans ; dans une autre perspective, il ne faut pas oublier non plus qu'un tel marché aux profits considérables repose sur la demande des pays consommateurs, et tout d'abord les États-Unis. Il n'empêche : en invoquant divers prétextes relatifs à leur noble cause (à force, personne bien sûr ne fut dupe), les FARC ont contribué de manière très active à la corruption sociale, économique et politique provoquée par le trafic de cocaïne en versant parfois dans la cruauté inouïe et l'abjection. Ainsi, des familles aux revenus plutôt modestes n'ont pas été épargnées par le racket systématique, c'est-à-dire des chantages à la mort sur des personnes kidnappées assortis de menaces pressantes ; pire, la guérilla n'a pas hésité à enrôler sous la contrainte plusieurs milliers d'enfants pour les réduire à l'état d'esclaves et à punir sévèrement, y compris par des exécutions, quiconque tenterait de fuir le combat. Les policiers ou les militaires, en premier lieu, mais aussi des hommes politiques ou des juges, puis n'importe quel membre de la société civile devenaient des cibles à abattre tandis qu'une phraséologie progressiste soigneusement entretenue, avec des relais à l'étranger où l'on raffole par principe des slogans contre l'« oligarchie néo-libérale », les « multinationales » et l'« impérialisme », perpétuait le leurre commode de la libération du pays.

Pour entretenir les mystifications romantiques de la guérilla, on a longtemps disposé d'une série d'exploits improbables accomplis disait-on par le chef historique des FARC, le mystérieux Manuel Marulanda (un pseudonyme), surnommé, en raison de son adresse dans le maniement des armes, « Tirofijo », c'est-à-dire « tir précis », « coup sûr », « gâchette facile », « en plein dans le mille » ou « il va tout le temps tirer » (au choix). Venu de l'aile gauche du Parti libéral animée par le fameux Gaitán, il commença à combattre en 1948 dès le début de la période de la « Violencia » et soixante ans durant ne connut jamais la prison, une réelle performance assurément. Soit dans la clandestinité totale, soit sous une forme de statu quo avec le pouvoir central qui, au plus haut niveau, chercha en diverses occasions à dialoguer avec lui, Tirofijo joua un rôle déterminant dans l'organisation régionale de républiques indépendantes contrôlées par des groupes de paysans. En 2008, le ministre de la Défense en place annonça la mort de Marulanda, disparition nimbée cependant d'une certaine ombre : officiellement d'une crise cardiaque en pleine jungle ; mais Tirofijo, que d'aucuns considéraient comme « le plus ancien combattant du monde », ne tomba-t-il pas au cours d'une opération des militaires ? Pendant de nombreuses années, les FARC ont contrôlé de vastes zones du territoire, leurs forces armées sur plusieurs fronts présentaient une réelle menace pour l'État et leur capacité de corruption semblait illimitée. Après 2016, malgré l'arrêt négocié des combats assorti de belles paroles sur la réconciliation nécessaire ou les excuses présentées aux victimes, jamais l'échec manifeste de la voie armée n'a été admis par certains. Peu après les accords de paix, quelques-uns des principaux signataires du côté de la guérilla ont invoqué des prétextes oiseux pour dénoncer une trahison des autorités gouvernementales, se soustraire au protocole judiciaire de réparations pourtant assez clément à leur égard (sauf pour les « crimes de guerre »), entrer en dissidence et reprendre le combat armé comme le narcotrafic. Quant à l'autre guérilla devenue désormais la plus ancienne, l'ELN, ce mouvement s'inscrivant dans la lignée directe du castrisme, mâtiné parfois d'une touche de théologie de la libération, n'a jamais envisagé une autre voie que la prise du pouvoir par les armes et se distingue par une fuite en avant permanente dans ses objectifs ou une propension effrayante de sa direction à liquider ses propres combattants tenus en suspicion sous un prétexte quelconque. Des accords significatifs en vue d'une issue du conflit sont-ils signés avec le gouvernement? Qu'à cela ne tienne, une ou deux semaines après, guère plus, l'un des dirigeants de l'ELN s'empresse de déclarer à la presse que les « extorsions de fonds » ne sont pas incluses dans l'accord de cessez-le-feu : la vaillante armée de libération a toujours besoin de se financer par le biais de ce que, pour sa part, elle nomme tout bonnement « impôts » sur les habitants vivant dans les territoires sous son contrôle. Sur la seule période choisie par la Commission de la vérité et de la réconciliation, à partir de 1985 donc, plus de 17 000 homicides, 9 500 séquestrations et près de 1 400 réclusions d'enfants sont attribués de façon certaine à l'ELN. Mais, tout en participant à des échanges avec les autorités sur le thème de la « paix », jamais les responsables de cette guérilla n'ont voulu sérieusement aborder les questions posées par ce chiffrage (très sous-estimé, dit-on) ni, encore moins, parler de justice ou de réparation envers les victimes. Le double jeu et la totale ambiguïté de l'ELN ont par exemple éclaté au grand jour à l'occasion d'un fait divers ayant ému tout le pays en novembre 2023 : alors même que l'on traversait une période de négociations officielles assorties d'un cessez-le-feu bilatéral, un homme et son épouse furent pris en otages avec demande de rançon en dépit de leur mode de vie très modeste, action tranquillement revendiquée par le mouvement de guérilla. Piégé, le gouvernement commença bien sûr par protester ; puis, quelques jours après, on découvrit que l'homme victime de l'enlèvement était le père de l'un des footballeurs les plus admirés de l'équipe nationale, les Cafeteros, et l'une des stars du club de Liverpool. Cette nouvelle provoqua immédiatement un mouvement d'indignation qui obligea l'ELN à publier un communiqué d'un rare cynisme : on y expliquait que les responsables du front Nord (région du rapt) dont le chef était accaparé par des « affaires économiques » ne savaient pas qu'il s'agissait du père du célèbre sportif ; comme, « après vérification » (!), c'était bien le cas, le mouvement annonçait donc la mise en place d'un processus rapide de libération pour le parent de ce « sportif que nous les Colombiens aimons tous ». Les familles d'otages n'ayant pas de sportif connu dans leur descendance proche ont dû apprécier la subtilité de cette approche politique. Au demeurant, l'ELN pousse l'hypocrisie jusqu'à ne pas vouloir parler de « séquestration », « enlèvement » ou « otage » mais de… « rétention » à finalité économique, comme s'il s'agissait d'un modus operandi normal. En fait, si depuis des décennies, de temps à autre et en dépit de l'existence de captifs, des négociations s'ouvrent avec les gouvernements successifs, jamais en réalité le mouvement n'a voulu abandonner le vocabulaire des généralités pour aborder de véritables perspectives de paix.

À côté des FARC et de l'ELN, il faut réserver une place à part au M-19, mouvement de guérilla urbaine très actif à partir de 1974 en grande partie lié à Cuba et dont certaines actions spectaculaires ont marqué les esprits : vol d'importants stocks d'armes, prise d'otages au sein d'une ambassade, distribution d'aliments dans les quartiers pauvres ou, comme on l'a vu, disparition de l'« épée de Bolívar ». Au lieu de succomber aux mirages délétères de l'argent de la cocaïne, le M-19 prétendait mener des combats aussi bien contre les cartels de la drogue que contre les paramilitaires, ce qui engendra de très nombreuses victimes dans ses rangs. Différentes circonstances conduisirent néanmoins à des compromissions peu avouables, en premier lieu avec le Panama du colonel Noriega, mais aussi avec le narcotrafiquant Pablo Escobar en personne qui apporta la protection de ses hommes comme des financements (les anciens du M-19 préfèrent ne pas trop épiloguer sur ces questions-là). En 1985, le mouvement organisa une calamiteuse opération que l'on peut considérer à la fois comme l'apogée de son histoire et le début inexorable de son déclin : à Bogotá, un commando donna l'assaut au palais de Justice, séquestrant sur place pas moins de 300 personnes. Le président Belisario Betancur refusant de transiger face à l'ampleur d'une telle provocation, d'autant que des négociations avec le M-19 étaient en cours depuis quelque temps déjà, l'armée entra en scène, ne chercha en aucune manière à temporiser et pénétra de force dans un bâtiment cerné de toutes parts, ce qui provoqua un carnage télévisé en direct : une centaine de personnes tuées, dont tous les membres de la Cour suprême ainsi que l'ensemble du commando. L'a priori plutôt favorable de l'opinion à l'égard du M-19 s'effondra sur-le-champ, aussi bien à l'intérieur qu'à l'extérieur du pays, et ce mouvement décida, au bout du compte, d'abandonner la lutte armée pour se transformer en groupe politique. En 2022, l'accession d'un ancien du M-19, Gustavo Petro, à la présidence de la République traduisait d'une certaine manière l'aboutissement logique de cette réintégration dans le jeu démocratique traditionnel. Premier président venu de la gauche, ce dont il fallait se réjouir pour la maturité du système politique, celui-ci s'est néanmoins révélé, comme du temps où il fut maire de Bogotá, très peu apte aux compromis et d'une boulimie ahurissante dans sa communication. Il n'a pas craint de convier les caméras de télévision à une étonnante séance au cours de laquelle certains de ses ministres s'invectivaient entre eux tandis que lui jouait au sage « révolutionnaire ». Gustavo Petro a montré par ailleurs un penchant populiste dans ses rapports avec le pouvoir judiciaire ou un Parlement indocile, brandissant à coups d'insultes contre ses opposants la menace d'une nouvelle Assemblée constituante, et s'est laissé aller dans le domaine de la politique étrangère à quelques déclarations pour le moins douteuses. Jamais en reste lorsqu'il s'agit de verser dans la grandiloquence, il se surpasse avec les États-Unis. Protestant à juste titre contre la brutalité du président américain

Donald Trump, Gustavo Petro s'est réclamé de Sacco et Vanzetti, puis a clamé : « Ma terre est celle des orfèvres qui travaillaient au temps des pharaons égyptiens. […] Tu ne nous domineras jamais. Le guerrier qui galopait sur nos terres en criant liberté s'y oppose. Il s'appelle Bolívar. »

Pendant une longue période, l'omniprésence des paramilitaires et des guérillas a marginalisé un État déjà très affaibli et assez corrompu en contaminant le fonctionnement de ses principales institutions. Le scandale le plus ignominieux à cet égard reste sans conteste l'affaire dite des « faux positifs » (« *falsos positivos* ») qui a éclaboussé l'armée : on a découvert que, sous le prétexte officiel de lutte contre les guérilleros et le narcotrafic, des militaires (souvent en association avec des groupes paramilitaires) ont assassiné des milliers de civils, en particulier des jeunes, totalement innocents, afin de présenter au final un bilan beaucoup plus favorable de leurs opérations (chez les militaires, l'usage veut que l'on indique par le terme « positif » la réussite d'une opération). Il a existé également de nombreux cas de « faux positifs » en liaison avec le secteur judiciaire : des personnes arrêtées, longuement emprisonnées, voire condamnées sans aucune preuve tangible contre elles. Si au cours de sa présidence, de 2002 à 2010, Alvaro Uribe (auquel succédera son ministre de la Défense, Juan Manuel Santos) a marqué des points décisifs contre les FARC et apporté une sensible amélioration de la sécurité intérieure tant attendue par le pays, ce scandale parmi d'autres en lien avec le narcotrafic ou les paramilitaires a largement terni son image en le conduisant après beaucoup trop de temps devant les tribunaux. Mais, partout en Amérique latine, les craintes plus que compréhensibles provoquées par une insécurité et une délinquance pourrissant la vie quotidienne suscitent une aspiration à l'ordre qui tend à favoriser des régimes au caractère répressif de plus en plus marqué et souvent très inquiétant.

Au cours des deux dernières décennies du XXe siècle, la Colombie, devenu le pays le plus violent au monde en affichant d'effroyables taux d'homicides, ne fut pas loin de basculer dans le gouffre formé par la conjonction de trois réalités désastreuses : l'alliance entre une partie de l'État et diverses milices de paramilitaires pour traquer au nom de la sécurité des opposants politiques catalogués à gauche, les exactions permanentes commises par des guérillas ivres de violence et le tentacule mafieux du narcotrafic. Si l'on veut comprendre et surtout ressentir l'atmosphère tragique dans le pays tout au long de cette période, il faut se reporter en priorité au livre bouleversant d'Héctor Abad *L'Oubli que nous serons* (titre emprunté à un poème de Borges). L'écrivain natif de Medellín y raconte, avec une émotion contenue où pointe de temps à autre la révolte, comment son père, professeur d'université, médecin de renom spécialisé en santé publique et militant actif des droits de l'Homme, devint un ennemi insupportable pour des groupes de personnes liées aux paramilitaires. En 1987, on finit par l'assassiner sans doute avec le soutien d'une fraction de l'armée. Même après cette fin tragique, son père continua à gêner les pouvoirs établis : un cardinal prit la peine d'appeler en personne le curé qui avait programmé une messe des morts pour l'en dissuader au prétexte qu'on ne pouvait organiser une telle cérémonie à l'intention d'un athée n'ayant aucune pratique religieuse ; heureusement le frère du défunt, prêtre de son état, assuma la responsabilité d'affronter la haute hiérarchie ecclésiastique et les funérailles purent se dérouler en présence d'une foule importante venue saluer un humaniste hors du commun. Mû par une profonde compassion, le père d'Héctor Abad se battait pour une mobilisation autour d'enjeux essentiels de médecine préventive, en premier lieu la qualité de l'eau municipale, seule manière efficace de s'attaquer au fléau de la fièvre typhoïde et moyen somme toute assez simple d'alléger de façon sensible la souffrance humaine, d'abord celle des enfants. Une partie non négligeable du corps médical ne prêtait aucune attention aux thématiques autour de l'hygiène, préférant notamment l'attrait d'appareils aux technologies sophistiquées. Toute sa vie professionnelle durant, les engagements clairs et déterminés mais toujours portés dans un esprit de juste milieu comme de négociation valurent au père d'Héctor Abad des critiques virulentes venant des deux bords : « Il dut souffrir à maintes reprises les attaques des conservateurs, qui le tenaient pour un gauchiste nocif pour les étudiants, dangereux pour la société et trop libre-penseur au regard de la religion. Et ensuite [...] il dut essuyer moqueries et vexations, et les critiques incessantes des gauchistes qui remplacèrent les conservateurs à certains postes clés de l'université, et qui le voyaient comme un bourgeois tiède et incorrigible parce qu'il n'était pas d'accord avec la lutte armée. » Bien entendu, ces tirs croisés à propos de son action ne l'empêchaient nullement de compter parmi ses amis proches des conservateurs comme des communistes. Héctor Abad affirme que la générosité et l'idéalisme de son père pouvaient se comparer à ceux de « certains missionnaires chrétiens » mais, ne versant pas dans l'hagiographie sanctifiante, il montre aussi en quoi son libéralisme éclairé butait sur quelques limites : ainsi, il avait du mal à accepter les relations de l'une de ses filles avec des personnes « un peu plus chargées en mélanine que nous » ; « au contraire, ma mère, qui reconnaissait ouvertement qu'elle n'aimait pas les personnes noiraudes ou aux traits clairement indigènes, quoique sans savoir pourquoi, [...] se montrait dans son traitement direct avec elles beaucoup plus naturelle, aimable et tolérante que mon père. Tatá, qui avait été sa nounou, et celle de ma grand-mère, était métissée de Noirs et d'Indiens, et c'est peut-être grâce à la peau de cette Tatá que ma mère éprouvait une tendresse sincère pour les Noirs et les Indiens, et une familiarité dans le contact direct avec eux totalement dépourvue de gêne ou de répulsion ». (Sur ce point, il existe des rapprochements possibles avec la présence auprès de ma grand-mère puis de ses enfants d'une nounou métissée qui joua peut-être un rôle similaire : l'inoubliable Maquita dont j'ai déjà parlé.) Médecin porté par des idéaux humanistes, le père d'Héctor Abad estimait qu'en Colombie le combat pour la défense des droits de l'Homme relevait d'une urgence sans doute plus prioritaire que la lutte contre la malaria, les virus, le cancer ou les maladies respiratoires : « Le pire agent de nuisance, celui qui occasionnait le plus de morts parmi les citoyens du pays, c'étaient les autres êtres humains. Et cette plaie, au milieu des années 80, avait le visage typique de la violence politique. » Chez lui, il ne s'agissait pas d'une prise de position partisane mais d'une démarche à caractère scientifique : l'analyse attentive des études statistiques (qui occupent maintenant une place cruciale dans l'univers médical) permettait, en effet, d'établir des comparaisons entre les victimes des maladies ou infections et celles des conflits armés, explosions terroristes ou règlements de comptes des mafieux de la drogue ; or on enregistrait beaucoup plus de morts consécutives à l'extension ahurissante de la violence. Si l'État gravement corrompu portait une lourde responsabilité dans cette situation – le médecin-militant se montrait virulent dans ses dénonciations réitérées des tortures atroces pratiquées en toute impunité par l'armée –, on ne pouvait en aucune manière exonérer les guérillas, leur dogmatisme borné et leur cortège d'abominations, depuis les attentats aveugles jusqu'aux enlèvements qui touchaient toutes les strates de la société, notamment un nombre considérable de personnes ne disposant pas de moyens financiers suffisants pour bénéficier de systèmes de sécurité efficaces. Le père d'Héctor Abad tomba parfois dans des pièges grossiers, en adhérant à un groupe d'amitié avec la Corée du Nord de Kim Il-sung ou en se montrant par trop naïf à l'égard des manipulations de l'extrême gauche, mais restait fondamentalement un pacifiste opposé aux solutions extrêmes telles que la lutte armée (même s'il pouvait le comprendre, le choix radical opéré par Camilo Torres dans les années 60 lui paraissait une impasse). Les assassins, en revanche, choisissaient de tuer pour anéantir toute forme de réflexion civilisée et reprenaient ainsi le sinistre slogan d'un dirigeant franquiste : « *¡Viva la muerte!* À bas l'intelligence ! » Penché sur son père qui baignait dans une mare de sang, fou de douleur, criant et proférant des insultes, Héctor Abad prit soin d'enlever les papiers de ses poches. Il découvrit plus tard qu'il y en avait deux de nature différente : une liste d'hommes menacés de mort et, copiée de sa main, une mystérieuse épitaphe de Jorge Luis Borges : « Nous voilà devenus l'oubli que nous serons ». D'où pouvaient provenir ces mots à caractère quasi prémonitoire et comment prouver qu'il s'agissait bien d'une citation de Borges ? Contraint à l'exil en Europe par suite de menaces de mort comme son père, Héctor Abad a répondu dans *Trahisons de la mémoire*, une enquête littéraire à tiroirs qui se révèle également un magistral portrait personnel et collectif des Colombiens aujourd'hui marqués, chez eux comme partout dans le monde, par les stigmates de leur histoire récente : « Être colombien en Colombie, c'est prendre un risque presque suicidaire. Et être colombien hors de Colombie, c'est une difficulté telle qu'elle vous amène parfois à vous déguiser pour survivre. Être colombien n'est pas un acte de foi, comme disait Borges. Être colombien, c'est quelque chose de si notoire, et qui évoque tant d'horreurs, que c'est comme d'avoir le visage zébré d'une cicatrice. »

Bouffonneries tyranniques

Depuis quelque temps, un revirement notable s'est opéré dont on ne se rend pas bien compte à l'étranger tant les stéréotypes perdurent : l'écrasante majorité de la population colombienne éprouve une profonde aversion à l'égard des guérillas et refuse de pardonner les tragédies liées aux actions insensées telles que les enlèvements contre rançon au point même que les crimes des groupes paramilitaires peuvent parfois passer au second plan, ce qui ne correspond pas du tout à leur écrasante culpabilité. En 2022, si l'élection sans heurts de Gustavo Petro venu de la gauche a montré une nouvelle avancée pour la pluralité démocratique en Colombie, la situation du pays reste très instable dans de multiples domaines sans pour autant connaître le chaos dramatique qui sévit chez son principal voisin, le Venezuela, doté par Hugo Chávez (1954-2013) d'une doctrine officielle aussi fumeuse que propice à toutes les dérives : le « bolivarisme », ce socialisme d'un nouveau genre au nom de quoi on a vu depuis un quart de siècle s'accumuler les atteintes aux libertés les plus élémentaires comme les initiatives insensées en matière d'économie. Gouverné par un régime aux penchants plus qu'autoritaires, passé maître dans les méthodes pour soumettre la justice à ses ordres, museler toute forme d'opposition, se livrer au trucage manifeste des élections en manipulant les résultats ou en interdisant sous des prétextes fallacieux toutes les candidatures supposées gênantes, organiser le bâillonnement de n'importe quel type de presse indépendante à commencer par l'ensemble de l'audiovisuel, multiplier les emprisonnements arbitraires en dénonçant des « trahisons » à la patrie et recourir bien entendu à la torture, sans oublier l'invocation permanente de complots dont jamais n'apparaissent les preuves tangibles, ce pays aux immenses réserves de pétrole s'est retrouvé confronté à une dramatique crise humanitaire et une baisse vertigineuse de son niveau de vie. Au bout du compte, le Venezuela a connu en quelques années un exil massif de sa population – 7,7 millions de personnes selon les estimations d'organismes de l'ONU –, l'une des plus grandes vagues migratoires au monde qui affecte toute l'Amérique latine et en premier lieu la Colombie. Moyennant un contrôle méthodique des personnes avec l'aide des services cubains, le soutien de l'armée et le recours à différentes milices policières, le pays est sorti depuis fort longtemps du champ démocratique au profit d'une minorité mafieuse. Pour resserrer son emprise politique totale, le régime a concocté et fait voter une loi contre « le fascisme, le néofascisme et expressions similaires » dans le but officiel de défendre de hautes valeurs républicaines devant lesquelles tout citoyen ne peut que s'incliner : la liberté, la justice, l'égalité, la solidarité, les droits de l'Homme, l'éthique, etc. (il y a ainsi une série d'items des plus vertueux, dont la tolérance, le respect réciproque et le pluralisme démocratique, pas vraiment les qualités les plus évidentes du Venezuela « bolivarien »). Cette ardente initiative s'empresse de mentionner, parmi les motifs pour lesquels la nouvelle disposition légale s'appliquerait, le « conservatisme moral » ou, bien entendu, le « néolibéralisme ». L'historienne et anthropologue vénézuélienne Elisabeth Burgos, un temps très proche de Fidel Castro avant de rompre avec son régime dictatorial, a souvent dénoncé l'aveuglement complice de bien des Français (journalistes, écrivains, universitaires, politiciens) sur de prétendus régimes révolutionnaires ou « alternatifs » en Amérique latine. Après Cuba, le Venezuela chaviste a constitué selon elle un modèle parfait pour nourrir et reproduire autant de mensonges que d'illusions : il est très significatif, par exemple, que les opposants qualifiés de « fascistes » à Caracas soient présentés à Paris comme des personnes « d'extrême droite » sans que l'on éprouve le besoin de justifier ce qualificatif. Dans un autre registre, on reprend de façon mécanique la vieille antienne des sanctions américaines pour tenter d'expliquer la dégradation faramineuse du niveau de vie des habitants comme l'état de délabrement de l'industrie pétrolière, alors que les folies « bolivariennes » restent les principales responsables du désastre économique et social. Pour maintenir le pays sous sa férule, le régime mis en place par Hugo Chávez, avec le soutien des militaires et un contrôle de toutes les instances judiciaires, ne craint plus d'exercer une terreur sans retenue en l'agrémentant, de temps à autre, d'une stupéfiante touche de ridicule : en pleine persécution de l'opposition, on annonce l'avancée des fêtes de Noël en octobre histoire de distribuer un peu plus vite et comme le veut la coutume quelques victuailles dans certains quartiers populaires. Bien entendu, plus les actions répressives et les pratiques mafieuses s'étendent, plus se multiplient les slogans dénonçant les crimes de l'impérialisme.

Prêt à tout, y compris de pitoyables âneries, lorsqu'il s'agit de garder le pouvoir, Nicolás Maduro au seuil d'une campagne électorale déclara en 2013 qu'Hugo Chávez, tout juste décédé, lui était apparu « sous forme d'un petit oiseau » (*sic*) pour lui donner sa bénédiction ; en 2024, toujours en vue d'un scrutin de toute manière falsifié après une signature pour la galerie d'accords internationaux sur la « transparence » de la présidentielle, il avait joué d'une imagerie religieuse dérisoire en diffusant sur les réseaux sociaux une image sainte : Nicolás Maduro à bord d'un bateau sur les flots tenait ferme la barre où l'on pouvait lire « République bolivarienne du Venezuela » tandis que, derrière lui, Jésus-Christ en personne, son cœur sacré bien en évidence, posait des mains protectrices sur ses épaules de vaillant timonier. À l'occasion, le satrape de Caracas aimait également se montrer la Bible à la main sous le portrait de Simón Bolívar. Dans une vidéo devenue virale, on l'a vu se déclarer chrétien pratiquant, en prières (il joint les mains) comme en actions, inspiré directement par le Christ qui lutta contre les Romains ; il se proclame « le premier, le plus important anti-impérialiste de l'histoire moderne ». Emporté par son élan, Maduro finit dans un splendide lapsus par dénoncer la crucifixion, la torture, puis la condamnation injuste de Jésus par « l'empire espagnol et les oligarchies de la région » ! À tout moment depuis son accès au pouvoir, la volonté divine lui a du reste servi d'argument pour justifier sa présence et son rôle à la tête du Venezuela. Donné a priori largement perdant de cette présidentielle malgré toutes sortes de manœuvres d'intimidation telles que les emprisonnements préventifs, l'invalidation de sa principale opposante ou l'accaparement systématique des médias audiovisuels, Maduro trouva son salut dans un Conseil national électoral (CNE) à sa main qui, bien entendu, le déclara vainqueur. « Des résultats difficiles à croire », déclara tout de suite sur le mode de l'euphémisme le jeune président du Chili Gabriel Boric, sauvant par là l'honneur de la gauche latino-américaine tandis que certains de ses homologues cachaient leur gêne derrière de curieux atermoiements ; face aux accusations de fraude ou aux soupçons venus de partout, sauf de la Russie ou de la Chine, de l'Iran ou de Cuba, Nicolás Maduro confiait sa sérénité : « J'ai dormi comme un nouveau-né car ce fut une journée historique. Nous avons vaincu le fascisme. » Le pouvoir en place au Venezuela ne connaît, justement, que deux catégories de citoyens : ses quelques soutiens les plus zélés et les traîtres fascistes. Du haut de la tribune de l'Assemblée nationale, l'un des principaux dirigeants chavistes a déclaré sans détours son exaspération face aux opposants non autorisés, pas question de tergiverser : « *Los vamos a joder* » (« On va les baiser »). Un mot d'ordre politique clair et net. De son côté, un ministre a tenu à claironner une « très bonne nouvelle » pour un samedi au cours duquel ces forces d'opposition devaient manifester : la gratuité des transports, à savoir un aller simple en direction de l'une des prisons les plus dures du pays. Que le régime « bolivarien » ait pu trouver de fervents soutiens à l'extérieur, notamment en France, traduit bien le mensonge volontaire ou l'ignorance crasse dont pâtit l'Amérique latine. Il est vrai que sur place nombre d'autorités de premier plan excellent dans l'art de contribuer à l'aveuglement. En mai 2023, le président brésilien Lula n'a pas craint de dénoncer en présence de son homologue vénézuélien les « préjugés » dont il pâtit, ajoutant sur le mode narquois : « J'ai été reçu dans des pays qui ne savent pas où est le Venezuela mais qui disent que c'est une dictature » ; puis, dans un remarquable élan de sabir post-moderne : « Il faut déconstruire ce narratif de l'autoritarisme et de l'anti-démocratie. » Voilà qui enfin remettait les idées en place ! Par la suite, face aux nouveaux exploits du régime vénézuélien dans le marathon répressif, les trucages électoraux et des projets d'annexion d'une partie du Guyana, Lula s'est tout de même montré plus circonspect. Ex-guérillero venu des rangs des Tupamaros, torturé sous le régime des militaires et devenu une figure éminemment respectée pour sa modération comme une simplicité remarquable au quotidien lors de son mandat présidentiel (2010-2015), l'Uruguayen José Mujica n'avait pas hésité, en revanche, à dénoncer sans la moindre ambiguïté un régime dictatorial. Et que dire du Nicaragua où le mouvement « sandiniste » de Daniel Ortega, naguère tant magnifié, a fini par accoucher d'une effroyable tyrannie (dont on parle bien peu en France) ? Des experts de l'ONU dénoncent des crimes contre l'humanité, le contrôle de tous les rouages de l'État à commencer bien entendu par le pouvoir judiciaire, un régime de parti unique et l'interdiction de toute forme d'opposition jusque dans les moindres bourgades, la répression systématique des prêtres, des journalistes ou des syndicalistes, les séparations d'enfants de parents récalcitrants vis-à-vis des autorités, les déchéances de nationalité produisant par milliers des apatrides, la torture et les emprisonnements à grande échelle, etc.

Plusieurs écrivains ont vite compris et sans barguigner la nature d'un régime comme celui de Nicolás Maduro, nouvelle illustration d'une dictature à la sud-américaine où le tragique le dispute au grotesque, ce qui justifie qu'on y prête attention malgré la vacuité du personnage. En Europe, les quotidiens *El País* à Madrid ou *La Vanguardia* à Barcelone publient régulièrement des auteurs sachant mieux que quiconque transcrire la réalité de façon imagée et parlante. Ainsi le Vénézuélien Alberto Barrera Tyszka à qui l'on doit, entre autres, un livre très réussi à mi-chemin du document et de la fiction sur *Les Derniers Jours du Commandant*, à savoir Hugo Chávez décédé en 2013 des suites d'un cancer. On y trouve bien des ingrédients pour tenter de cerner la folle dérive de la « révolution bolivarienne » avec la sacralisation d'un chef désireux, jusque dans sa maladie finale, d'exercer le contrôle absolu « de la nation, de l'histoire, de la vie publique et privée des citoyens ». Hugo Chávez réveilla d'étranges passions rétro en réhabilitant Staline et l'Union soviétique ou en citant Mao et Gramsci ; et en même temps on ne pouvait pas lui dénier un charisme singulier, comme l'avoue en toute franchise l'un des personnages du roman : « nous on croyait qu'on était rien, qu'on valait rien, qu'on avait aucune importance. Et c'est ça que Chávez a changé […] c'est une affaire de peau, de cœur. Finalement, je l'aime parce que c'est quelqu'un de pauvre et moche, comme moi. Et regarde où il est, regarde où il est arrivé. » Avec Nicolás Maduro, selon Alberto Barrera Tyszka, on a changé de registre : désigné comme successeur par Hugo Chávez, cornaqué de façon étroite par Cuba mais soutenu aussi par divers groupes de corrompus soigneusement nourris de ses faveurs, il a réussi une fois au pouvoir à convertir son absence de charisme en une forme de talent. Il dit et se dédit de toutes les manières possibles devant n'importe quel auditoire. Maduro vit dans le simulacre permanent, une succession continue de représentations contradictoires, invoquant Dieu et dénonçant à la fois une guerre satanique contre le Venezuela ou offrant des négociations de paix tout en se montrant d'une rare agressivité. Entretenir la confusion reste son objectif principal afin de rendre vraisemblable l'absurde. « Il n'empêche que tout a une limite, y compris la folie politique », et, malgré les tentatives désespérées de camoufler, voire d'interdire, la réalité des résultats électoraux en recourant à de lamentables arguties (le dépouillement du scrutin aurait pâti d'une cyberattaque en provenance de la Macédoine du Nord), il ne reste plus que le recours à la répression sans limites en s'appropriant cyniquement un refrain populaire pour baptiser des opérations de rafles et d'arrestations. La « furia bolivarienne » ne lésine pas sur les méthodes de coercition policière et judiciaire pour mater les révoltes populaires n'hésitant jamais sur l'emploi de la force armée. Alberto Barrera Tyszka se rappelle qu'il y a une dizaine d'années, lors d'une élection présidentielle déjà douteuse, l'un de ses amis, écrivain lui aussi, racontait que Maduro lui faisait penser à l'histoire de la vache que l'on retrouve à la cime d'un arbre: personne ne savait comment elle était arrivée là ni comment elle se maintenait ainsi haut perchée. Mais tout le monde savait qu'elle allait tomber. Plus de dix ans après, la vache se trouve au même endroit, s'accrochant aveuglément. De l'arbre, il ne reste quasiment rien. Le romancier et essayiste nicaraguayen Sergio Ramírez fut vice-président de son pays et fit partie du mouvement sandiniste qui s'opposa à Anastasio Somoza, dernier rejeton d'une dynastie de dictateurs; par la suite, il rompit avec un Daniel Ortega embarqué à son tour dans une terrible dérive dictatoriale et fut déchu de sa nationalité. Nul ne se trouve mieux placé que lui pour jauger la situation au Venezuela: « Ce film, je l'ai déjà vu », a-t-il écrit en soulignant que feindre de croire ici à un État de droit relève de la « bouffonnerie ». Il ajoute que la malheureuse définition de « république bananière », si accablante pour l'histoire de l'Amérique latine, comprend deux éléments: le coup d'État avec ou sans effusion de sang mais toujours marqué par des aspects grotesques; et la fraude électorale, parfois subtile jusqu'à la rendre crédible mais, le plus souvent, tellement grossière qu'il devient difficile de la cacher. Sergio Ramírez rappelle aussi qu'en 1947 le vieux Somoza fit mettre sous séquestre les urnes dans les sous-sols de son Palais national jusqu'à ce que les juges électoraux publient les résultats décidés par lui crayon à la main. (L'introduction de machines à voter ne constitue pas un obstacle insurmontable contre la fraude, comme le démontra en son temps le PRI, le fameux parti unique mexicain, en provoquant d'opportunes coupures de courant; une fois la lumière rétablie, les premières tendances observées dans les résultats du scrutin s'étaient inversées de façon miraculeuse.) « Les fraudes électorales ne sont ni de gauche ni de droite. Ce sont des fraudes. » D'une manière générale, qui osera clairement énoncer en Europe, comme on n'hésite plus à le dire en Amérique du Sud là où les mythologies révolutionnaires se sont effondrées, que les performances d'un Pinochet dans l'arsenal répressif se voient désormais en grande partie égalées ?

Au cours des années 80, Octavio Paz se moqua quelque peu de ces auteurs européens parlant de l'Amérique latine « guidés par de bons sentiments, mais avec une myopie historique extraordinaire ». Le Mexicain prenait en l'occurrence le parti de Mario Vargas Llosa contre Günter Grass lors d'une polémique restée emblématique : le Péruvien avait dénoncé l'appui apporté par l'Allemand à des gouvernements latino-américains extrémistes que ce militant du Parti social-démocrate SPD aurait trouvés répugnants chez lui en Europe. En 2006, la querelle se réveilla avec la révélation tardive, par Günter Grass lui-même, de son passage pendant la guerre dans les Waffen-SS alors qu'il affirmait jusque-là avoir servi en tant que simple soldat d'une section antiaérienne de l'armée. Pour un Latino-Américain comme Vargas Llosa, partisan fervent du castrisme pendant une brève période et qui, assez vite, avait pris conscience de sa dangereuse méprise, puis ne cessa de dénoncer le régime dictatorial en place à Cuba, cette affaire pouvait servir à définitivement discréditer Grass. Il décida, pourtant, de le soutenir sur plusieurs points. Se résoudre à parler, même soixante ans après et sans doute par crainte de voir ressurgir un funeste errement de jeunesse susceptible d'entacher gravement sa réputation, ne relevait chez Günter Grass ni de la grandeur ni de la petitesse : juste la conduite humaine d'une personne avec ses faiblesses naturelles, ne prétendant pas être un saint ou un héros mais capable de honte comme de remords. Cette confession bien tardive ternissait-elle la valeur de son œuvre littéraire ? En aucune manière, l'épisode étant vite destiné, selon Vargas Llosa, à passer aux oubliettes de notre « civilisation du spectacle » tandis qu'un titre comme *Le Tambour* restera un roman important de la seconde partie du XXe siècle (en 2006, on ne vivait pas encore sous le régime de plus en plus inquisitorial de journaux, médias audiovisuels ou réseaux sociaux transformés en tribunaux qui, aujourd'hui, prononceraient certainement une condamnation totale et sans appel). Par ailleurs, le Péruvien ne voulait surtout pas oublier l'un des mérites essentiels de son homologue allemand : à rebours de tant d'intellectuels prestigieux fascinés par les mensonges des totalitarismes soviétique ou chinois, et souvent devenus des agents de propagande de ces régimes, il prit le parti du « compromis » pour une social-démocratie peut-être ennuyeuse au quotidien mais formant une alternative bien plus humaine et libre que le communisme : « En apportant son appui critique au gouvernement de Willy Brandt, il montra certainement plus de lucidité et de courage politique que nombre de ses collègues, partisans irresponsables, et sans risquer le moindre cheveu, de l'Apocalypse révolutionnaire. » Voilà précisément pourquoi Vargas Llosa jugea naguère d'une singulière incohérence la position d'un Günter Grass, social-démocrate déclaré chez lui mais conseillant aux Latino-Américains de suivre l'exemple de Cuba. Pourquoi fallait-il rejeter l'option communiste d'un côté de l'Atlantique et la prôner de l'autre ? Le Péruvien devenu aussi un citoyen espagnol soulignait que pour beaucoup d'intellectuels européens à cette époque l'Amérique latine était, et continue d'être chez quelques retardataires, un monde où ils pouvaient agiter des utopies que la réalité de leurs propres pays avait brisées, les contraignant dès lors à une forme de résignation : vivre dans une fastidieuse et médiocre démocratie. Pas vraiment certain, mais passons. Le débat si vif puis un peu plus apaisé entre Mario Vargas Llosa et Günter Grass reste malgré tout d'actualité par bien des côtés tant les Européens, et les Français en particulier, se complaisent dans leurs mirages latino-américains.

Mario Vargas Llosa

En 1987, j'ai eu la chance de rencontrer pour la première fois Mario Vargas Llosa à Lima, d'abord, puis, dans le nord du Pérou, à Piura où il passa une partie de sa jeunesse. De son propre aveu, il s'y était « beaucoup amusé, au sens fort du terme », ce qui fut peut-être néfaste à ses études mais pas à la littérature : l'un de ses romans, *La Maison verte*, lui a été inspiré par un ancien lupanar situé dans les dunes entourant la ville. Devant une foule joyeuse, le célèbre écrivain revenait à Piura pour animer un meeting nocturne au nom du mouvement Libertad ; malgré ses réticences (détaillées tout au long du *Poisson dans l'eau*), cet engagement le conduira pas si longtemps après vers une candidature à l'élection présidentielle où il sera battu par Alberto Fujimori (celui-ci, rappelons-le, finira condamné pour crimes contre l'humanité et l'ampleur de sa corruption). Dans le Pérou des années 80, la misère de l'immense majorité de la population était accentuée par la violence de Sentier lumineux, mouvement terroriste d'une rare barbarie qui se réclamait de Mao ou Pol Pot et commettait des atrocités en visant directement de petites communautés paysannes. Mario Vargas Llosa soulignait alors que son entrée dans l'arène politique ne lui avait rien apporté, sauf une vie épuisante et une bordée d'insultes chez lui comme en Europe. De fait, il n'a pas été épargné par les outrances. À la télévision péruvienne, j'ai ainsi vu et entendu un sénateur de l'APRA (longtemps le parti dominant du pays) comparer ses œuvres à *Mein Kampf*, rien de moins ; à la radio, le gouvernement organisa une lecture de quelques passages sulfureux de son roman *Pantaleón et les Visiteuses* (l'organisation méticuleuse par un officier scrupuleux de bordels en Amazonie) pour susciter la création de comités féminins qui protestaient contre une atteinte insupportable à leur honneur. Le journal local de la ville côtière de Chiclayo annonça à la une un grand autodafé de ses livres. Un peu plus tard à Paris, le directeur du *Monde diplomatique*, ne cachant pas il est vrai ses fortes sympathies castristes, m'a affirmé tout de go et en présence d'une tierce personne : « Vargas Llosa ? C'est un fasciste, mais c'est un très bon écrivain. » (J'ai apprécié la concession.) Pour sa part, une journaliste connue de Radio France me reprocha, là aussi devant témoins, d'avoir de « drôles d'amis » : écrivant des « ordures » dans *El País* en faveur de l'« ultra-libéralisme », Vargas Llosa était vraiment un « type immonde », tout le contraire du si estimable García Márquez. Voilà, justement, le genre de considérations que l'auteur de *La Ville et les Chiens* ne craignait pas d'affronter. Si le pacte de silence autour d'une brouille d'ordre privé fut toujours respecté entre ces deux écrivains autrefois très proches, Vargas Llosa n'hésitait pas à s'exprimer sans fard sur le terrain de la politique. Il gardait entière son admiration pour le romancier García Márquez (auquel il consacra un long essai critique dès le début des années 70) mais jugeait son attitude en politique « profondément malhonnête ». D'après lui, on retrouvait là un cas de grande fascination de l'intellectuel pour le pouvoir absolu aggravée, de surcroît, par un vague recours au marxisme, idéologie permettant de se libérer de tout scrupule : « L'allégeance à Cuba, avec la bénédiction personnelle de Fidel Castro, donne à García Márquez une sorte de carte blanche en Amérique latine : il peut se promener en toute impunité, sans se faire insulter ni s'exposer à aucune critique. C'est aussi un calcul publicitaire très habile qui lui a garanti, au moins un certain temps, une impunité en Europe : García Márquez est le parfait oiseau tropical avec ses plumes bariolées – aspect sous lequel les Européens se représentent l'intellectuel latino-américain. » Désormais convaincu du caractère effroyable de la violence, Vargas Llosa disait regretter énormément son soutien pendant un temps à la lutte armée comme ses illusions absurdes sur une révolution cubaine en apparence libertaire et non dogmatique alors que, dès le départ, on pouvait déceler les marques d'une dictature d'un nouveau type cherchant le contrôle des consciences. Personne, en tout cas, ne pouvait ignorer qu'en Amérique latine les utopies marxistes-léninistes avaient abouti à des abominations comme le démontrait au Pérou, précisément, la folie meurtrière de Sentier lumineux. Fondé par un professeur de philosophie grand admirateur de la Révolution culturelle chinoise, ce mouvement, qui commit ses premiers assassinats au moment du retour de la démocratie, était selon Vargas Llosa « l'aboutissement paroxystique de la légitimation intellectuelle de la violence. Ce processus, en grande partie généré par la révolution cubaine, a son image héroïque : David contre Goliath, voler aux riches pour donner aux pauvres, lutter contre l'impérialisme, etc. Peu à peu, la violence ainsi légitimée s'est dégradée en une recherche idéologique de la pureté orthodoxe qui a terminé dans la démence de Sentier lumineux, avec ses crimes et ses carnages aveugles ».

Mario Vargas Llosa avait longtemps eu le projet de consacrer un essai à Jean-Paul Sartre, une manière pour lui de retrouver un moment clé de son itinéraire d'auteur latino-américain. En 1964, l'écrivain et philosophe français, au faîte de la célébrité, déclara dans une interview au *Monde* qu'en face d'un enfant mourant de faim « *La Nausée* ne fait pas le poids » ; il ajouta que les écrivains provenant du tiers-monde devaient momentanément renoncer à écrire pour se consacrer plutôt à des tâches éducatives ou politiques, faute de quoi on pourrait les accuser de « trahison ». Sartre saluait au passage l'attitude positive des écrivains soviétiques pour « faire l'éducation du peuple ». Bien des années après, le Péruvien gardait intact son refus d'accepter une déclaration aussi inadmissible, pour ne pas dire méprisante : « J'ai ressenti cela comme de la haute trahison de quelqu'un m'ayant enseigné que "les mots sont des actes" et qu'à travers la littérature on pouvait agir dans l'Histoire au point de la modifier. Et puis voilà que cette personne décrétait que je n'avais plus le droit d'écrire tant que mon pays serait sous-développé. J'avais eu la malchance de naître dans un pays sous-développé où il y avait une dictature, et mon premier devoir, selon Sartre, était de faire la révolution, tandis que la littérature resterait le luxe éclairé des pays prospères. » D'une manière générale, la défiance totale de Sartre à l'égard de la démocratie comme sa docilité face aux réalités tragiques du communisme lui sont bientôt apparues « absolument lamentables ». Mais il continua à le lire, par exemple *L'Idiot de la famille*, une œuvre traversée par une étonnante part d'irrationalité créatrice sous prétexte de brosser le portrait de Flaubert. Et, bien entendu, Vargas Llosa ne troqua jamais sa vocation d'écrivain contre des leçons de socialisme administrées aux Péruviens. Non seulement il a multiplié les essais, comme *Un barbare chez les civilisés*, *De sabres et d'utopies*, *L'Appel de la tribu* ou *L'Utopie archaïque*, pour analyser la communauté hétéroclite de son pays (Indiens, Espagnols, métis), démonter le mythe indigéniste incarné par le grand écrivain José María Arguedas ou pour défendre en Amérique latine des options favorables aux démocraties de type libéral sans basculer dans les rhétoriques pseudo-progressistes qui conduisent à des désastres sociaux et des régimes autoritaires (lecteur admiratif de Tocqueville, il n'admettait pas que par aveuglement dogmatique le terme « libéral » ait été satanisé dans le monde entier) ; mais, surtout, il se montra au travers de nombreux titres, *Conversation à La Catedral*, *La Fête au Bouc* ou *Temps sauvages*, un exceptionnel romancier du politique, capable par ses intrigues comme par ses personnages de donner à voir de l'intérieur ce monde étouffant de la vie quotidienne sous une dictature où toutes les libertés ont disparu, où toute la spontanéité de l'être humain a été séquestrée par un pouvoir et une volonté despotiques. Dans *Histoire de Mayta*, il s'agit plutôt de comprendre l'étrange destin d'un jeune illuminé, fasciné par les théories trotskystes, contribuant activement au chaos de son pays, puis se retrouvant en prison avant de terminer en proie à une désillusion totale. Dans de grandes fresques historiques comme *La Guerre de la fin du monde* ou *Le Rêve du Celte*, on assiste à de puissants mouvements de révoltes populaires contre l'exploitation et l'injustice tandis que *Le Paradis – un peu plus loin* nous donne l'occasion de mieux connaître l'extraordinaire itinéraire de la Franco-Péruvienne Flora Tristan (1803-1844), militante féministe prônant une sorte de socialisme utopique : « Partisane de l'amour libre et de l'abolition de l'esclavage, c'est une femme qui a vécu et tâché de mettre en pratique toutes les utopies sociales et politiques du XIXe siècle. Le côté curieux, chez cette féministe avant la lettre, c'est que ses combats sans doute les plus difficiles, elle a eu à les livrer contre ses compagnons de lutte, qui n'admettaient pas de voir une femme se mêler de politique, une affaire d'hommes. » Le courage, l'insoumission et la personnalité foisonnante de Flora Tristan avaient de quoi séduire un romancier comme Vargas Llosa, qui n'a cessé de montrer comment la littérature exprime la vérité du mensonge dont nous avons besoin pour vivre. Si le politique au sens large occupe à n'en pas douter une place importante dans son œuvre – dès son premier roman, *La Ville et les Chiens*, on trouve une dénonciation du pouvoir abusif des militaires –, il ne faut pas oublier en effet qu'il se montra avant tout un formidable conteur d'histoires, dans la descendance des « *habladores* » dont il découvrit l'existence au cours d'un voyage en Amazonie à la fin des années 50. Ces Indiens appartenaient à une petite tribu contrainte, par son extrême pauvreté, de se disperser sur un territoire assez vaste pour subvenir aux besoins essentiels. L'unique contact entre les membres de la tribu avait donc lieu par l'intermédiaire des « *habladores* », des gens itinérants allant de famille en famille, transmettant aussi bien des historiettes que des légendes mythiques, des informations que des potins ou des inventions : « Je me suis longtemps demandé comment, chez des gens aussi primitifs, analphabètes, le métier de raconter pouvait avoir une telle importance. C'était grâce aux *habladores* que cette tribu ne s'était pas dissoute et qu'une communauté subsistait. Là au moins, la fiction accomplissait un rôle historique capital. » Le roman *El Hablador* (en français, *L'Homme qui parle*) entremêle différentes formes de fiction, y compris la télévision, avec des actions se situant dans cette tribu, à Lima ou à Florence. L'enchantement produit par *La Tante Julia et le scribouillard* provient tout autant de la manière humoristique et attendrie avec laquelle « Varguitas » raconte son premier mariage que des embrouillaminis insensés d'un certain Pedro Camacho dans ses feuilletons radio d'un kitsch consommé (dont on peut trouver bien des équivalents partout en Amérique latine). Et comment ne pas réserver une place à part à de délicieuses fantaisies érotiques comme *Éloge de la marâtre* ou *Les Cahiers de don Rigoberto*, célébrant des plaisirs raffinés de la chair ? Profitons-en au passage pour signaler que Mario Vargas Llosa a consacré plusieurs textes à l'œuvre du peintre, dessinateur et sculpteur Fernando Botero. Il a raconté comment cet artiste, esquissant un peu par hasard une mandoline gonflée à l'excès, en est venu à placer tout son univers sous le thème du *gros.* Mais qu'il s'agisse des êtres vivants ou des choses, nous sommes en présence d'une « somptueuse abondance », d'une « immobilité éternelle » empreinte de sensualité et semblant dépourvue de poids malgré les apparences. Bien au-delà du bon ou du mauvais goût, voilà un monde en suspension qu'il faudrait pouvoir contempler en toute tranquillité et sans préjugés visuels. Devant préparer un reportage sur Botero pour l'émission « Bouillon de culture », j'eus la plus grande difficulté à imposer au réalisateur quelques plans rapides sur les volumineuses et magnifiques paires de fesses qui abondent chez lui : il trouvait ces images « gênantes ». Ce n'est pas l'avis, semble-t-il, du public qui déambule en face et à l'intérieur du musée d'Antioquia à Medellín au milieu de tant de beautés charnues. Inspiré par l'art précolombien et les grands classiques de la peinture, depuis le Quattrocento jusqu'aux muralistes mexicains, Botero se détourne de la maigreur de type anglo-saxon et protestant pour célébrer l'exubérance des formes. Rien de plus réjouissant que son éloge de la rondeur dans des scènes de la vie quotidienne sur fond de musique populaire, même si la tragédie, et celle de la violence d'abord, n'est jamais absente ici. C'est toute la Colombie.

De la « Nouvelle-Grenade » à la Colombie

Ma grand-mère décéda en 1963 et même si mon grand-père lui survécut dix ans encore, on peut considérer que bien avant la fin de sa vie il était comme tombé en désuétude, ignorant la situation contemporaine parfois dramatique de son pays ou, plutôt, se retrouvant dans l'incapacité d'y comprendre grand-chose. Je suis certain qu'il ne mesurait pas du tout l'ampleur des inégalités économiques et sociales de la Colombie ; et, de manière plus générale, je crois qu'il n'accorda pas trop d'attention au pillage dont son pays, à l'instar de tant d'autres en Amérique latine, était la victime depuis l'origine (son père, pourtant, fut sensible à ce point-là, il suffit de parcourir sa correspondance politique ou quelques-unes de ses interventions dans la presse). Hostile par principe à l'agitation publique, mon grand-père aurait certainement approuvé son compatriote Nicolás Gómez Dávila qui, parmi tant de propos « réactionnaires » assumés, a pu dire : « Toute révolution aggrave les maux contre lesquels elle éclate. » Mais c'était chez lui une sorte de position de principe, pas la conséquence d'une réflexion historique approfondie comme chez le grand moraliste. Pantois face à Mai 68, il multiplia alors, surtout en ma présence, les jugements acerbes au point de donner une impression de sénilité même si bien des hommes de sa génération, et pas seulement celle-là, réagirent de la sorte. (On railla aussi ceux qui perçurent vite les contradictions d'une révolte d'inspiration libertaire capable en même temps de soutenir de sinistres idéologies à commencer par le maoïsme.) De quelqu'un dont la jeunesse en Colombie au cœur du milieu le plus conservateur datait du début du siècle – il avait eu vingt ans en 1909 –, on imagine sans peine le désarroi. En réalité, ce genre d'événements, qu'il ne cherchait nullement à comprendre, au fond ne le concernait pas et, dorénavant installé dans une étroitesse d'esprit – délibérée ou inhérente à son caractère, difficile à dire –, il souhaitait qu'on le laissât remâcher ses souvenirs en ne cherchant plus mille façons amusantes de nous raconter toujours les mêmes anecdotes. Les mirages de son passé en Colombie au sein d'une famille célèbre à plus d'un titre continuaient de l'entretenir mais finirent par le noyer, comme le prouva l'invraisemblable désordre dans lequel il laissa le volumineux manuscrit historique sur la présidence de son père, qu'il retouchait sans cesse par d'innombrables ajouts et parenthèses. À dire vrai, si l'ensemble des pages donnait une impression de capharnaüm, c'est qu'il négligeait par trop la synthèse et, telle une conversation à bâtons rompus, ne cessait d'ouvrir des tiroirs dans sa mémoire sans fond. Quoiqu'on ne doutât pas de sa détermination à écrire, je ne crois pas au fond qu'il souhaitait terminer son ouvrage. Puis, un jour, il abandonna à jamais la masse de feuillets dans son armoire. Par une sorte d'atavisme pour la presse, il se tenait informé de l'actualité, lisant régulièrement son journal et ne manquant pas les dernières nouvelles à la radio (ses yeux abîmés rendaient pénible la télévision, qui, d'ailleurs, débarqua chez nous assez tard). Et puis, avec l'âge, il ne sembla plus attentif qu'à des événements en lien possible avec ce monde si révolu de sa jeunesse. Au tout début des années 30, nommé à l'ambassade en Belgique, il avait quitté une capitale de moins de 300 000 habitants ; au moment de sa mort en 1973, on dénombrait pas loin de 3 millions de personnes à Bogotá (aujourd'hui, l'aire urbaine a dépassé les 11 millions). Dès l'immédiat après-guerre, un ami de mes grands-parents leur résuma à travers une image simple la nature irrévocable du changement : avant leur embarquement à destination de l'Europe, ils vivaient dans une « société limitée » ; désormais la capitale de la Colombie s'était transformée en « société anonyme ». Pour autant, au moment de son départ sur un transatlantique, il ne faut pas se représenter la société laissée derrière lui comme rétrograde et obscurantiste, confite dans la seule dévotion religieuse malgré la dénomination initiale de la ville au XVIe siècle par le conquistador Gonzalo Jiménez de Quesada (Santa Fe, « Sainte Foi ») ou la profusion d'églises, chapelles, monastères et sanctuaires. Tous les voyageurs venus en Colombie à la fin du XIXe siècle ou au début du XXe notèrent que l'ascendant considérable de la religion sur la société comme la persistance de conflits internes d'une rare barbarie n'entravaient pas, au sein d'une fraction certes très restreinte de la population mais influente, l'appétence marquée pour le progrès scientifique, un goût étonnant pour l'érudition et une sensibilité certaine aux nouveaux mouvements littéraires en Europe. On peut, d'ailleurs, dire cela d'autres foyers culturels en Amérique latine à la même époque, par exemple au sud Buenos Aires ou Montevideo, et il faut chez nous l'habituelle morgue hexagonale pour l'ignorer. L'ouverture d'esprit et l'obstination d'auteurs à l'écart comme Valery Larbaud ou Roger Caillois permirent tout de même d'enfin établir une éclatante évidence : les œuvres venues du sous-continent américain ne sauraient être réduites à du « régionalisme » – ce dont l'auteur de la *Recherche* avait parfaitement eu l'intuition, on le voit bien dans l'enquête de Rubén Gallo, *Proust latino*.

« Bogotá, cette Athènes de l'Amérique du Sud, on ne le dira jamais assez », écrivait Léon-Paul Fargue dans un essai inachevé (il est mort en 1947), ajoutant avec son lyrisme teinté d'une touche de fantastique: « La fine Bogotá, blottie dans un nid d'aigles à deux mille six cents mètres d'altitude, dans une sorte de pureté divine, dans ce bleu brûlant des hauteurs qui nettoie le cerveau. » S'il y a là une indéniable hyperbole par rapport à la réalité du climat – au moins deux saisons de pluie dans l'année et au total beaucoup plus d'eau venue des cieux qu'à Londres –, en revanche la flatteuse comparaison athénienne correspond exactement à une appellation établie au cours du XIXe siècle après les remarques d'abord du fameux savant allemand Alexander von Humboldt comme du botaniste natif de La Rochelle Aimé Bonpland, puis, venus de France, d'Espagne ou d'Argentine, de l'explorateur Pierre d'Espagnat, de l'érudit Marcelino Menéndez y Pelayo comme du journaliste, diplomate et homme politique Miguel Cané. Excellent spécialiste de l'Amérique latine et de la Colombie en particulier, Jean-Michel Blanquer attribue à Menéndez y Pelayo la paternité du rapprochement de Bogotá avec Athènes en précisant, au passage, que l'Espagnol ne s'y est jamais rendu à la différence de Pierre d'Espagnat dont les « Souvenirs de la Nouvelle-Grenade » parus dans *La Revue des Deux Mondes*, ont apporté à la capitale de ce pays andin un rayonnement indubitable. Par des voies différentes, tous les cinq parvinrent au même constat admiratif: dans cette cité, autour de laquelle flottait depuis le XVIe siècle le mythe d'un fabuleux trésor – celui du chef indien El Dorado adorant au milieu d'un lac le dieu Soleil après avoir enduit son corps d'une fine poudre d'or mêlée à du miel –, il existait un remarquable foyer littéraire et scientifique alimenté tout autant par une éducation au goût classique que par une ouverture vers l'extérieur et d'indéniables aspirations au progrès. La publication de nombreux périodiques aux contenus fort divers témoignait de ce bouillonnement que les forces à contre-courant eurent du mal à contenir derrière les barrières moralisatrices de la religion catholique. À l'époque, le rayonnement de Buenos Aires, Mexico ou Caracas n'était-il pas plus intense ? Dans certains domaines, sans doute. Il n'empêche que Bogotá se singularisait par une sorte d'équilibre sans pareil entre l'ancien et le moderne, valorisé de surcroît par un mode d'expression remarquable d'harmonie et de clarté à l'écrit comme à l'oral, qui est resté un signe distinctif de la nation. Beaucoup plus tard, dans l'un des articles choisis avec l'aide d'Albert Bensoussan pour son *Dictionnaire amoureux de l'Amérique latine*, Mario Vargas Llosa notera : « La Colombie, contrairement au Pérou où l'on trouve encore des résurgences d'un "indigénisme" obtus, a assumé tout son passé sans complexe d'infériorité, sans le moindre ressentiment ; pour cette raison on y est très fier de parler espagnol – les Bogotáns le parlent très bien, soit dit en passant, et certains Colombiens l'écrivent comme des dieux – et d'être, grâce à son histoire, un pays moderne et occidental. » Ce n'est pas par hasard si, en 1871, la première Académie de la langue en Amérique fut fondée là et si l'Espagne ne tarda pas à saluer l'institution composée de philologues reconnus parmi lesquels Miguel Antonio Caro. Celui-ci, un membre éminent de sa famille maternelle à propos duquel mon grand-père accumula beaucoup de documentation, devait aussi sa notoriété à la politique, jouant un rôle capital dans le mouvement conservateur de la Régénération et accédant à la présidence de la République. Dès lors, comme il possédait un double prestige, on en tira une règle cocasse : quiconque aspire aux plus hautes charges de l'État se doit d'abord d'être grammairien ! Plus qu'une simple boutade, voilà qui de fait correspondait à l'indéniable aspiration – d'aucuns diront prétention – d'une partie de la classe dirigeante à la culture et au parler juste, à la courtoisie et au savoir-vivre, bref à toutes les formes distinctives de la civilité. À la différence du joyeux naturel régnant sur la Caraïbe, du côté de Bogotá et de sa région (principalement les départements de Cundinamarca et Boyacá) il a longtemps existé une propension à choisir des formes de comportement un tantinet affectées et cérémonieuses qui ont suscité nombre de sketchs ou moqueries. Entre l'andino au penchant protocolaire et le costeño volontiers insolent, il est facile de repérer les différences flagrantes.

Vers le milieu du XVIIe siècle, avec *Les Commentaires royaux ou l'histoire des Incas* de Garcilaso de la Vega, le Pérou commença à occuper une place privilégiée dans l'imaginaire des lettrés français. Il faut dire que cet ouvrage, dont le musicien Rameau s'inspira pour *Les Indes galantes*, avait pour auteur un métis descendant par son père de la noblesse espagnole et par sa mère du dernier grand empereur inca avant l'arrivée des conquistadors, Huayna Capac. Catholique sans états d'âme, Garcilaso ne s'attardait guère sur les massacres et les pillages commis au nom de l'Évangile, même s'il ne les ignorait pas ; mais sa chronique rigoureuse, riche d'informations historiques, politiques, sociales ou religieuses, offrait un extraordinaire panorama sur cette civilisation inca vouant un culte au dieu Soleil et contribua beaucoup à faire rapidement du Pérou la plus connue des régions andines. Il s'agissait d'un plaidoyer unique en son genre à l'époque. Pour parvenir à une notoriété équivalente, la Colombie dut attendre le XIXe siècle et l'épopée de ses « *libertadors* » Bolívar ou Santander ; parallèlement, l'impulsion exploratrice à vocation scientifique donnée par l'Allemand Humboldt joua un rôle décisif. Très tôt cependant, des Français prirent conscience que ce pays si favorisé par une position géographique unique – le seul en Amérique du Sud à disposer d'une double façade océanique –, l'abondance de ses ressources en eau, ses forêts à profusion, ses hauts plateaux tempérés, la richesse de ses terres agricoles, la diversité de ses villes, que toutes ces contrées donc aussi bien andines que caribéennes ou amazoniennes méritaient des explorations approfondies. En même temps, ils découvrirent que ces terres si contrastées pouvaient être exposées aux dangers extrêmes, à commencer par les secousses telluriques ou les éruptions volcaniques. Un livre assez récent couplé à une exposition avec des textes de N. P. Palacios Trujillo le prouve à l'envi : dès le XVIe siècle, d'abord par l'entremise de pirates et de corsaires, puis avec le débarquement de commerçants (impressionnés par la beauté luxuriante des paysages, certains se décidèrent tout de suite à une implantation définitive), la Colombie fut rêvée comme « l'utopie d'un paradis ». Pour sa part, Margot Andrade a présenté une judicieuse synthèse montrant comment la mutation capitale issue de *L'Encyclopédie* de Diderot et d'Alembert « transforma la Nueva Granada, aujourd'hui la Colombie, en un territoire ouvert à l'*afrancesamiento* – que l'on pourrait traduire par influence française ». En réalité, l'attraction s'exerça bel et bien dans les deux sens : dans des registres différents, on peut citer ici le cas du naturaliste La Condamine qui, au XVIIIe siècle, exprima à diverses reprises sa fascination pour la faune et la flore observées au cours de l'une de ses expéditions ; et, au XIXe siècle, l'exemple d'Élisée Reclus dont le parcours étonnant de géographe, pionnier de l'écologie et penseur anarchiste passa par la Colombie. De manière réciproque, tant du côté des sciences et des techniques qu'à travers la littérature et les arts, sans oublier le modèle politique émancipateur hérité de 1789, la France constitua un fort pôle d'attraction qui ira parfois en s'accentuant – l'usage de la langue française comme le séjour à Paris s'imposèrent à un moment au sein des élites – mais connaîtra aussi des périodes de reflux, ainsi lors du scandale du canal de Panama.

Publié en 1901, le récit de voyage de Pierre d'Espagnat en « Nouvelle-Grenade » donne, malgré un penchant pour la grandiloquence qui brouille le propos, beaucoup d'informations précieuses sur ce vaste territoire au tournant des XIXe et XXe siècles, notamment sur sa capitale bâtie en plein milieu de la « *sabana* », haute plaine fertile de la cordillère Orientale. Mais, juste avant l'explorateur chevronné, il faut réserver un sort à part à la contribution étonnante d'Ernest Bourgarel, le premier ambassadeur de France dans un État dont l'Indépendance réelle date de 1821 : le diplomate profita de son mandat pour parcourir le pays à dos de mule ou en bateau, et en rapporter une collection de photographies qui fait maintenant partie des trésors du Quai d'Orsay, environ cinq cents images prises par lui, des professionnels ou des anonymes (l'album *Bourgarel, le Colombien*, réalisé par C.-H. Dubail et M.-C. Dubail-Acero, offre un riche aperçu sur l'intérêt du fonds). L'ensemble constitue un document à caractère social et économique mais aussi un témoignage d'une rare valeur ethnographique, autant par la qualité de certains clichés que par les commentaires de ce diplomate si curieux de tout lors de ses missions aux quatre coins du monde (des mandats qui le conduisirent, entre autres, vers la Chine, le Japon, l'Italie, la Suède, la Perse ou la Roumanie). En Amérique du Sud, Bourgarel avait été en poste au Chili mais sa nomination en Colombie marquera à jamais ce bourlingueur de haut vol ayant fini par épouser une native du pays, elle-même fille de diplomate. Au cours de ses pérégrinations, il prit la peine de toujours aller vérifier sur place les données géographiques comme de prendre directement contact avec les populations locales, quitte à apporter les rectificatifs d'après lui indispensables. Ainsi se déplaça-t-il jusqu'à Girardot, une ville au nord-est construite autour du fleuve Magdalena, en voyageant dans un fourgon de marchandises assis sur des briques de bois (« qui s'imagine que les diplomates ne voyagent qu'en wagon-salon et en train spécial ! »). Et si, effectivement, dans cette région les températures peuvent à l'occasion dépasser les 40 degrés, Bourgarel avait tenu à corriger une légende malveillante propagée comme d'habitude par les habitants de la capitale en répliquant par un démenti inattendu et un brin de malice : « Girardot est un des points les plus chauds de la Colombie. On m'avait dit, lors de mon séjour à Bogotá, que c'en était aussi l'un des plus malsains et que la fièvre jaune y régnait à l'état endémique. Ce n'est pas vrai. Il y fait atrocement chaud c'est évident mais le climat n'y est pas malsain du tout. J'y suis venu bien souvent m'y établir durant des semaines entières, quand, fatigué de la constance du climat par trop modéré de Bogotá, j'avais envie de transpirer. » L'ambassadeur notait par ailleurs des tas de détails insolites et savait raconter ces « choses vues » de manière divertissante, à l'instar d'une tradition qu'il découvrit en fin d'année dans le département de Santander : « Sur toutes les maisons sans exception est écrit en grosses lettres "Viva 1899" – drôle de coutume d'acclamer ainsi l'année nouvelle comme pour se la rendre plus favorable. On retrouve cette mode dans la plupart des villes colombiennes. Et comme on ne recrépit pas les maisons, tous les ans on voit, les uns à côté des autres, les viva aux années précédentes. »

Très peu de temps après, Pierre d'Espagnat arriva l'esprit pétri d'enthousiasme (grâce à sa documentation, il connaissait la beauté « incroyable » du pays), sans but marchand, se comportant avant tout en spectateur attentif et prompt à l'émerveillement aussi bien dans les forêts tropicales des Andes face à l'abondance de rivières, lacs et cascades que dans l'observation des us et coutumes à Bogotá. Or il a précisément reconstitué le décor même dans lequel se déroula toute la jeunesse de mes grands-parents, un cadre de vie que, plus tard en Europe, eux-mêmes ne cesseront d'évoquer devant nous. Par leur intermédiaire comme par celui de leurs proches venus de temps à autre les saluer, on peut dire que nous avons vécu encore avec l'évidente présence de cette toile de fond. Lisant Pierre d'Espagnat aujourd'hui, on voit bien le gouffre dans lequel a disparu la jeune nation évoquée ici sauf, il va de soi, la splendeur du décor naturel ; et, à la fois, il n'y a presque rien dans ces pages qui me soit totalement étranger et dépaysant d'autant plus que ma mère s'y référait parfois dans ses lettres. Le monde colombien si lointain décrit il y a cent vingt-cinq ans par cet explorateur reste en partie celui-là même que l'on me racontait : j'en ai entendu parler à satiété depuis l'enfance (parfois presque trop : à Paris, il faut l'admettre, les courses à cheval à travers la « *sabana* » évoquées par mon grand-père enflammaient un peu l'imagination sans présenter, loin de là, le même genre d'attrait que les nouveaux objets de la technique autour de moi, par exemple les avions et surtout les belles autos sportives aperçues par trop rarement comme les Jaguar ou les Ferrari). Bogotá impressionna Pierre d'Espagnat d'abord en raison de la raréfaction de l'air qui entraîne une difficulté à respirer et « par cette sorte de mélancolie qui revêt tout, avec la couleur plus grise, plus terne ici, de la lumière, avec cette teinte pensive uniformément répandue sur le ciel, sur les pierres, sur le grand fond religieux des Andes ». Quiconque, après avoir atterri à l'aéroport d'El Dorado, vient maintenant passer un peu de temps dans la mégalopole contemporaine n'aura guère la possibilité d'éprouver ce sentiment mélancolique désormais enseveli sous le vacarme et le flot incessant de la circulation ; néanmoins, au coin d'une rue plus calme et par temps clair en janvier ou février, peut-être percevra-t-il encore cette teinte voilée de la lumière. Les premiers jours, la légère sensation d'étouffement liée à l'altitude sera en effet présente mais, pour des voyageurs venus de pays francophones, impossible désormais de ressentir « le naïf plaisir » qui fut celui de Pierre d'Espagnat : « c'est d'ouïr tant d'aimables gens vous souhaiter, en français, la bienvenue. Amusez-vous à exagérer l'expérience, à vous croire chez vous, demandez à cette redingote qui passe du feu pour votre cigare : bien des chances veulent qu'en retour on vous marque, dans votre langue maternelle, l'agrément de vous servir ». Sans doute y avait-il là trop d'exaltation de la part de notre visiteur ; il n'empêche que, chez mes grands-parents comme chez nombre de leurs amis que l'on voyait de passage à Paris, l'usage du français, la langue de l'élite et de la diplomatie, semblait vraiment naturel, presque imbriqué au sein même de l'espagnol. L'anglo-américain est aujourd'hui devenu omniprésent et, malgré les efforts indéniables accomplis par des lycées ou les réseaux de l'Alliance française, rien ne viendra freiner cette évolution inexorable.

Pierre d'Espagnat ne manqua pas l'occasion de gravir les pentes du « *cerro de Monserrate* » et du « *cerro de Guadalupe* », deux très hautes collines offrant un panorama grandiose sur Bogotá entouré des montagnes andines à l'horizon. Si la ville contemplée en contrebas ne comptait à ce moment guère plus de 130 000 habitants, déjà il notait l'existence d'une « classe dirigeante assez restreinte », ajoutant : « Toutes les affaires, toute la politique, tout l'art, toute la vie pensante et agissante de Bogotá, en un mot, roulent, comme du reste dans nombre de ces républiques sud-américaines forcément oligarchiques, entre les mains de cinquante familles conservatrices qui les ont ravis à cinquante familles libérales et qui, en attendant les ordres de la Providence, représentent le pays devant lui-même comme devant l'étranger, constituent la façade de la Colombie. » Chez l'explorateur attentif, nul besoin d'invoquer Marx pour rendre compte d'une évidence flagrante : c'était autour et à partir d'une « classe dirigeante assez restreinte », en fait un noyau de quelques familles, que s'organisait toute la vie politique, économique et culturelle. La Constitution de 1886 à caractère centralisateur forgée par Miguel Antonio Caro, l'oncle de mon grand-père, texte qui restera en vigueur plus d'un siècle, reflétait parfaitement cette hégémonie octroyant des prérogatives plus qu'excessives au président et cherchant à favoriser les systèmes corporatistes au détriment de la représentation parlementaire. L'alternance au pouvoir des conservateurs et des libéraux perdurera quasiment jusqu'au début des années 2000, alors que la nouvelle Constitution adoptée en 1991 commençait enfin à produire ses effets au travers de plusieurs thèmes : sensibilité à la question des droits de l'Homme, volonté de promotion de la femme, meilleure prise en compte du travail et des questions sociales, défense des minorités ethniques, décentralisation, protection de l'environnement, etc. Ce changement indispensable ne se fit pas alors sans contradictions embarrassantes, et d'abord de l'adoption d'un article instituant un principe de non-extradition imposé par des barons de la drogue hantés par une telle menace. Mais l'essentiel résidait sans aucun doute dans une laïcisation tangible de la vie publique, ce qui, en dehors d'une vague référence à Dieu, entérinait le recul net de l'emprise d'un catholicisme officiel bien longtemps dominant dans les institutions comme dans tous les aspects de la vie quotidienne.

Au hasard de ses déambulations, Pierre d'Espagnat s'arrêta une fin d'après-midi devant l'église de la Tercera, l'une des plus singulières de Bogotá avec ses retables de bois noir d'un style rococo : « À l'intérieur, on aperçoit tout un peuple qui s'incline, toute une confusion agenouillée. Les murs, les faux piliers, étaient une richesse disparate d'ors, d'ex-voto, de chamarrures. [...] Ce soir, le maître-autel n'est plus qu'un brasier, et, dans la coulée de lueurs qui en rayonne, qui vient laver le trottoir, d'autres ombres s'érigent au-dehors, sépulcrales, massées, d'autres pâleurs de vierges au fond des mantilles. Un signe de croix tombé de la chaire passe en onde électrique sur tous les fronts, les baigne de ravissement et de joie. “On croit en Dieu, dit un de mes voisins, quand on en voit les anges.” » Dans son texte, notre explorateur – lui-même croyant, il est vrai, ma mère ne manquait pas de me le rappeler – multipliait les notations sur la ferveur religieuse imprégnant la Colombie et il allait jusqu'à parler d'un « grand effluve mystique et moyenâgeux ». Toutes les églises, chapelles, monastères, fêtes carillonnées, cultes, processions et rituels de même que l'impressionnante présence du clergé, depuis les séminaristes jusqu'aux évêques en passant par les prêtres ou les représentants des différentes congrégations (surtout les bonnes sœurs), témoignaient entre autres de cet élan indéniable qui pouvait tourner au conformisme le plus asphyxiant, j'en sais quelque chose. Beaucoup plus que dans d'autres pays d'Amérique latine, le catholicisme a historiquement occupé une place centrale en Colombie, autant par sa position ultra-dominante parmi les religions que par son rôle décisif en matière de politique et d'éducation au niveau national ou local, sa richesse et ses liens étroits avec tous les notables. Cette puissance de l'Église relayée par les membres du Parti conservateur se vit bien sûr contestée par les libéraux qui ne s'affichaient pas nécessairement non croyants : on prétendait que la seule différence entre eux résidait dans l'horaire de la messe dominicale, les premiers s'y rendant à 10 heures, les seconds à 11 heures ! Il n'empêche que, sur le principe, le discours officiel des libéraux insistait tout de même sur la nécessité de combattre tout un système de superstitions rétrogrades et de promouvoir une société moderne bâtie sur la raison (ce qui les conduisait parfois à caricaturer leurs adversaires parmi lesquels il existait, bien sûr, un courant sachant parfaitement combiner respect de valeurs traditionnelles et aspirations à la modernité, comme le prouva la trajectoire politique d'un

Carlos Holguín). Le personnage le plus radical incarnant le désir de rupture fut sans conteste le général Mosquera (1798-1878), qui se distingua par son orgueil démesuré, ses multiples extravagances dont une vie sentimentale à épisodes rocambolesques, sa grandiloquence et sa prétention à vouloir rivaliser avec la figure de Bolívar. L'homme ne manquait pas de brio, maîtrisant parfaitement plusieurs langues (dont le latin, l'italien, le français et l'anglais) et ayant des compétences certaines en mathématiques, géographie et histoire ; l'un de ses ouvrages consacré aux cosmogonies montre qu'il fut l'un des premiers dans son pays à percevoir la révolution opérée par la théorie sur l'évolution des espèces de Darwin. Président de la République à quatre reprises, ce militaire se montrait trop attiré par la guerre – il s'attribua à un moment le titre pompeux de « Directeur Suprême de la Guerre » – et, en même temps, déclarait en avoir horreur : « Laissons tout cela aux Péruviens et aux Mexicains et voyons voir comment triomphent la raison et le droit », écrivait-il à Carlos Holguín dans une lettre à laquelle dans son ouvrage mon grand-père se réfère avec circonspection en qualifiant plusieurs fois l'action gouvernementale de ce général de « despotisme ». Mosquera sut néanmoins prendre des initiatives judicieuses dans de multiples domaines comme l'instauration d'un recensement national, le développement du commerce, l'amélioration des modes de transport ou le soutien à une culture de qualité du café. Accusé non sans raison de penchants dictatoriaux et d'intolérance, il prôna une séparation de l'Église et de l'État prenant l'allure d'un brutal affrontement, ce qui entraîna l'expulsion des jésuites et une rupture assez violente avec le Vatican. Son itinéraire aussi éclatant que chaotique ne manqua pas de lui valoir de solides inimitiés dans la mesure où, après avoir commencé avec l'appui du Parti conservateur et des catholiques, il se tourna ensuite vers le Parti libéral et un anticléricalisme très actif. Au bout du compte, son caractère tyrannique et ses atteintes permanentes au droit suscitèrent, notamment dans la presse, une coalition inattendue entre des républicains venus de bords opposés. L'ouvrage de mon grand-père fourmille de scènes hautes en couleur concernant cette période sur laquelle il possédait une riche documentation, à mon avis unique en son genre. Il n'y a que l'embarras du choix.

Parmi les journalistes les plus opposés au général Mosquera, Carlos Holguín se distingua d'autant plus qu'ils se connaissaient de longue date et avaient noué un temps quelques liens cordiaux. Devenu un adversaire résolu, il dénonça à travers l'un de ses éditoriaux « l'absolutisme et les injustices érigés en principe de gouvernement » comme « les adorateurs de la force brute et de la violence », et affirma de façon déterminée qu'il ne céderait en rien dans son combat pour le respect des institutions et des garanties constitutionnelles. Quelques jours plus tard, un proche de Mosquera mais ami de Carlos Holguín conseilla à celui-ci de prendre quelques… « précautions » : le général ne masquait pas son obsession de faire fusiller quelqu'un pour l'exemple et il ne serait pas impossible que son choix se portât sur lui. Malgré la réputation de ce despote connu pour sa promptitude à se venger sans hésitation, Carlos Holguín s'en alla presque sur-le-champ au Palais présidentiel demander des explications et signifier clairement qu'il ne s'agissait pas d'une question de personne mais d'une alternative simple entre république et dictature. Très agacé, Mosquera répliqua en le tutoyant (il était largement son aîné) : « Assez avec les critiques, Carlitos ! Il faut que tu le saches : je n'accepte aucune objection à ma politique d'où qu'elle vienne. » La conversation houleuse se poursuivit jusqu'au moment où, sur un ton ironique, Carlos Holguín demanda s'il y avait des fusillés tourmentant sa conscience. Sans vaciller, le général répliqua d'un air enjoué : « Pas tellement » ; puis, par allusion impudente au nombre officiel de condamnés (il y en avait certainement plus) que l'on pouvait inscrire sur son tableau : « J'ai 143 angelots qui, au ciel, intercèdent en ma faveur. » Alors Carlos Holguín de poursuivre en se référant à un épisode récent au cours duquel il avait failli, lui aussi, être passé par les armes : « Et pas 144 parce que vous n'avez pas pu m'attraper, n'est-ce pas ? » Le général, on s'en doute, se garda de répondre et mit fin à la conversation en prenant soin de formuler un avertissement : « Tout le bruit fait par vous les écrivains de l'opposition n'est que le bruit des feuilles. En dépit de ce que vous croyez, le pays me respecte, il sait du reste qui je suis et connaît mon épée. » Très peu de temps après, Mosquera eut de fait l'occasion de montrer de nouveau son appétence pour la répression avec une dissolution parlementaire, l'arrestation de nombreux citoyens et la suppression de toutes les libertés publiques. Mais, contrairement à ce qu'il croyait, l'armée en réalité ne le soutenait plus ; il fut arrêté par un autre général et condamné à un exil temporaire au terme duquel il ne reviendra qu'à la tête d'un exécutif régional. Peu à peu allait s'opérer une mutation capitale dans la vie politique comme dans l'ensemble de la société colombienne avec l'emprise progressive puis la très longue domination sur le pays des conservateurs, non sans provoquer il va de soi de graves affrontements avec les libéraux.

Paradoxalement, l'homme clé de la transformation, Rafael Núñez, venait du Parti libéral mais pas de la frange des radicaux et avec sa volonté affirmée de réformes, à commencer par la mise en place à Bogotá d'un pouvoir exécutif fort ayant autorité sur les régions tout en leur laissant un degré d'autonomie bien ajusté, il trouva des alliés chez les conservateurs qui lui apportèrent leur soutien au point de nouer une alliance décisive : « Pour la première fois depuis la mort de Santander, le chef du parti au pouvoir n'était pas un *caudillo* régional, mais un homme politique de stature nationale soutenu par un courant d'opinion et un réseau de clientèles couvrant tout le pays » (Jean-Pierre

Minaudier dans son excellente synthèse *Histoire de la Colombie, de la conquête à nos jours*). Dans la continuité de Rafael Núñez l'inspirateur, deux hommes vont notamment se détacher du côté des conservateurs, Carlos Holguín et son beau-frère Miguel Antonio Caro ; autrement dit, le père et l'oncle de mon grand-père (ils allaient d'ailleurs se succéder à la présidence de la République). Plus tard, Eduardo Santos, figure importante du Parti libéral, en comparant Carlos Holguín et Rafael Núñez dira que le « réactionnaire, autoritaire et clérical » n'était certes pas le premier. Pour mon grand-père, en tout cas, cette période historique s'étendant sur quelques décennies devint assez vite un centre d'intérêt d'autant plus primordial qu'il était resté orphelin de père dès sa cinquième année. Il fallait qu'une passion occupât son existence et ce fut d'abord celle-là : retrouver toutes les traces possibles de celui dont il gardait quelques souvenirs épars d'une étonnante précision mais que, de facto, il connut à peine. La Constitution de 1886, élaborée par Miguel Antonio Caro dans le sillage du mouvement Régénération, était construite autour d'une religion catholique ouvertement présentée comme le ciment unificateur de la nation et du peuple colombien au point même que l'Église jouait un rôle déterminant dans le domaine de l'enseignement, aussi bien à travers le choix des professeurs que la conception des programmes : « le système éducatif devra reconnaître pour principe essentiel l'enseignement divin du Christ, *alma mater* de la civilisation mondiale », avait pu déclarer Rafael Núñez (un homme, soit dit au passage, aussi enclin à prêcher la morale en public que porté sur la bagatelle en privé dans une quête frénétique de conquêtes féminines). On attendra donc la dernière décennie du XXe siècle pour abandonner ce modèle constitutionnel jugé archaïque, obscurantiste et autoritaire pour beaucoup mais qui, d'après les conservateurs, aurait permis de favoriser les débuts de modernisation du pays en lui apportant de la stabilité sur une assez longue période, thèse qui n'est pas injustifiée. Du côté des libéraux, on ne partage guère ce genre de point de vue, c'est le moins que l'on puisse dire, en pointant avec des arguments étayés le poids excessif du catholicisme comme l'un des principaux facteurs ayant entravé le développement du pays dans de multiples domaines. Solidement ancrée au cœur du clan conservateur auquel elle avait depuis longtemps fourni nombre de chefs de file – la tradition se poursuit aujourd'hui –, ma famille, du moins la plus proche, ne versait pas dans le sectarisme à part, ici ou là, quelques signes d'intolérance inacceptables. Et, pas de doute possible, les contacts étroits noués avec le monde européen (moins l'Espagne que la Grande-Bretagne, la France ou la Belgique), ses mœurs politiques et le raffinement de sa culture jouèrent un rôle considérable dans nos comportements.

Mon grand-père ne dérogeait pas au mode de vie traditionnel de son milieu en y apportant à l'occasion quelques touches de fantaisie inattendues. Le port altier et d'une minceur fragile à la Don Quichotte, il s'habillait de costumes trois-pièces assez stricts munis d'accessoires raffinés, tels la montre à gousset, l'étui argenté pour ranger ses Lucky Strike ou le fume-cigarette. À la boutonnière de ses vestons il portait l'équivalent d'une « rosette sur canapé » montrant son grade de grand officier de l'ordre de la Couronne de Belgique, distinction à laquelle il semblait tenir presque plus que celle de son pays de l'ordre de Boyacá (par référence à une victoire décisive des troupes indépendantistes en 1819). Ses décorations, la plaque comme les différentes médailles avec leurs rubans rouge ou bleu, étaient rangées dans des écrins à côté d'une boîte dorée de pastilles Valda sur l'une des étagères de la bibliothèque vitrée de sa chambre. De temps en temps, juste après nous être assurés de son départ en direction de l'ambassade, on se précipitait pour chiper quelques délicieuses gommes au goût d'eucalyptus mentholé, puis accrocher ces insignes colorés à nos vêtements d'enfants et nous livrer ainsi à de petites parodies de défilé. S'en fût-il avisé qu'il ne nous aurait pas sermonnés outre mesure, j'en suis convaincu, préférant sans doute changer de place les écrins. Cet homme aux repères obsolètes, profondément conservateur, voire rétrograde, dans la mise autant que dans la mentalité et les références historiques, incarnait des ordres hiérarchiques en voie d'extinction ; il semblait l'accepter sans arrogance, perdu et mélancolique dans les volutes de fumée autour de son fauteuil en compagnie de quelques ouvrages ou papiers anciens, le journal, un transistor et du whisky. Pour cet ancien président du Jockey Club de Bogotá dont il fut également l'historiographe, le souvenir précis de quelques soirées festives dans ce cocon trop protecteur pouvait tenir lieu de tranquille distraction. Le temps semblait suspendu ainsi comme s'il eût vécu toute sa vie sous l'emprise d'une substance légèrement opiacée et de plus en plus éloigné de l'aride réalité de son pays. Après une carrière en demi-teinte dans la presse et des échecs financiers qui l'obligèrent à remiser ses ambitions politiques (sans qu'on pût dire au vrai si ce genre de combats le motivait personnellement), le prestige d'un patronyme illustre comme une forme de distinction culturelle avaient suffi à lui assurer la placide existence d'un diplomate plutôt dilettante et dépourvu de la volonté de faire carrière. Je n'ai jamais réussi à déterminer le montant de ses revenus, mais il donnait l'impression de vivre de manière sobre. Quelquefois, un fait marquant de l'actualité pouvait l'émerveiller, ainsi en avril 1961 le premier homme dans l'espace – Gagarine – et, pour marquer le coup, il fit irruption dans la salle à manger à l'heure du déjeuner en brandissant la une de *France-soir* ; mais ces moments restaient l'exception au regard de sa prédilection pour le passé colombien, surtout la période au cours de laquelle son père, si tôt disparu pour cet avant-dernier d'une fratrie de neuf enfants, avait commencé à occuper une place importante sur la scène politique. Les dernières années de sa vie, par manque de ressort après plusieurs accidents de santé, il se mit à boire beaucoup trop et à multiplier les cachettes pour ses réserves de whisky dans des flasques en se livrant à des enfantillages qui nous désolaient : son alcoolisme latent pouvait aboutir à des chutes assorties parfois de blessures, y compris des fractures. Il aimait consulter quelques pages au hasard d'un livre d'histoire ou bien se réciter des vers, en premier lieu ceux de son aïeul maternel José Eusebio Caro, figure tutélaire de la poésie colombienne ayant laissé une œuvre où l'exaltation de la patrie et de la liberté alterne avec des motifs plus intimes sur l'amour et la solitude. Au *Figaro*, trop conventionnel, et au *Monde*, vraiment barbant, il préférait la lecture, plus tonique à son goût, de *L'Aurore*. Côté musique, plutôt que le répertoire classique il affichait une préférence marquée pour la variété, par exemple, pour Les Compagnons de la chanson (presque tous les titres mais d'abord cette gaieté si communicative : « Je suis le vagabond / Le marchand de bonheur / Je n'ai que des chansons / À mettre dans les cœurs…) ; Bourvil (« Ta mère t'a donné comme prénom / Salade de fruits, ah ! Quel joli nom » : il trouvait cela délicieux) ; ou… Salvatore Adamo (« Mais laisse mes mains sur tes hanches / […] Oui tu l'auras ta revanche tu seras ma dernière chanson » : allez savoir pourquoi, ce refrain d'une candeur mélo le touchait). Beaucoup d'autres couplets et chansons populaires, écoutés en battant légèrement la mesure de la main droite, lui apportaient ainsi une certaine sérénité. Bien des années après, j'ai eu la chance de rencontrer l'Uruguayen Juan Carlos Onetti, gardien miséricordieux de la cité fantomatique de Santa María où l'on ne croise que des paumés aux illusions à jamais perdues. Cet écrivain inoubliable insistait sur l'impératif essentiel de la littérature : « s'approcher des émotions les plus simples », en citant le titre de son roman *La Vie brève*, inspiré d'une rengaine chantée en français par une certaine Mami. Et Onetti de fredonner tout de suite d'un ton nostalgique : « La vie est brève / un peu d'amour / un peu de rêve / et puis bonjour / La vie est brève / un peu d'espoir / un peu de rêve / et puis bonsoir... »

Juan Carlos Onetti et Carlos Liscano

À partir de *La Vie brève* (publié en 1950), Santa María devint le décor unique des récits d'Onetti, une cité allégorique et assez sombre située quelque part sur le río de la Plata entre Montevideo et Buenos Aires, avec sa colonie de Suisses, ses avenues ou rues sans âme, ses bars où l'on vient s'ennuyer devant des verres de bière, ses restaurants peu appétissants, son cinéma, son théâtre, son église. Dans cette ville improbable sont venus s'échouer des gens aux destinées plutôt médiocres, médecins ou avocats, sportifs ou policiers, acteurs de seconde zone ou simples employés qui, pour la plupart, noient leurs échecs dans beaucoup d'alcool. L'un des personnages, tout aussi douteux que les autres, passe de la pratique de la médecine à la peinture de nus, puis retourne à son premier métier : commissaire de police. Ce monde interlope est celui des petites intrigues, de la corruption, des amours ratées, des orgueils inassouvis, de la nostalgie d'une jeunesse perdue et d'une solitude proche de la décrépitude. Dans l'une des nouvelles des *Bas-Fonds du rêve*, on suit une femme originaire d'un petit coin du Danemark, là « où elle avait dansé pour la première fois avec un homme, où elle avait vu mourir quelqu'un qu'elle aimait », dont l'occupation principale consiste à se rendre au port à toute heure pour regarder les bateaux en partance pour l'Europe. Bref, un univers pour le moins différent de ces luxuriantes fresques baroques auxquelles on a parfois assimilé de façon caricaturale la littérature latino-américaine. Après avoir été emprisonné un court moment par le régime militaire en Uruguay pour sa participation à un jury ayant couronné une nouvelle jugée subversive, Juan Carlos Onetti s'exila à Madrid en 1975. Il y restera jusqu'à sa mort en 1994, accumulant les signes de reconnaissance, par exemple le prestigieux prix Cervantès, mais vivant délibérément comme une sorte de reclus et fuyant la presse. Grâce à l'intercession d'Hector Bianciotti, le gardien de Santa María accepta finalement de me recevoir en feignant d'y avoir été contraint : « On m'a dit sinon que Bianciotti me chasserait de Gallimard. » Alité et se réconfortant au whisky agrémenté de temps à autre par la cendre de ses cigarettes, il se moquait du café que j'avais préféré par précaution : « Il est vrai que si vous m'aviez demandé du Coca-Cola, je vous aurais fichu à la porte. » Comme je glissais précisément une remarque sur l'excès de boisson chez nombre de ses personnages, il commença par appeler sa femme : « Dolly, ce type m'a provoqué : il affirme qu'il n'y a que des ivrognes dans mes livres ! Cela mérite de toute évidence que tu me serves un autre verre ! » Une fois le rituel accompli à contrecœur mais avec un sourire amusé par la merveilleuse Dolly, il était facile de lui citer maints passages de *La Vie brève* où un certain Brausen s'embourbe dans des divagations brumeuses arrosées de whisky, de gin, de rhum et de cocktails redoutables. La mine navrée, Onetti finissait par le concéder : « Le pauvre homme, il a bien le droit de prendre quelques verres » ; c'était sa manière de consoler ledit Brausen qui vagabonde souvent dans ses romans. Loin des considérations théoriques péremptoires, il affirmait avoir écrit d'abord pour le plaisir d'écrire ; et la littérature, dans la mesure où elle lui avait permis d'exprimer sa vérité intérieure, l'avait protégé du désespoir. Onetti ajoutait : « Peut-être ai-je été plus sincère dans mes livres que dans la vie. [...] Dans ma vie je n'ai pas été hypocrite, j'ai été menteur. Par nécessité, pour ne pas faire souffrir. Dans mes livres, je me suis un peu confessé [...] cela m'a échappé sans que je le sache vraiment. Car je crois plus en l'existence de mes personnages qu'en celle de ma propre vie. » Son véritable monde, insistait-il, c'était bien Santa María, tous ces gens qui ratent, s'aiment mal, souffrent beaucoup et pour lesquels il éprouvait une « tendresse désolée ». En racontant leurs errances et divagations il ne cachait pas son propre désenchantement, comme l'indique cette notation dans *La Vie brève*: « Le drame ce n'est pas que la vie promette ce qu'elle ne nous donnera jamais, c'est qu'elle nous le donne et nous le reprend. »

Malgré l'âge et la maladie, Juan Carlos Onetti ne cédait pourtant pas à la pente naturelle de son pessimisme foncier. Sur un mode décousu mais toujours teinté d'humour, il évoquait quelques épisodes d'une existence cabossée dont on retrouvait parfois des traces évidentes dans le monde de Santa María: l'impossibilité de se lever tôt, les nombreux métiers exercés, peintre en bâtiment ou mécanicien automobile, concierge d'un dentiste ou rédacteur publicitaire, vendeur de billets au noir à l'entrée du stade de foot de Montevideo (très rentable) ou directeur de bibliothèque (le plus décourageant, faute de moyens pour acheter des livres) ; et, surtout, beaucoup de temps consacré aux femmes, intrigué par leur sourire énigmatique, en particulier les prostituées, comme par leur « sainteté dans l'amour » tandis que les hommes en la matière sont « des idiots ». Onetti parlait aussi de l'échec cuisant de son premier livre *Le Puits*, illustré en couverture par un faux dessin de Picasso et accueilli par des railleries, ou de la manière dont il échoua lamentablement dans une tentative d'entrapercevoir Faulkner, l'inventeur du comté imaginaire de Yoknapatawpha. Il affirmait avoir abandonné *Cent ans de solitude* de Gabriel García Márquez au bout d'une soixantaine de pages en raison d'un « excès de miracles », ce qui constitue, bien sûr, une cinglante remarque ; ou alors, Juan Carlos Onetti se souvenait de nombreuses conversations avec Jorge Luis Borges et de son « venin ironique » parfois, par exemple à l'encontre de son compatriote Ernesto Sabato : « Quel dommage que ce garçon qui avait étudié la physique et les mathématiques n'ait pas poursuivi dans cette voie. Nous aurions peut-être maintenant un Einstein argentin. Au lieu de quoi il s'est piqué de littérature. Vraiment c'est étrange. Non ? » Onetti soulignait que ce « non » interrogatif, habituel chez Borges pour terminer ses phrases, en disait long ; au reste, tout porte à croire que l'anecdote est véridique. En revanche, Onetti, lui qui jouait à l'ours et l'imbécile face à toute demande d'interview au point de donner de faux rendez-vous par téléphone, s'était amusé à me piéger en me racontant cette scène irréelle : « Parfois je me laisse tenter. Une superbe fille d'un journal de Mexico est venue comme cela pour un reportage. Impossible de refuser, il va de soi. Elle arrive donc, magnifique, et elle me dit d'emblée : "Je n'ai jamais lu aucun de vos livres, mais j'ai une grande admiration pour votre littérature !" [...] Je me souviens aussi qu'elle m'a demandé à quel "parti chilien" j'appartenais. Visiblement cette superbe créature confondait tout et ne savait rien. Pour ne pas la vexer, je lui ai répondu : "Au parti des pauvres, toujours..." ; ce qui d'ailleurs est vrai. » Sur ce dernier point Onetti ne fabulait pas. Au-delà de facéties merveilleuses, aucun autre écrivain ne m'a paru aussi émouvant par la compassion désolée avec laquelle il parlait de ses personnages ayant échoué sans aucun espoir à Santa María. (Mon interview de Juan Carlos Onetti parut dans *Lire* en 1989. Deux ans après, Ramón Chao publia un livre sur Onetti constitué pour l'essentiel d'entretiens ; plusieurs longs passages, et il est facile de le vérifier, se révèlent tout simplement la reprise ne varietur de mon interview, un parfait « copié/collé » comme on dit aujourd'hui. Pas besoin d'épiloguer sur ce piètre plagiaire, par ailleurs grand donneur de leçons, ni sur quelques autres copieurs patentés.)

Le hasard a voulu que je noue des relations amicales avec un autre Uruguayen, Carlos Liscano, écrivain à l'itinéraire exemplaire dont je garde un souvenir ému. Ancien membre des Tupamaros, il lutta au début des années 70 contre l'une des pires dictatures militaires d'Amérique du Sud et se retrouva emprisonné ; comme à beaucoup d'autres, parmi lesquels José Mujica, futur président de la République, on lui fit subir de graves tortures. Au bout de treize ans, il put prendre le chemin de l'exil en Suède et parvint à se reconstruire au travers d'emplois très modestes, comme préposé au nettoyage dans un établissement psychiatrique. Ayant réussi à écrire en prison, peu à peu il commença aussi à publier de remarquable récits au caractère kafkaïen, tels que *La Route d'Ithaque* ou *Le Fourgon des fous*, nourris par son expérience personnelle. Par pudeur et respect pour ses anciens camarades décédés, Carlos ne se plaignait jamais du sort qui fut le sien lors de son incarcération mais pouvait y faire allusion, de biais, avec une pointe d'humour noir. En fin de soirée, après les conversations animées d'après dîner, il lui arrivait de dire à sa femme d'un ton pince-sans-rire : « Allez, il est temps de rejoindre la cellule. » Ensemble et avec sa traductrice Françoise Thanas, nous avons élaboré une version française de son enquête impressionnante sur un scandale dont l'actualité nous montre qu'il n'est pas l'apanage des dictatures en Amérique du Sud. Dans *L'Impunité des bourreaux*, Carlos Liscano racontait la quête obstinée du grand poète argentin Juan Gelman, après l'assassinat de son fils et la disparition de sa belle-fille alors enceinte, pour tenter de répondre à la question : qu'est-il advenu de l'enfant à naître ? Au bout de vingt-cinq ans et de nombreux rebondissements, dont une étrange intervention du Vatican, Gelman découvrit que sa petite-fille vivait dans la famille d'un policier uruguayen. « L'impunité des bourreaux » réside précisément dans ce cynisme tranquille avec lequel on organise ce crime infâme : le vol des enfants. Intellectuel clairement engagé à gauche – il fut proche des présidents José Mujica et Tabaré Vásquez –, Carlos Liscano se distingua par ailleurs de beaucoup de Latino-Américains de son bord en ayant le courage et l'honnêteté de publier un réquisitoire sans concessions sur le fiasco lamentable de la révolution cubaine. Il est d'usage rhétorique à La Havane de toujours accuser l'extérieur, en premier lieu les États-Unis, alors que le mal vient d'un régime à l'évidence dictatorial. Carlos Liscano n'hésitait pas à dénoncer le népotisme de la famille Castro, le mythe sanglant de Che Guevara ou la manière dont García Márquez se comportait comme un odieux nabab. Au passage, il signalait que si lui était né à Cuba on l'aurait vite envoyé en prison. Sur ce point-là, Carlos Liscano parlait en connaissance de cause.

Les deux amis

Habitué dès sa prime jeunesse à croiser les principaux acteurs de la vie politique et culturelle, mon grand-père respectait les usages avec naturel sans accorder d'attention particulière au protocole. Dans la vie quotidienne, la prééminence due aux femmes, y compris les plus jeunes, ne relevait chez lui ni de la bonne éducation ni d'un quelconque devoir mais d'une évidence qu'il n'eût pas été convenable de remettre en cause. Son beau-frère, président de la République pendant une courte période au début des années 50, occupait une fois à la retraite un appartement sans prétention mais se faisait servir le premier à table même pour un simple repas familial; je fus témoin de la scène étonnante et lui en fis part. Que sa sœur cadette se prêtât à une telle puérilité semblait en la circonstance le plus navrant, comme le montra sa première réaction sur un ton lapidaire et en haussant les épaules: « Quelle sotte! » Déconcertante habitude chez ce vieux monsieur d'un maintien si classique, mon grand-père passait chaque semaine une bonne demi-heure dans sa salle de bains à méticuleusement laver puis rincer un lot de chaussettes portées les jours précédents, non seulement parce qu'il déclarait avoir les pieds sensibles et veillait à bien entretenir ces paires en fil d'Écosse mais, surtout, parce qu'il considérait comme du devoir d'un *caballero* d'accomplir lui-même ce genre de tâches : une sorte de savoir-vivre élémentaire faisant partie de ces comportements ancrés dans des valeurs vétustes qu'il ne convenait pas d'expliquer, c'était ainsi (il y a dans le terme « *caballero* » une connotation assez proche de « *gentleman* » en anglais). Si par sa famille il appartenait sans conteste à l'« élite » historique du pays (avec toutes les déplorables œillères que cela peut impliquer), du moins se tenait-il tranquillement à l'écart d'un monde contemporain devenu incompréhensible à ses yeux. Il avait lâché prise depuis fort longtemps, vagabondait dans ses rêvasseries sans conséquences et voulait avant tout qu'on lui fichât la paix.

Par contraste, le meilleur ami de mon grand-père, Eduardo Santos Montejo, fut durant des décennies l'un des hommes les plus influents de la Colombie : propriétaire du principal quotidien du pays, *El Tiempo*, il mena par ailleurs une brillante carrière politique qui le conduisit à occuper plusieurs postes ministériels, puis la présidence de la République lors de la Seconde Guerre mondiale devant faire face à des choix cruciaux. Entre eux, la force de liens tissés depuis leurs années de collège l'emportait à l'évidence sur des considérations subalternes telles que la notoriété de l'un ou des positions politiques fort différentes. Rien dans cette relation personnelle ne dépendait a priori de choix partisans : d'un côté le descendant, par son père Holguín comme par sa mère Caro, de deux des plus illustres familles du camp conservateur, attachées aux valeurs catholiques, de l'autre l'une des grandes figures du Parti libéral notoirement franc-maçon ; l'évolution de ces deux camps qui se sont plus que durement opposés depuis le milieu du XIXe siècle devait certainement occuper la conversation mais de manière apaisée, ce qui distinguait cette relation de la plupart des affrontements habituels en Colombie. Entre Eduardo Santos qui s'activa beaucoup à la tête de l'Académie d'histoire et mon grand-père simple correspondant mais d'une érudition sans failles sur tous les événements nationaux antérieurs aux années 1930, il existait une profonde connivence qui soutenait le dialogue amical. À chacune de leurs retrouvailles débutant par une affectueuse accolade – rien de plus touchant que de voir ces anciens camarades de classe devenus de vieux messieurs d'une impeccable élégance se serrer longuement dans les bras –, on sentait d'emblée autant de complicité que de respect mutuel, puis on les laissait seuls bavarder à bâtons rompus sans éprouver le besoin de connaître les sujets des échanges : on savait juste que l'évocation de lointains souvenirs communs ou l'examen de certains points d'histoire, à commencer par l'opposition légendaire entre Bolívar et Santander occupaient l'essentiel de leurs propos. Reste que la parfaite intelligence entre Alvaro (« Alvar » pour les proches) et Eduardo relevait d'un ordre privé, inaccessible à autrui, quiconque ayant la chance d'avoir pu garder une amitié cimentée lors des années de collège peut aisément le comprendre. Après ces tête-à-tête, assez réguliers car Santos se plaisait en France, mon grand-père se montrait ragaillardi pendant trois ou quatre jours, comme si toute sa mélancolie s'était effacée et qu'il ne lui restât plus à l'esprit que la présence réelle, non pas insouciante mais passionnée, de ses meilleurs moments en Colombie. Je suis presque certain que, nés respectivement en 1888 et 1889, ils continuaient à échanger des commentaires sur un événement majeur ayant marqué leur prime jeunesse : l'Indépendance du Panama en 1903 et, au bout du compte, un vol manifeste de territoire au détriment de la Colombie, si ce n'est organisé, du moins approuvé en sous-main par les États-Unis de Theodore Roosevelt. Sur ce point, aucun différend entre le conservateur et le libéral sauf à propos de quelques interprétations secondaires qui, des décennies après, nourrissaient précisément l'entretien entre les deux amis : pouvait-on accuser les Américains d'avoir fait main basse sur l'isthme de Panama, ou s'étaient-ils contentés d'attiser des velléités indépendantistes déjà manifestes dans cette région ? En tout cas, ils partageaient une sorte de circonspection à l'égard du grand voisin d'Amérique du Nord trop envahissant (rien à voir cependant avec des convictions « anti-impérialistes ») et une attirance certaine pour la culture européenne telle qu'elle s'exprimait en Grande-Bretagne, en France et en Belgique. Eduardo Santos se référait souvent à de grands auteurs, essayistes, historiens ou romanciers ; les goûts de mon grand-père le portaient principalement vers les poètes, y compris les plus mineurs. Leur passion partagée pour le journalisme les avait conduits à créer chacun des titres de presse à la rédaction de qualité. En hommage à son père qui utilisa ce titre pour l'une de ses publications, Alvaro relança *La Prensa* où s'exprimèrent nombre d'écrivains et d'hommes politiques. Malgré un écho certain au début, le journal ne connut en définitive qu'un succès relatif dû sans aucun doute au fait que son fondateur portait plus d'attention au style des articles qu'au développement de son entreprise. L'aventure terminée, il a tenu à emporter en Europe, rassemblée dans des reliures de taille impressionnante, une collection incomplète de *La Prensa* que je me rappelle bien avoir feuilletée très jeune, assez désemparé par un format aussi haut que large et une typographie serrée pour le moins austère. Dernièrement, grâce à l'un de mes cousins, j'ai pu retrouver quelques pages d'un numéro du journal datant de 1927 où l'on découvre à la une aussi bien un article sur une crise du charbon qu'un éditorial consacré à la place politique et sociale du 1er mai, des informations relatives à la Semaine sainte que l'annonce, photo à l'appui, d'un reportage intitulé « El café colombiano en París ». La section étranger donne des nouvelles en provenance des États-Unis, de France, de Chine, du Vatican et de la Roumanie. Quant au carnet mondain, on y trouve, à côté des rubriques « mariages » ou « décès », une section consacrée aux « malades » ; plus étonnant et qui montre parfaitement combien une certaine société habitant à Bogotá (siège du journal) vivait encore, à la veille des années 30, dans l'entre-soi d'une ville moyenne : *La Prensa* publiait chaque jour des listes de voyageurs, ceux qui arrivaient et ceux qui partaient, avec mention des provenances ou des destinations respectives.

Eduardo Santos, en revanche, possédait toutes les qualités d'un entrepreneur de presse à part entière, aux éditoriaux tranchants comme à la gestion avisée, capable de prévoir des développements possibles et donc les investissements indispensables, qui après le rachat d'un titre en faillite, *El Tiempo*, le transforma vite en un quotidien de référence majeur, véritable contre-pouvoir sous la menace permanente (et à plusieurs reprises le couperet) de ses adversaires. Réalisé par une équipe talentueuse, le journal présentait de manière attractive les informations générales, nationales ou internationales et accueillait des collaborations prestigieuses venues des milieux littéraires, artistiques ou bien sûr politiques mais n'hésitait pas non plus, comme d'autres titres de la presse colombienne, à publier un étonnant carnet mondain destiné, il va de soi, à fidéliser un lectorat captif : à côté de rubriques classiques – deuils, mariages, naissances – on pouvait y trouver le compte rendu (date, heure et lieu) d'un thé offert en l'honneur d'une personne venue d'Europe avec la liste des principaux invités ou d'une fête d'anniversaire d'une jeune fille de seize ans au cours de laquelle ne manquèrent pas les attractions (détails précis sur certaines d'entre elles). D'une parfaite futilité, à l'image de l'horoscope que personne ne rate ! Ces fantaisies constituaient l'une des marques de fabrique d'*El Tiempo* au même titre que les nombreuses actualités du monde (certaines pouvaient se retrouver à la une), les signatures connues, les caricatures mordantes, une excellente section sports, les annonces immobilières ou les tirages de la loterie. Le journal devint une quasi-institution en Colombie, parfois au détriment de l'inventivité dont pouvait faire preuve l'un de ses principaux concurrents, *El Espectador*, pourtant fondé bien avant. Gabriel García Márquez qui y travailla a raconté l'une des initiatives les plus populaires de ce quotidien du soir : à 12 heures puis 17 heures, sur un balcon juste au-dessus de deux importantes voies de circulation à Bogotá, on plaçait un tableau, pareil à ceux des écoles d'autrefois, où les dernières nouvelles étaient écrites à la craie blanche. Immédiatement un attroupement se formait, entravant le passage des tramways. « De plus, soulignait García Márquez, ces lecteurs jouissaient d'une possibilité que nous n'avons plus : ils pouvaient applaudir avec force ovations les nouvelles qui leur semblaient bonnes, siffler celles qui ne les contentaient pas, et même caillasser le tableau quand ils les jugeaient contraires à leurs intérêts. C'était une forme de participation active et immédiate, grâce à laquelle *El Espectador* disposait d'un thermomètre plus efficace qu'aucun autre pour prendre la température de l'opinion publique. »

S'il défendait le camp libéral et ne manquait pas de le rappeler à l'occasion d'un éditorial, Eduardo Santos autant par sens professionnel que par absence de dogmatisme ne refusait pas les articles écrits par des conservateurs comme ceux de son ami Alvar. Une fois l'avenir d'*El Tiempo* assuré, sa plus grande réussite consista à préserver l'autonomie de ce journal tout en gardant le contrôle financier du titre et à savoir prendre les distances adéquates au fur et à mesure que sa propre carrière politique prenait de l'ampleur. En dehors de ses fonctions de gouverneur, député, sénateur ou ministre, Eduardo Santos devint l'un des principaux dirigeants du Parti libéral et sous cette étiquette remporta l'élection présidentielle de 1938 en prônant des orientations réformistes et la formation d'un gouvernement d'abord soucieux de tolérance et d'apaisement. On lui doit la création d'un ministère du Travail, plusieurs initiatives juridiques favorisant le développement du syndicalisme et de judicieuses stratégies économiques pour protéger le commerce du café. Durant la Seconde Guerre mondiale, il sut au début maintenir une position neutre puis, après Pearl Harbour et ayant acquis une perception plus lucide sur la vraie nature du régime nazi (ce ne fut pas le cas, loin de là, de tous ses homologues latino-américains), il bascula clairement dans le camp des Alliés. Jusqu'à la fin, il garda l'image d'un sage modéré qui avec habileté ne se laissait pas enfermer dans des pièges, comme le prouva entre autres un choix remarqué : son hostilité de principe au communisme ne l'empêcha nullement de favoriser l'asile des républicains espagnols. Il faut mentionner aussi l'accueil chaleureux qu'il réserva à un ami français pourchassé par la Gestapo, l'ethnologue Paul Rivet, créateur du musée de l'Homme et président du Comité de vigilance des intellectuels antifascistes (Rivet se rapprocha tout de suite de son collègue venu d'Autriche, Gerardo Reichel-Dolmatoff, à propos duquel on aurait mis au jour récemment de possibles connexions avec l'extrême droite avant guerre). Certains commentateurs se montrent pourtant assez réservés à l'égard d'Eduardo Santos, personnalité trop centriste d'après eux en comparaison de son prédécesseur (et successeur) lui aussi libéral, Alfonso López Pumarejo, dont le gouvernement agissant sous le slogan de… « La Révolution en marche » proposa il est vrai des réformes audacieuses en matière d'intervention de l'État, de redistribution des terres, d'éducation et de fiscalité.

Aujourd'hui, la renommée d'Eduardo Santos s'est quelque peu estompée derrière celle de son petit-neveu Juan Manuel Santos, président de 2010 à 2018 et lauréat du prix Nobel de la paix pour l'élaboration des accords signés avec la guérilla des FARC, ce qui ne constituait pas une mince gageure. Cette distinction lui a permis non seulement d'acquérir un prestige international exceptionnel pour un dirigeant colombien mais aussi de bien marquer une distance politique avec Álvaro Uribe, dont il fut un temps ministre de la Défense. D'un certain point de vue, néanmoins, Juan Manuel Santos n'a sans doute jamais possédé l'ascendant similaire, cette espèce d'aura dont bénéficiait le grand-oncle en raison de sa vaste culture et du rôle prépondérant d'*El Tiempo*, considéré, à un moment, comme le meilleur titre d'Amérique latine. Au milieu des années 50, le général Rojas Pinilla ordonna la fermeture du journal, obstacle inébranlable à ses prétentions dictatoriales; même censure à l'encontre d'*El Espectador*, dont le correspondant en Europe basé à Paris se retrouva sans emploi et connaîtra une période de grande précarité: c'était Gabriel García Márquez. Eduardo Santos, lui aussi en exil à Paris à ce moment-là, fut salué comme une figure importante de la résistance contre les despotismes dans un discours en son honneur d'Albert Camus sur la liberté inconditionnelle de la presse: le nécessaire respect des lois ne justifie jamais une atteinte à ce principe. Tel était bien sûr le point de vue du fondateur d'*El Tiempo* et la ligne de conduite constante grâce à laquelle son quotidien prospéra sur tous les plans, jusqu'à occuper une place si influente dans le pays. Pour un tenant du conservatisme tel que mon grand-père, la première des valeurs résidait dans le respect d'un certain ordre et cette autonomie absolue revendiquée par la presse devait susciter sa méfiance. Mais le mépris partagé d'Eduardo et Alvar à l'endroit d'un militaire aussi inculte et faraud que le général Rojas Pinilla gommait les différences de sensibilité entre eux. Encore une fois, ce qui les séparait ne comptait guère au regard de la loyauté qui les unissait, comme le prouva, d'ailleurs, Eduardo Santos lors de son passage au pouvoir en appuyant son ami du camp conservateur pour l'obtention de postes diplomatiques assez sensibles en Europe. Leur connivence facilita des décisions à prendre rapidement pendant la guerre et permet, par exemple, d'expliquer pourquoi en 1941, après une menace sérieuse de l'Allemagne en tant que puissance occupante de la France – retirer l'agrément aux représentants de tous les pays tiers, neutres ou non belligérants à l'exclusion de la Suisse et de la Suède –, mon grand-père fut l'un des premiers diplomates concernés à prendre contact avec le consul général de Suède, Raoul Nordling, qui accepta de conserver les documents officiels et les contenus des coffres-forts de l'État colombien à Paris. En janvier 1945, Nordling, devenu entre-temps une personnalité très connue pour son rôle déterminant dans la libération et la sauvegarde de Paris comme dans la protection de milliers de prisonniers, remit à mon grand-père le dépôt que celui-ci lui avait confié quelques années auparavant. Au cours de l'entretien, le célèbre consul se montra, paraît-il, d'une modestie exemplaire contrastant avec la vanité ou l'indécence de tant de personnes qui prétendaient avoir joué un rôle durant le conflit.

Tourné vers l'histoire de sa patrie au point de devenir d'un passéisme excessif au fur et à mesure qu'il avançait en âge, mon grand-père ne joua aucun rôle notable dans la vie politique de son temps et se contenta, le cas échéant, de quelques interventions ponctuelles pour revenir sur une chronologie, des épisodes ou des faits dont il avait une connaissance historique précise. Santos, lui, fut un acteur pleinement engagé dans la vie publique, jusqu'à devenir un homme d'État majeur disposant d'un prestige rare. Mais, une fois la plupart de ses fonctions officielles abandonnées et quoique d'abord accaparé par la santé de sa femme, il trouva toujours le temps de venir s'entretenir avec son vieil ami de collège, comme si Alvar lui redonnait un accès de plain-pied à une Colombie révolue : à Paris, il savait pouvoir retrouver presque intacte la mémoire de son pays. Une sensation de retour vers l'amont éprouvée aussi par une personnalité d'une génération plus jeune, l'écrivain Eduardo Caballero Calderón qui avait épousé une nièce de mon grand-père, Isabel Holguín (celle que tout le monde appelait « Bell », je l'ai dit, chantait à merveille d'une voix rauque en s'accompagnant au « *tiple* », petite guitare à douze cordes métalliques considérée comme l'instrument de musique national. De même que ma mère, elle avait une fort belle plume et, dans l'une de ses chroniques, son mari lui rendit hommage en indiquant qu'il avait écrit son premier livre pour lui raconter d'où il venait : « Depuis lors, ajoutait-il, pas un de mes livres ni article de presse dans lesquels elle ne soit intervenue directement, puisque nous les écrivons à deux. Le fait est si vrai qu'un jour à Madrid, ma fille cadette répondit à quelqu'un lui demandant si j'étais écrivain : “Non, papa est le dictateur et celle qui écrit, c'est maman” »). À côté d'activités politiques du côté libéral et d'une carrière diplomatique, Eduardo Caballero Calderón se fit surtout reconnaître par la publication de nombreux romans, essais et articles à l'audience importante, y compris en Espagne où on lui décerna le fameux prix Nadal. On peut dire qu'avant 1967 et le formidable événement que constitua la publication de *Cent ans de solitude* de Gabriel García Márquez, il occupait une place éminente dans le paysage littéraire colombien ; ce qui changea après, lui-même l'admettait facilement tout en masquant peut-être une amertume compréhensible : presque d'un coup, son œuvre – d'une qualité certaine sur les thèmes de la violence, de la religion et de la pauvreté de petits paysans sans terre – sembla entrer au purgatoire. Beaucoup plus que le passage d'une génération à une autre, on assista avec l'arrivée du « réalisme magique » à une révolution formelle majeure qui allait marquer de son empreinte toute l'Amérique latine. Comme il se doit, Eduardo Caballero Calderón collaborait au quotidien *El Tiempo* où, en hommage à Proust, il signait une chronique régulière sous le pseudonyme « Swann ». Et c'est, du reste, le thème d'un monde à jamais disparu qui lui servit de ligne conductrice pour brosser le portrait de mon grand-père au lendemain de son décès. Chaque séjour de l'écrivain à Paris passait d'abord par la rituelle visite au vieil Alvar, cet homme pétri de souvenirs dont la courtoisie extrême n'excluait pas l'ironie et un sens de l'humour parfois mordant. Caballero Calderón insistait sur les manières d'antan de mon grand-père, cette forme de galanterie qui, dans la rue, le conduisait à céder le pas aux femmes de tous âges en soulevant un tout petit peu son chapeau d'un geste poli et discret de salut (habitude qu'il conserva dans sa vieillesse, j'ai pu le constater à maintes reprises ; sa noble allure était accentuée alors par l'usage d'une belle canne en acajou). Ce monsieur élégant au physique filiforme était une personne à la conversation délicieuse et anachronique, un dialogue tranquille enrichi par nombre de digressions lors d'une promenade, d'un rendez-vous au café ou d'une soirée d'après dîner. Gardant une tradition propre à sa famille, il se distinguait par sa maîtrise et son goût de la langue castillane à l'écrit comme à l'oral. Ajoutons que nous étions épatés aussi par la mémoire qu'il gardait d'une myriade de petites compositions poétiques ; « Swann », cependant, n'en parlait pas et ce pour deux raisons au moins : mon grand-père, avec sa discrétion coutumière, réservait cette forme d'expression à son cercle familial vraiment le plus proche ; et peut-être aussi ne voulait-il pas qu'un écrivain consacré se moquât de ces bouts de rimes parfois si naïves. À sa manière, il ressemblait du reste aux deux amis de Don Quichotte, le barbier et le curé, s'apprêtant à jeter aux flammes les romans de chevalerie lui ayant fait perdre la raison mais épargnant la poésie au motif de sa nature profondément inoffensive. Alvar, soulignait Caballero Calderón dans sa chronique, portait en lui l'âme d'une ville où patientait devant certaines maisons un âne lesté d'un sac de charbon de bois, un Bogotá enseveli sous les gratte-ciel et la circulation des autobus mais dont il préservait encore vivante la mémoire : ainsi, l'ambiance de ces fêtes au cours desquelles les hommes récitaient des vers tandis que les femmes – qui, le matin même, avaient couru à la messe avec leurs mantilles bordées de soie – jouaient au piano des airs de valse. La mort du cher Alvar dissipait à jamais les derniers échos de cette musique-là.

Dans l'une des longues missives dactylographiées qu'elle envoyait régulièrement au cercle de ses proches à Bogotá, ma mère, montrant son sens indéniable du récit (pourquoi ne cultiva-t-elle pas ce don de chroniqueuse au lieu de se laisser envahir par sa religion ?), a raconté les trois dernières semaines de mon grand-père, en décembre 1973. Cette évocation émaillée de détails précis et par moments saisissante, pas moins de dix pages d'un texte sans interlignes, est précieuse pour moi puisque je n'étais pas là et permet au passage de mesurer la justesse du narrateur d'*À la recherche du temps perdu* indiquant dans une incise : « Nous disons la mort pour simplifier, mais il y en a presque autant que de personnes. » Depuis plusieurs mois, ce vieil homme efflanqué à la constitution fragile se tenait de plus en plus raide dans son habituel fauteuil de cuir dont les larges accoudoirs semblaient désormais lui tenir lieu de barrières protectrices. Le regard fixe, il restait longuement silencieux sauf pour le strict nécessaire, allumait son transistor comme par un geste automatique mais l'éteignait presque aussitôt après quelques bribes de chansons ou de nouvelles et ne récitait plus les délicieuses comptines poétiques dont il nous abreuvait auparavant. Manifestement, il s'en allait et son quant-à-soi naturel s'accentua encore sans offrir de concession au débraillé : même par les fortes chaleurs de l'été, il continua à porter une cravate et, si d'aventure il l'ôtait, tout de suite il veillait à fermer le dernier bouton du col de chemise. Puis vint la fin. Au cours de son agonie marquée par une terrible crise de hoquet, mon grand-père, malgré plusieurs attaques cérébrales, retrouva par instants son goût si caractéristique pour le badinage autour des mots. Il indiqua ainsi que le vocable français « hoquet » lui paraissait mieux correspondre aux spasmes violents dont il souffrait à ce moment-là précisément alors que son équivalent espagnol, « *hipo* », pouvait laisser l'impression d'une gêne plaisante. Non sans malice, il ajouta qu'il y avait « *hipo e hipo* », donc hoquet et hoquet, l'un sans conséquence, l'autre fort sérieux, et ne manqua pas de rappeler que l'un de ses oncles avait trépassé par suite de contractions douloureuses trop répétées. D'après lui, le genre de « *hipo* » qui l'assaillait maintenant s'apparentait, pour sûr, à l'ange annonciateur d'une fin imminente. Malgré les dénégations autour de lui, il persista dans cette certitude. Il avait raison. Encore une fois, je n'étais pas là et je m'appuie sur le long récit laissé par ma mère. J'imagine, pour sûr, les diverses prières à haute voix qui ont dû entourer et suivre ces derniers instants : chez nous, et cela doit être commun à tous les milieux de forte tradition catholique, l'émotion palpable en de telles circonstances a toujours cédé le pas aux rituels obligatoires afin d'accompagner le passage du malade vers le mystère final, puis, juste après le dernier souffle, saluer le rappel au Père. Le temps des larmes éventuelles venait après ; d'abord, la parole des textes sacrés. Reste qu'en évoquant cette attitude face à la mort, il me semble parler d'un monde totalement incompréhensible aujourd'hui. S'appuyant sur une prodigieuse érudition, Philippe Ariès a montré il y a cinquante ans déjà que l'histoire de la mort dans nos sociétés peut se caractériser par le repli progressif de la conscience de mourir et le refus de plus en plus marqué de traiter cet événement à la façon d'une épreuve en continuité normale avec la vie. Dans ma famille colombienne, du moins celle que je connaissais bien au moment où Ariès publia ses travaux sur le sujet, mourir apparaissait comme une chose grave mais simple à laquelle le mourant ainsi que son entourage se préparaient ouvertement et sans pathétique excessif. À la différence de beaucoup de pays européens, nous n'étions pas encore parvenus à l'ère de la mort médicalisée dans l'anonymat d'un hôpital. Il existait, du reste, un contraste étonnant entre cette acceptation presque sereine de la fin de vie et, au quotidien, les pesanteurs ou le sens de la pénitence liés à la religion.

Deux jours après le décès, au total étonnement de la famille qui ne s'attendait pas à ce geste hors norme, l'ambassadeur en poste à Paris – peut-être sur instruction de Bogotá – fit porter un drapeau. À l'église, je me souviens juste de ce moment étrange au cours duquel le prêtre muni de son encensoir tourna autour du cercueil, en partie bariolé par les couleurs jaune, bleu et rouge, de ce vieux monsieur ayant regardé avec tant de distance le monde moderne (tout en s'émerveillant à l'occasion devant quelques prodigieuses prouesses scientifiques comme la conquête spatiale) et, pour l'essentiel, vivant en exil dans son lointain passé : nous assistions, en somme, à une dernière messe pour une Colombie enterrée depuis longtemps déjà. Et, inutile de le cacher, sur le moment j'ai regardé un tel cérémonial sans émotion particulière ; en dépit de l'affection naturelle que l'on porte aux siens, je me sentais alors en vrai décalage, plus guère concerné par un mode de vie et des références familiales à mes yeux surannés. D'autres facettes de la Colombie que j'avais commencé à mieux percevoir, des amitiés et des rencontres avec des personnes inoubliables le plus souvent bien éloignées de mon milieu d'origine, les injustices, la pauvreté, la violence de toutes parts présentes dont on ne pouvait se détacher, l'attrait pour de nouvelles géographies ou d'autres sociétés d'Amérique latine et surtout une inclination dévorante pour les littératures venues de ces pays-là, que sais-je encore, voilà ce qui m'accaparait alors que, dans l'église, lors de la cérémonie d'obsèques, ce drapeau trop institutionnel renvoyait surtout à des illusions auxquelles non seulement je ne voulais plus me laisser prendre mais qui, de surcroît, me semblaient délétères par bien des aspects. À ce moment-là et pour le dire de manière très générale, je reprochais beaucoup à ma famille de se complaire dans les fables et chimères d'un illustre passé pour ne surtout pas regarder en face le terrible quotidien de l'immense majorité des Colombiens. Maintenant, je me dis qu'après tout c'était peut-être une manière de supporter leur situation d'expatriés dans une nation française pétrie d'insupportable arrogance. Pour ma part, j'éprouve du plaisir à explorer l'histoire de ce pays qui me tient à cœur et dont je respecte quelques codes élémentaires. Bien entendu, ce qui parfois a pu s'y passer m'inspire aussi de la honte.

L'impossible pardon

Lors de rendez-vous électoraux d'importance, je ne manque pas de me rendre au Consulado de Colombia en París, rue de Berri – du temps de mon grand-père c'était rue de l'Élysée, à deux pas du Palais présidentiel –, pour déposer mon bulletin de vote après avoir tracé une croix dans l'une des cases proposées. Je me demande parfois si ma présence se justifie mais peu importe, j'y tiens ne serait-ce que pour surmonter un agacement très ancien : mes petits camarades « ultra-maos » ou « trotskos » de la khâgne d'Henri-IV jugeaient tout processus électoral aussi aliénant que sinistre ; le sujet ne méritait rien d'autre que sarcasmes. Certains d'entre eux, qu'il m'arrive aujourd'hui d'entendre ou de lire dans les médias, ont gardé intacte cette posture péremptoire et trouvé des modèles à admirer dans quelques régimes politiques d'Amérique latine, par principe peu enclins à laisser sans contrôle strict une élection ou même à permettre le vote. En 2016, à l'occasion du référendum colombien sur les accords de paix avec la guérilla des FARC, je me suis retrouvé juste à côté d'Ingrid Betancourt que j'avais croisée toute petite lorsque au milieu des années 60 son père, ancien ministre connu pour de remarquables initiatives dans le domaine de l'éducation, fut nommé sous-directeur de l'UNESCO et ambassadeur (mais, à dire vrai, celle qui alors émoustillait la curiosité de ma famille, c'était plutôt sa mère, ancienne reine de beauté elle aussi lancée dans la politique). Près d'un demi-siècle plus tard, cela m'amusait de constater la souriante satisfaction avec laquelle l'ex-otage des FARC répondait aux multiples et joyeux « *¡Vamos Ingrid!* » venus de la longue file d'attente patientant dans la rue de Berri pour parvenir jusqu'au troisième étage du n° 12 où, comme d'habitude, se tenait le scrutin. On a beaucoup reproché à Ingrid Betancourt son goût immodéré pour la publicité personnelle – elle n'est pas la seule, loin de là, à présenter de tels symptômes – et sa manière de faire la bravache en ignorant délibérément les conseils explicites de prudence délivrés par l'armée colombienne qui, après sa capture en 2002 par les FARC, se retrouva dans l'obligation de déployer beaucoup de moyens pour tenter de venir à son secours. Même s'il y eut des controverses sur ce point, le débat restait légitime dans un pays confronté à des questions de sécurité sur de multiples fronts. Au Quai d'Orsay on se montra, par ailleurs, pour le moins équivoque dans cette affaire en confondant certains aspects de l'action diplomatique avec des intrigues sentimentales d'ordre privé ou en essayant à l'évidence de contourner les autorités de Bogotá pour tenter de délivrer directement la prisonnière (bénéficiaire de la double nationalité). Quoi qu'il en soit, ce jour d'octobre 2016, Ingrid Betancourt devenue entre-temps une icône internationale venait ouvertement voter « OUI », une marque de courageuse magnanimité au regard de sa cruelle captivité de près de six ans en plein milieu de la jungle. Il est vrai qu'il lui fallait aussi effacer la déplorable impression laissée auprès de ses compatriotes à la suite d'une incroyable demande : oubliant les actions officielles en sa faveur ou le sort d'ex-otages issus de milieux ô combien plus modestes, elle n'avait pas hésité à réclamer 6,5 millions de dollars pour les dommages économiques et moraux subis. Face au scandale provoqué par cette demande exorbitante (jusqu'alors, la seule de ce type enregistrée par les autorités colombiennes), elle fut vite contrainte de retirer sa requête et de présenter des excuses. Simple électeur parmi tant d'autres, bien entendu je répondis favorablement à ces accords de paix en dépit d'un texte à la rédaction mal ficelée et beaucoup trop clément à l'égard de guérilleros, devenus principalement des bandes de narcos et de rançonneurs après enlèvements. Le « NON » l'emporta. Il fallut se remettre à l'ouvrage pour aboutir vaille que vaille à une solution de compromis assez bancale. La fin officielle du conflit avec les FARC, mais pas avec l'ELN, fut tout de même entérinée, presque tout de suite remise en cause par des combattants dissidents, comme par une sorte de refus implicite d'un compromis répondant à des normes juridiques.

En 2011, sous l'impulsion de Juan Manuel Santos, une loi importante accorda enfin un statut spécifique à tous les civils victimes du conflit armé interne en décrétant de multiples devoirs d'assistance et de réparations à leur égard. Le droit à « la vérité, la justice et la réparation » ne se cantonnait pas à des généralités : un article spécifique de la loi, par exemple, était consacré à la restitution des terres usurpées ; on s'efforçait également de favoriser la réunification des familles et de prêter une attention particulière aux violences contre les femmes. Forte de son expérience, Ingrid Betancourt entre autres a néanmoins osé dire récemment une vérité dérangeante aussi bien en Colombie qu'à l'étranger : « De nos jours, nous les victimes, nous avons une couleur politique différente. Si nous sommes des victimes des FARC, on ne nous entend pas. Si nous sommes des victimes de l'armée, alors tous les micros s'ouvrent. Il me semble qu'il y a là un déséquilibre. » À l'occasion d'un remarquable documentaire de Julie Peyrard diffusé sur France 5, « Colombie : la paix confisquée – Paroles d'otages », abordant, à l'aide de témoignages venus de toutes les parties en cause, les questions si complexes de justice et de réparations mais surtout le sentiment d'impunité offerte aux combattants, elle s'est de nouveau demandé : « On a envie de se dire : en tant que Colombien, comment peut-on prendre la décision de tuer quelqu'un de sang-froid, de séparer des êtres humains de leur famille pendant des années ? » Et Ingrid Betancourt a rappelé que certains otages ayant tenté de fuir mais repris par les guérilleros, quand ils n'étaient pas exécutés froidement, se retrouvaient la journée entière enchaînés par le cou à un arbre. D'ex-otages, maintenus en captivité pendant plusieurs années dans des conditions abominables au milieu d'une jungle amazonienne où l'on endure en permanence piqûres ou morsures, parviennent difficilement à comprendre pourquoi l'aveu public des crimes commis a pu servir de viatique aux bourreaux et leur éviter la prison au profit de simples travaux d'intérêt général parfois même pas accomplis, ou tout juste pendant quelques mois ; et que dire des places de sénateurs ou de députés accordées automatiquement, sans passer par une élection, à d'anciens dirigeants des FARC avec les financements officiels afférents ? Une victime avouait son désarroi : « Parfois, je fais encore le même rêve où je sais que je vais mourir. Eux, ils ont été carrément absous de tous leurs crimes sans devoir faire un seul jour de prison ou assumer les conséquences de leurs actes. » Une autre, près de neuf ans en détention, soulignait aussi le mal fait à sa famille obligée de vivre dans l'angoisse et sans nouvelles, ce qui « les a rendus malades et les a fait vieillir prématurément ». En dehors même du nombre de morts, blessés ou disparus, ce traumatisme d'une grande partie de la société colombienne reste l'un des aspects les plus difficiles à évaluer et continuera d'être ressenti pendant des décennies, à l'instar de toutes les déflagrations internes de longue durée partout dans le monde. Au prétexte de la lutte pour la justice, les FARC n'ont pas hésité à enrôler de force des enfants-soldats âgés parfois d'une dizaine d'années seulement ; et nombre de jeunes filles kidnappées se voyaient contraintes de partager la couche d'un quelconque commandant jusqu'au moment où, tombées enceintes après des viols à répétition, elles étaient obligées d'avorter. Impossible d'imaginer qu'une telle horreur ne laisse pas des traces indélébiles, comme l'une des victimes l'a raconté avec autant de cran que de sobriété face à la caméra. En complément du documentaire de Julie Peyrard, deux livres récents permettent de percevoir au plus près toutes les dimensions d'un conflit d'une rare inhumanité marqué par une série de massacres, tortures, haines et humiliations inouïes qui, à la fois, perpétuent et renouvellent la longue tradition de la violence en Colombie. Se servant de ses enquêtes en Amérique du Sud et de témoignages à l'évidence précis, Stéphane Chaumet a bâti dans *Sur les chemins perdus* le récit sous forme de confession d'une jeune femme, d'abord embrigadée sous la contrainte par un groupe de paramilitaires, puis passée du côté des FARC chez qui elle croyait possible de trouver un refuge. Elle se rendra compte assez vite d'un degré équivalent dans la barbarie. Histoire de se divertir, le patron des paramilitaires, un narcotrafiquant qui oblige ses recrues à liquider froidement des captifs, organise une séance de « boxe » au cours de laquelle trois prisonnières juste soupçonnées d'avoir aidé la guérilla deviennent l'objet d'un monstrueux carnage : les malheureuses, le visage en bouillie, les os brisés, lancées en l'air telles des poupées de chiffon avant de s'écraser au sol, vont finir par subir un dernier viol collectif sous les hourras. Pour sa part, un chef des FARC, Roberto, dont les revenus proviennent aussi de la drogue tout comme de rançons après des kidnappings, détient dans un enclos, sous une bâche, deux militaires et la fille d'un industriel. Un jour, ces otages tentent en vain de s'enfuir et, ici, mieux vaut citer un extrait du texte, se confronter à ce genre de scène dont on sait depuis fort longtemps en Colombie qu'il s'agit de la stricte réalité alors qu'en Europe on a tant voulu s'aveugler ou mentir par idéologie sur le légitime et patriotique combat d'une telle guérilla : « Pour les punir, il a ordonné qu'on les attache à un arbre pendant trois jours, avec une chaîne autour du cou, comme des animaux, et juste de quoi boire. Quand la fille a demandé à faire ses besoins, le gardien n'a pas su quoi faire, il a appelé le chef. Roberto s'est planté devant elle et lui a dit qu'elle devait pisser et chier sur place, devant tout le monde. J'ai remarqué que les deux autres prisonniers baissaient la tête pour ne pas le regarder et j'ai eu honte d'être là, d'assister à cette humiliation. Quand Roberto parlait des otages, il disait "la marchandise". La fille, à partir de ce jour-là, il s'est mis à l'appeler "la chienne". Et le jeune gardien l'a imité, ne s'adressant plus à elle que comme ça, "la chienne". » Précisons que ledit Roberto est décrit comme un ancien étudiant en philosophie, à l'instar d'Abimael Guzmán, alias le camarade Gonzalo, fondateur au Pérou du sinistre Sentier lumineux, sans nul doute la guérilla la plus fanatisée et sanguinaire d'Amérique latine, qui, lui, se déclarait maoïste (bien des philosophes de renom en France ont voulu l'ignorer). Par ailleurs, Stéphane Chaumet a parsemé son texte d'observations fort pertinentes : sur une police et une justice qui, faute de preuves, en fabriquent sur-le-champ, sur les rebelles latinas, « ces demi-héroïnes comme les aiment, de loin, les Européens », sur les femmes « qui se déclarent progressistes et même de gauche, issues des bonnes familles des quartiers huppés de Bogotá mais qui, au bout du compte, dans leurs comportements quotidiens, dans les gestes les plus élémentaires comme le langage ne peuvent se départir de leur origine » (et il faut bien reconnaître que l'auteur, à travers son personnage, dit vrai). À partir de faits réels également, le Colombien Antonio Ungar, pour sa part, a composé dans *Eva et les bêtes sauvages* un roman centré sur une jeune femme d'une

« bonne famille » qui, par son travail d'infirmière au cœur de l'Amazonie, essaye enfin de donner un sens à sa vie. Mais elle va se heurter aux terribles réalités des violences sous toutes les formes, celles des paramilitaires ou des guérilleros, des chercheurs d'or ou des pilleurs d'émeraudes et, peut-être pire encore, des affameurs de la population autochtone. Alors que ne cessent de tournoyer les vautours, une œuvre d'autant plus tragique que, par bien des côtés, on y entérine l'échec des pourparlers de paix. Si le truchement de la fiction romanesque reste la manière la plus forte de traduire la vérité, parfois quelques anecdotes dramatiques suffisent aussi à indiquer l'épouvante quotidienne vécue des années durant par tant de Colombiens. Telle l'histoire de cet homme, au-delà de la soixantaine, paralysé sur son fauteuil roulant et qui vivait en compagnie de l'un de ses fils dans une maison à l'écart d'une bourgade. Un après-midi, alors qu'il pleut, un homme armé surgit : c'est un guérillero blessé à la jambe droite qui implore un refuge de quelques jours afin de se soigner. Apitoyé, le père accepte même si son fils montre plutôt de la réticence. Le temps nécessaire de panser les blessures s'écoule et vient le moment où le guérillero décide de s'en aller. Juste avant de partir, en guise de remerciements, sur la terrasse derrière la maison il abat le fils sous les yeux du père terrorisé et croit opportun de se disculper : « Ton garçon a vu mon visage et connaît ma voix. C'est trop dangereux pour moi… » En complément, il ajoute en désignant de l'index son arme : « Si tu parles, ce sera pour toi. » Cet épisode épouvantable m'a été raconté en sanglotant par la sœur de la victime à son retour de Colombie, où elle tenta de réconforter leur père traumatisé à jamais.

Le monde perdu

En 1973, au moment de l'enterrement de mon grand-père, les guérilleros des FARC comme de l'ELN déployaient depuis longtemps leurs combats dans de multiples zones du pays (parfois, d'immenses territoires), entravés le cas échéant par les interventions d'une armée moins familière des réalités concrètes du terrain, en particulier les régions les plus montagneuses, et ne bénéficiant pas alors de l'appui massif des États-Unis. (Aujourd'hui, l'armée colombienne très bien équipée et comptant des troupes d'un bon niveau, parmi lesquelles des Forces spéciales réputées, est devenue l'une des plus efficientes d'Amérique du Sud.) Au cours de son histoire mouvementée, le pays avait connu maints épisodes de violence invraisemblable et de guerre civile. Mais pour des Colombiens de la génération de mes grands-parents nés au XIXe siècle, si le bolchevisme puis la montée en puissance de l'URSS représentèrent une réalité dont on percevait non sans effroi l'importance, l'apparition sur leur sol de guérillas d'inspiration marxiste (ou prétendue telle parfois) s'est d'abord apparentée à des phénomènes plutôt secondaires dont ils ne pouvaient percevoir la singularité par rapport à l'habituel banditisme ou aux mouvements de rébellion dans les campagnes. En 1959, lors de la prise de pouvoir des « *barbudos* » de Fidel Castro à Cuba qui allait provoquer une vague d'aspirations révolutionnaires d'un nouveau type dans toute l'Amérique latine, mon grand-père venait de fêter ses soixante-dix ans ; sa vie était derrière lui. Quel que fût l'état de son information sur les guérillas, on peut donc supposer qu'il en pensait du mal et c'était tout : cela ne le concernait plus. Durant sa jeunesse, la population de son pays ne dépassa pas les 5 millions d'habitants (sur une superficie représentant le double de celle de la France) et ne commença à augmenter de façon plus sensible qu'au moment où sa carrière diplomatique le conduisit à vivre en Europe. Au moment de sa mort, la Colombie atteignait les 22 millions d'habitants, mais cette hausse importante qui devait s'accentuer encore (on approche maintenant des 52 millions d'habitants) de même que de formidables mutations économiques, sociales et culturelles comme le développement de grandes métropoles urbaines constituaient des sortes d'abstractions pour lui qui vivait si loin, depuis si longtemps. Il connut l'essor du Paris de l'après-guerre 39-45 tandis que sa Bogotá resta à jamais une ville de la toute première partie du XXe siècle. Chaque jour, il pensait à sa patrie et nous en parlait. Et, pourtant, la Colombie contemporaine s'éloignait vertigineusement au fur et à mesure qu'il avançait dans la vieillesse, contrairement à son ami Eduardo Santos qui, après avoir exercé le pouvoir, continua jusqu'à la fin à rester attentif aux innombrables évolutions du pays. En même temps, c'était précisément parce que mon grand-père préférait, par-delà les soubresauts d'une actualité éphémère, se souvenir d'un passé fixe sur le point de disparaître à jamais que tant de personnes de passage à Paris, en provenance de Bogotá, Cali, Medellín ou Popayán, aimaient venir bavarder avec lui. Pour des tas de raisons, dont le désir impérieux d'échapper à un entourage beaucoup trop *conservateur* au sens fort du terme, je n'ai pas su bénéficier de ce genre de moments alors que, moyennant un effort minime de respect des formes, il m'eût été facile de tirer profit de cet homme à la mémoire intarissable sur la Colombie d'antan. Mais trop d'années nous séparaient l'un de l'autre – plus de six décennies d'écart –, sans compter une scolarité en France qui m'apportait des cadres de référence totalement différents des siens : en dépit de notre vie ensemble jusqu'à la dernière partie de mon adolescence et de l'espagnol comme langue partagée, nous ne parvînmes pas à établir beaucoup d'autres liens que ceux de l'attachement familial. Sans doute est-ce là le sort habituel des relations toujours bancales avec nos aînés. Dans le propos liminaire d'*Avant Mémoire*, enquête patiente et magistrale sur ses ancêtres depuis le XVIe siècle, Jean Delay écrit : « On va, on mène sa vie, tout occupé de chaque jour, et on néglige d'interroger ceux qui auraient pu nous renseigner sur le passé lointain. Quand on s'en avise, ils sont morts. Péguy disait que la mémoire d'une génération s'arrête au mur des quatre formé par les grands-parents. Au-delà commence un savoir plus ou moins certain, plus ou moins lacunaire. » Ce constat, je le partage bien entendu d'autant que ma famille maternelle vivait de l'autre côté de l'Atlantique, dans une Colombie dont je ne connaissais pas la vie quotidienne. Par chance, mes grands-parents, ma mère, ses sœurs ou son frère comme les si nombreux visiteurs de passage plus ou moins prolongé à Paris pouvaient m'en parler avec une passion communicative et je dispose encore d'archives précieuses. Il n'en reste pas moins que j'ai gâché beaucoup trop d'occasions d'interroger les miens sur l'« avant mémoire » familiale.

Depuis le début du XIXe siècle jusqu'à la première moitié du XXe siècle, mon grand-père connaissait presque tout de l'histoire institutionnelle de la Colombie ; mais, parti en Europe et faute d'une immersion plus ou moins continue dans la vie du pays, il ignorait maints aspects d'une société en pleine mutation. Du moins eût-il fallu se contenter de son témoignage partial avec, au passage, de nombreux détails originaux sur un parcours peu commun parmi les hommes de sa génération : il avait certainement beaucoup plus à raconter que ce que j'ai pu entendre et retenir ou ce qui m'est parvenu de lui par des écrits dont ma mère a su préserver l'essentiel au prix d'un effort extraordinaire. Exemple même d'un travail accompli par pur respect filial et juste « pour l'honneur », pourrait-on dire : à l'avenir, qui lira même par bribes ces 1 300 pages ? L'un des enfants de la toute dernière génération dont la mère, elle aussi, est colombienne ? Quelque archiviste ou historien à Bogotá en quête de documentation précise sur les affaires politiques au temps de l'après-Bolívar et Santander dans une nouvelle nation américaine à la population métissée, affranchie de la domination hispanique mais héritière de nombre de ses traditions ? Rien n'est moins sûr. Et au fond, peu importe : à dire vrai, aujourd'hui je préfère me souvenir de Papámono, notre honorable grand-père perdu dans le monde moderne, lorsque de temps à autre il quittait ses souvenirs ou vieux papiers par trop inaccessibles et nous distrayait de la façon la plus simple. S'emparant de notre cheval à bascule multicolore, il mimait du geste et de la voix ses promenades au trot ou au galop dans sa propriété de Suesca, aux environs de Bogotá, avec en arrière-fond un paysage impressionnant dominé par de vertigineuses falaises rocheuses. Et c'était drôle parce qu'il ponctuait son récit de la continuelle exclamation « *¡Adelante caballito mío!* », « En avant mon petit cheval ! » Je me souviens aussi de celui qui nous écrivait parfois quelques mots très affectueux – jamais de longues lettres – se terminant par la formule rituelle « *Te mando un billetico* » : « Je t'envoie un petit billet pour ce dont tu aurais envie ; quand tu as besoin de plus, dis-le-moi franchement. » Et puis comment ne pas retenir son apostrophe lorsque, juste après l'extinction de la lumière, il se postait sur le seuil de la chambre pour nous dire bonsoir de façon quasi parodique : « *¡A dormir* *y a callar!* » (« On dort et on se tait ! ») ; l'ordre des verbes nous semblant illogique – d'ailleurs, on lui en avait fait la remarque –, nous lui répondions par cette proposition loufoque : « *¡A dormir y a* no *callar!* »

L'accident

À un moment donné, le monde familier dans lequel je vivais depuis ma prime jeunesse, comme enveloppé par le cocon presque féerique d'une Colombie aussi réelle qu'imaginaire, à un moment donné ce monde-là s'est dissous pour laisser place à d'autres impressions. Le pays de ma mère et de mes grands-parents devint peu à peu une contrée plus reculée, alors qu'auparavant j'y habitais vraiment. Il est presque impossible, me semble-t-il, de retracer les souterraines évolutions de quiconque vivant en situation de totale binationalité, sauf à indiquer cette seule certitude : on reste à jamais instable, au gré d'inflexions qu'on ne maîtrise pas. Un jour, on se rend compte d'un changement et l'on est bien incapable de percevoir lequel au juste. Ainsi, au tournant des années 50 et 60, j'ai la claire conscience d'un bouleversement soudain provoqué par deux événements très impressionnants, sans rapport entre eux en apparence mais allez savoir pourquoi indissociables, qui ont délimité un avant et un après. « Curieux comme des choses qu'on a vues alors qu'on n'était qu'un enfant se marquent pour la vie dans notre mémoire. Curieux, non ? » se demande l'un des personnages d'*Une infinie tristesse*, roman au charme et à l'humour décapant, parfois sardonique, du Péruvien

Alfredo Bryce Echenique. Si l'on s'en tient à l'acception première du terme « enfance », qui recouvre la période allant jusqu'à l'adolescence et pas seulement les toutes premières années, il m'a toujours semblé étrange en effet que ces deux moments s'imposent parmi d'autres que je n'ai pas oubliés, loin de là, mais auxquels je n'accorde pas la même place. D'abord, l'accident de ma sœur.

Notre existence eût-elle été différente si, par un après-midi pluvieux, un chauffard n'avait pas catapulté au loin ma sœur et mon petit frère alors que nous traversions « dans les clous » ? La question n'a cessé de me tarauder. Je n'ai jamais réussi sinon à effacer, c'est impossible, du moins à atténuer la frayeur comme la très vive émotion ressenties ce jour-là, il y a plus de soixante-cinq ans. C'était un jour de printemps vers 17 heures en face du musée de la Marine ; une jeune étudiante de langue espagnole nous raccompagnait tous trois à la maison après la promenade habituelle dans les jardins du Trocadéro surplombés par les larges escaliers et par la vaste esplanade face à la tour Eiffel où l'on adorait courir en tous sens. Nous commencions juste à nous engager sur le passage clouté, moi à la droite de l'étudiante tandis que, de l'autre côté, celle-ci agrippait ferme la main de mon frère, lui-même bien tenu par ma sœur. Soudain, déboulant à toute vitesse de la rue Franklin à notre gauche, une petite Renault 4CV tenta de freiner sur la chaussée encore mouillée par l'averse récente qui nous avait incités à rentrer. Un choc violent. Et ma sœur comme mon frère littéralement disparus, tandis que l'étudiante un instant hurla de panique ; très vite après, elle se retourna et me laissa sous la garde d'un jeune inconnu un peu en retrait avec qui elle avait parlé de façon discrète durant la promenade mais auquel nous n'avions prêté aucune attention : peut-être un ami ou son « fiancé ». D'une voix chaleureuse, il essaya de calmer mes pleurs convulsifs sans y parvenir, et il se pencha pour me hisser dans ses bras. Un refuge en hauteur où je pus à la fois me blottir et apercevoir au loin sur ma droite, vers l'autre aile du palais de Chaillot, un attroupement ; puis, assez vite, j'entendis les sirènes des voitures de police. Nous nous tenions immobiles avec le jeune inconnu, un temps interminable à mon sens, jusqu'au moment où notre accompagnatrice de l'après-midi revint et, s'adressant à lui, prononça ces paroles effrayantes que j'entends encore distinctement : « *mucha sangre* » ; « *el niño casi nada ; pero la niña tiene heridas graves en la cara y en una pierna, tal vez más* » ; « *los que están con la policía parecen muy angustiados por ella* » ; « *no te digo, un horror* ». J'avais très bien entendu qu'il y avait là-bas plein de sang, que notre petit frère semblait indemne mais que ma sœur souffrait de graves blessures au visage comme à une jambe, sans doute plus, et qu'on était angoissé à son sujet : oui, une horreur ! Voyant que j'avais tout compris, le jeune homme dans un geste d'affection me serra fort contre sa poitrine tandis qu'elle le pria de me raccompagner chez moi ; connaissant parfaitement les rues à emprunter, je pouvais le guider jusqu'à notre adresse. Sauf quelques images très nettes, à partir de là mes souvenirs deviennent plus flous ; mais, une fois encore, le double d'une longue lettre envoyée par ma mère à Bogotá me permet de raconter une partie de la suite, du moins dans la version qu'elle livra à sa correspondante (l'une de ses cousines, bien sûr ; pas facile néanmoins d'identifier laquelle : sur l'original dactylographié, comme le veut l'usage elle commençait par écrire à la main « *Mi querida Carmen* », par exemple, mais ne reportait pas cette formule initiale sur le double qu'elle gardait).

Toujours porté par le jeune homme si prévenant, il me fallut moins d'une dizaine de minutes pour me rendre jusqu'à notre immeuble, prendre l'ascenseur jusqu'au dernier étage et appuyer sur la sonnette de l'appartement. Presque sur-le-champ apparurent, dans l'encadrement de la porte d'entrée, mon père, ma mère et ma grand-mère visiblement en état d'extrême fébrilité (nous étions très en retard par rapport au retour normal de la promenade). Juste après que le jeune homme m'eut déposé à terre, mon père sous l'effet d'une fureur incontrôlable l'empoigna aux épaules et le pressa de questions en le secouant : qui était-il ? Où était sa fille ? Et le petit ? Impossible de répondre face à une colère aussi véhémente. Ma mère s'interposa et, s'adressant à moi en espagnol très calmement malgré l'angoisse évidente dans ses grands yeux noirs, me demanda ce qui s'était passé : « *Piquín* » – c'était le diminutif affectueux qu'elle employait (avec la sonorité « i » et non pas « ain ») – « *¿Piquín, cuéntame qué pasó ?* » Je lui ai répondu qu'il y avait eu un accident place du Trocadéro pendant que nous traversions dans les clous (allez savoir pourquoi, ce point m'importait beaucoup) et, de façon catégorique, j'ai déclaré à propos de ma sœur : « Je crois qu'elle est morte ! » Il y eut alors des cris d'épouvante et une cavalcade dans l'escalier où je vis partir en trombe mon père, ma mère et, un peu à la traîne, ma grand-mère qui avait pris soin de se munir d'un imperméable. Le jeune homme inconnu les accompagna aussi, me laissant seul en compagnie de mon grand-père. Nous nous sommes retrouvés tous deux dans la pièce remplie de livres, journaux et archives où il aimait se tenir confortablement calé dans son fauteuil, à côté d'un imposant poste de radio dont le cadran avec tous les repères pour trouver les stations brillait d'un vert émeraude ; le regard fixe, il fumait ses Lucky Strike et, comme toujours, je me tenais par terre, tournant les pages de vieux périodiques de Bogotá et leur pêle-mêle de petits pavés où voisinaient les publicités pour des chocolats (« *los mejores* »), la Ford T, une banque hypothécaire, une boutique de cadeaux ou un cabinet d'ingénieurs. En général ce défilé de vignettes m'amusait beaucoup mais, cette fois, je n'y prêtais qu'une attention distraite, l'esprit envahi par la scène de l'accident, une cascade d'images ou de sons inquiétants, et je ne cessais d'interroger mon grand-père : combien de sang peut-on perdre ? La police allait-elle mettre en prison le monsieur de la 4CV ? Et lui, est-ce qu'il avait envie de pleurer ? Mon grand-père tenta une diversion en me proposant l'une de nos distractions favorites : le jeu des couplets, de mini-comptines à réciter au mieux après avoir lancé le premier vers commençant, par exemple, avec la *guacharaca* (du nom d'un oiseau fort bruyant, un peu roux et à longue queue, typique de la Colombie). Par automatisme, j'ai commencé à répondre, puis très vite je suis reparti de façon insistante sur d'autres questions liées à l'accident, ses conséquences et diverses autres préoccupations. Un mitraillage face auquel mon grand-père cachait mal son impatience, jusqu'au moment où il m'arrêta net : « Écoute, tâchons de ne pas y penser. » D'après le courrier de ma mère, je me suis obstiné en lui demandant alors comment faire pour ne pas penser, ce qui l'exaspéra et le fit réagir d'un ton ferme : « *¡Por favor, déjame triste y sin hablar!* » Trop triste, il refusait de parler davantage. Lui qui prisait tant la conversation et, avec nous les enfants, toutes sortes d'échanges anodins, soudainement avait décidé sur le ton de la fâcherie de se murer dans un silence incompréhensible. Mon grand-père me laissait seul et quelle qu'ait pu être la raison profonde de sa réaction, le désarroi éprouvé sur le moment m'a longtemps poursuivi sans que je parvienne à expliquer pourquoi. Peut-être ai-je commencé à entrevoir, ce jour-là précisément, une réalité difficile à comprendre : ce vieux monsieur vivait vraiment ailleurs et, pour lui, les seuls réconforts à offrir se situaient là-bas, ritournelles plaisantes ou historiettes de son pays, évocation de courses à cheval dans la « *sabana* » ou de saynètes de la vie politique à Bogotá, il n'y avait pas d'autres possibilités. Tout en restant affectueux, il ne pouvait en aucune manière calmer mes angoisses présentes et, sauf quelques échappatoires dans son monde lointain dont je me fichais bien alors, cette distance entre nous accentua mon inquiétude. Je n'ai jamais oublié ces moments éprouvants. Quelques heures plus tard, néanmoins, il y eut beaucoup plus important : ma sœur bien entendu n'était pas morte et on l'avait opérée avec succès. Au terme d'une assez longue convalescence au cours de laquelle ses blessures la firent beaucoup souffrir, surtout une cicatrice infectée à la jambe, la vie reprit son cours, même si au début la peur ne la quittait guère lors de nos sorties. Il lui fallut un certain temps pour afficher de nouveau de l'entrain, ce caractère enjoué et malicieux qui constituait sa marque, jusqu'au moment où le cadre protecteur d'un collège anglais, avec un équilibre parfait entre les études et les sports, comme la présence d'une proche cousine colombienne lui permirent de retrouver de la sérénité. Réactivant une complicité ancrée dans l'enfance, ma sœur m'envoyait depuis le Sussex des lettres pétillantes dont notre mère a gardé quelques délicieux spécimens. Dans un joyeux désordre, elle racontait ce qui lui trottait par la tête et certaines de ses occupations favorites en me narguant au passage car dans sa pension au règlement fort libéral les élèves avaient, de temps à autre, le privilège de pouvoir écouter des 45-tours de chanteurs anglais à la mode. Mars 1963 : « Dimanche nous faisons une pièce qui est tellement bête que tout le monde ne peut plus s'arrêter de rire. Nous allons vendre des caramels (que nous allons faire samedi dans la cuisine, miam-miam !!!), des gâteaux, orangeades, limonades, bonbons, etc. [...] C'est seulement hier que nous avons joué du hockey car avant nous ne pouvions pas à cause de la neige. Pendant deux jours nous avons joué au rugby et quand nous rentrions nous étions sales comme je ne sais pas quoi à cause de la boue et nous devions prendre des bains après. J'entends la cloche sonner donc je t'écrirai un peu plus tard. Me voici de retour mais je n'ai pas beaucoup d'idées maintenant. » Elle ajoutait tout de même, pour conclure : « Nous avons eu trois films ce trimestre assez bien mais assez bébé. Écris-moi vite !!! Je t'embrasse très fort. » En mai 1964, elle terminait dans un style beaucoup plus conforme à son tempérament : « Écris-moi pour mon anniversaire (si tu te rappelles la date ?) Des baisers secs ! » En général, ma sœur se gardait de toute effusion et me gratifiait donc de baisers « secs » par opposition aux détestables baisers « mouillés ».

L'expulsion

Si, après le traumatisme initial, le souvenir de la place du Trocadéro finit par s'estomper (mais j'y repense chaque fois que je passe par là en bus), il en alla tout autrement d'une scène inouïe qui opéra une césure nette dans la vie familiale, un coup de sifflet strident pour marquer la fin inexorable d'une époque : l'expulsion de notre appartement en trois heures de temps à peine, on peut vraiment dire « manu militari ». L'emploi du possessif « notre » appartement est en l'occurrence fautif puisqu'il s'agissait précisément d'une location dont le propriétaire voulait reprendre le contrôle pour son propre usage (selon la version officielle). En dehors d'une salle à manger et d'un salon communs, ce grand espace de vie que nous occupions depuis le tout début des années 50 avait été divisé en deux parties, l'une occupée par mes grands-parents colombiens, l'autre par mes parents et nous, une fratrie de quatre enfants au final ; le jeune frère de ma mère, l'oncle Alvaro, mon cher parrain, vécut là aussi jusqu'à son mariage en 1958 (événement que je ressentis comme un déchirement, tant sa compagnie m'enchantait : il m'initiait à des tas de choses qui me seraient utiles, « *para más tarde* » selon son expression, par exemple l'art de bien se servir d'un blaireau avant de se raser, et me le démontrait en s'amusant à faire mousser sur mes joues un peu de savon à barbe au discret parfum de lavande. C'était exquis. Travaillant à Paris pour la prestigieuse Chase Manhattan Bank, il connaissait bien un Rockefeller qu'il appelait David : je lui ai demandé un jour si ce monsieur américain était aussi riche ou même plus que Rastapopoulos dans *Tintin* ? « *Oh no, no exageremos* », m'a-t-il répondu en riant ; oui, il ne fallait pas exagérer mais je ne suis pas certain qu'il connaissait mon Rastapopoulos).

À un moment donné, je sais que, conformément à la loi, l'appartement mis en vente nous fut proposé à l'achat en priorité. Cette hypothèse tout de suite écartée pour des raisons financières, ma famille se crut protégée par un bail établi au nom seul de mon grand-père diplomate où nous n'apparaissions en aucune manière. Le nouveau propriétaire joua un certain temps à l'endormi le plus tranquille jusqu'à l'expiration ou renouvellement tacite du contrat, date à laquelle on nous informa de sa volonté de récupérer son bien pour y habiter. Un long conflit débuta alors, en premier lieu du fait de la naïveté confondante de ma famille, établie depuis si longtemps dans ce paradis colombien à Paris qu'il lui paraissait littéralement inconcevable de devoir le quitter un jour. Je ne sais comment, on découvrit aussi que notre assaillant en réalité ne comptait pas s'installer dans l'appartement mais réaliser quelques travaux pour procéder à l'augmentation sensible d'un loyer trop modeste ; sur ce point il n'avait sans doute pas tort, ce qui renforçait notre souhait farouche de rester dans les lieux. Son plan des plus classique supposait bien entendu notre départ préalable. De part et d'autre, on fit appel à des avocats et la bataille juridique s'installa dans la durée, notre famille toujours convaincue de son bon droit quoique refroidie par une indication glanée au cours de la procédure : le propriétaire disposait d'un appui très haut placé à la préfecture de police de Paris. À la suite d'une funeste erreur commise par notre avocat qui, au détour d'un échange de lettres, fit allusion à mon père en principe non concerné par le bail, la partie adverse s'engouffra dans la brèche pour dénoncer les conditions irrégulières de notre présence. Passons sur les détails administratifs : ma famille se dirigeait inexorablement vers la sortie tout en multipliant les chicanes afin de retarder l'échéance ; pour être exact, mes grands-parents comme ma mère estimaient inimaginable un départ – on eût quasiment pu croire, selon leur version chimérique, à une agression de colons français contre leur honneur de Colombiens – alors que mon père semblait bien plus lucide sur le péril de la situation. Les mois s'écoulaient puis un beau matin, peu de temps après le petit déjeuner, la sonnerie de l'entrée retentit et, à la porte, apparurent un commissaire de police exhibant sa carte barrée du bandeau tricolore suivi de plusieurs hommes : un huissier accompagné de deux adjoints et un groupe de déménageurs. Je devais avoir alors dans les douze ans environ et, si je ne peux reconstituer tout le déroulé de la matinée, j'ai parfaitement gardé en mémoire certaines séquences précises comme l'ambiance délétère dans laquelle fut plongé l'appartement : d'un côté la froide et ostensible indifférence des intrus officiels qui, de temps à autre je les vois encore, ne craignaient pas de se livrer à quelques apartés souriants, de l'autre côté des pleurs que l'on peinait à réfréner ou des protestations aussi véhémentes que vaines. Personne parmi nous, y compris mon père j'en suis convaincu, n'aurait pu imaginer ce qui allait advenir de façon imminente, brutale et sans appel : dans quelques heures nous serions chassés tels des malpropres d'un appartement où jamais plus nous ne mettrions un pied. Je me souviens du ton comminatoire du commissaire de police pour exiger que toute la famille soit réunie dans le salon – à l'évidence, il cherchait un effet solennel. Prenant le relais d'une voix aussi monocorde qu'inflexible, l'huissier lut tous les éléments de l'acte juridique énonçant qu'aux motifs A, B, C, D,

E, etc. il nous signifiait une expulsion de l'appartement ce jour même à midi, dernier délai ! Nous n'étions autorisés à nous munir que d'effets personnels indispensables (une valise par personne, enfants compris – impossible d'oublier ce détail), tout le reste devant être emballé illico par les professionnels ici présents et envoyé dans un garde-meuble dont le premier mois de loyer plus les frais de l'entreprise de déménagement étaient payables d'avance. De surcroît, il nous fut annoncé une condamnation aux dépens assortie de l'obligation de verser au propriétaire une somme assez importante à titre de dommages et intérêts. Passé l'état de sidération, je me souviens de réactions très confuses du côté de ma famille, du regard mi-terrifié, mi-outré de ma mère, des paroles enflammées de ma grand-mère toujours précédées de la formule « *este horror loco* » tandis que mon grand-père s'indignait dans le vide en toisant le commissaire de police, beaucoup plus petit que lui, pour invoquer à plusieurs reprises son « immunité diplomatique », formule répétée comme un mantra inutile. En semi-retraite, il n'occupait plus alors à l'ambassade qu'un poste subalterne de « conseiller culturel » tenant, au vrai, de la sinécure honorifique. Certainement au courant, le commissaire lui répondait à peine poliment sans y prêter trop d'attention mais ne put s'opposer à une exigence suggérée en catimini par ma grand-mère : l'appel au « chargé d'affaires » de la Colombie (du fait de l'élection récente d'un président à Bogotá, on attendait encore l'arrivée du nouvel ambassadeur à Paris). Le brave et inoffensif docteur A., un ami de la famille qui m'avait soigné pour une intervention bénigne, débarqua d'un air déterminé ne parvenant pas à effacer sa vague ressemblance avec le comique Jerry Lewis portant des lunettes. Je me souviens de son antienne « *¡Es un escándalo!* » à laquelle le commissaire opposait, d'un air narquois, toujours la même réplique : « Peut-être, monsieur le chargé d'affaires, mais c'est la loi de la République française. Et

M. Holguín n'est pas au-dessus de nos lois ! » Je me souviens qu'il ne cessait ainsi, par ses attitudes ou ses tournures de phrase, de marquer la distance incommensurable séparant la prestigieuse nation dont il se trouvait être le représentant de ce pays exotique et d'une catégorie inférieure d'où provenaient mes grands-parents comme « monsieur le chargé d'affaires ». Je me souviens aussi, peut-être ce point-là fut-il pour moi le plus honteux et la source d'une rancune encore tenace aujourd'hui, de l'arrogance avec laquelle l'huissier s'adressa à mon père, abusant du fait que celui-ci se retrouvait partie prenante en porte-à-faux : un sous-locataire non déclaré et, d'une manière indirecte, passible d'une sanction pénale. Le mépris manifeste à l'égard de mes grands-parents colombiens se doublait ainsi d'une humiliation infligée à mon père devant ses enfants sans qu'on pût en percevoir la nécessité formelle. On le sait, hélas, jusqu'au moindre niveau la justice ne manque jamais l'occasion d'abuser de ses mille pouvoirs de sujétion et, quoique à peine adolescent, je le ressentis alors de manière aiguë. Nous étions coupables d'occupation illicite d'un appartement malgré moult mises en demeure de quitter les lieux et, par conséquent, expulsés : on nous le fit comprendre sans aucun ménagement.

De toutes parts, de multiples solidarités familiales ou amicales vinrent nous apporter des soutiens tangibles permettant de parer au plus pressé, à commencer par les questions relatives au logement. Pour la première fois, nous dûmes nous séparer provisoirement de nos grands-parents colombiens, ce qui provoqua un vrai désarroi, nous donnant l'impression d'avoir perdu tous nos repères quotidiens et de flotter sans ancrage ; jetés hors du cadre de vie de notre enfance en leur compagnie puis brinquebalés entre deux ou trois domiciles, nous avons éprouvé une sourde inquiétude : leurs voix si familières en espagnol allaient peut-être disparaître, de même que les petites comptines poétiques de mon grand-père ou les drôleries expressives de ma grand-mère. Du reste, elle mourut soudainement quelque temps après ce jour épouvantable de l'expulsion, impossible pour nous de voir là un pur hasard et de ne pas croire à une probable corrélation, tant son tempérament émotif l'exposait aux désordres de la vie. Je n'étais pas à Paris lors de son décès mais, dès mon retour, ma mère dans sa ferveur catholique si excessive m'obligea à tout de suite me recueillir au pied du lit funéraire : la vision de cette grand-mère à la faconde irrésistible devenue un cadavre raide au visage cireux me glaça d'épouvante. Même si l'usage voulait que l'on restât un long moment à prier, je quittai la chambre au plus vite, le cœur serré par le chagrin. Je n'ai aucun souvenir de son enterrement mais je garde intacts en mémoire sa vivacité et ses enthousiasmes communicatifs, comme le don étonnant avec lequel elle savait agencer pour toutes ses amies sud-américaines des après-midi festifs dédiés à la canasta. Sa disparition pour sûr marquait une fin de partie et sans elle tout un pan de notre magie colombienne s'effaçait.

Du côté du pont de l'Alma, dans la vieille 15CV Citroën où l'on s'entassa juste après l'expulsion pour aller se réfugier chez des amis, j'entends encore mon père sortir de sa réserve naturelle pour s'exclamer : « Cette fois-ci, j'écris à de Gaulle ! » ; et ma mère, sur le ton de la colère, lui répliquer qu'elle ne croyait en rien à cette détermination. Fait prisonnier au tout début de la guerre et envoyé dans des conditions très dures en Silésie, mon père ne fut libéré qu'au printemps 1945. Tous les siens, en revanche, mon grand-père Boncenne, à qui je vouais une admiration sans bornes, comme mes tantes ou mon oncle purent s'engager au sein de la France libre où ils se distinguèrent par leurs actions et se virent honorés à ce titre. Bien que ce fût tout le contraire de son caractère, la possibilité d'« écrire à de Gaulle » ne relevait donc pas chez mon père d'une forfanterie mais d'une réaction compréhensible : après la mortification subie, était-il imaginable qu'il restât à ne rien dire d'un peu frappant, surtout devant nous ? Il va de soi que la lettre au Général ne partit jamais. Même si, dans les chimères de la famille, cet appartement occupé depuis si longtemps faisait partie intégrante du territoire colombien et, par conséquent, ne pouvait en aucun cas nous être contesté, il était difficile d'ignorer que, du strict point de vue légal, nous étions en tort. L'affront n'en restait pas moins cuisant et personne ne l'oublia.

Un samedi de 1998, lors d'une visite à mon père alors très âgé mais d'une lucidité intacte, nous écoutions ensemble le début du « Journal inattendu » de RTL, émission dont il appréciait le format et le ton. À un moment donné, le présentateur évoqua avec son invité du jour le grand procès en cours d'un ancien ministre et haut fonctionnaire rattrapé sur le tard par son sinistre passé durant la guerre. Mon vieux père écoutait attentivement mais, lorsque le « Journal inattendu » passa à un autre sujet, il baissa le volume de la radio et me dit de façon laconique : « Tu sais, c'était lui le protecteur de S. pour l'appartement. » Par quel canal avait-il glané ce renseignement ? Sans doute grâce aux relations gaullistes de ses proches. J'ai acquis la quasi-certitude qu'il s'agissait d'une information exacte, d'autant que ma sœur me la confirma en une autre occasion. Malgré tout, cette étrange coïncidence ne changeait rien au point de vue de mon père sur notre obstination à vouloir rester dans cet appartement idyllique et, dans un sourire de connivence, il me le rappela : « Ta mère et tes grands-parents en réalité n'ont jamais compris qu'on ne vivait plus en Colombie. »

Catholicismes

Chez mes grands-parents colombiens, si l'appartenance au catholicisme comme le respect de la liturgie ne se discutaient pas, cette façade imposée par les conventions masquait une sourde discorde dont je n'ai découvert la teneur qu'assez tard. En réalité, il existait de profondes divergences entre eux dans leur relation avec la religion et l'Église. Ma grand-mère se fichait de la politique au point de se déclarer, par goût de la facétie, partisane du « libéralisme manchestérien », une doctrine libre-échangiste dont la dénomination insolite devait lui paraître rigolote à défaut d'en connaître les principes. En revanche, pour tout ce qui relevait de la foi, l'entrain naturel de l'organisatrice des joyeux après-midi de canasta entre amies cédait la place à un rigorisme sans failles. Invoquant sans cesse devant ses proches « la volonté et la miséricorde de Dieu », chaque jour – qu'il vente, qu'il pleuve ou qu'il neige, peu importe – elle se rendait à la messe tôt le matin pour pouvoir, dans la stricte observance du jeûne, recevoir la communion. De même, elle ne manquait jamais à ses devoirs de prières quotidiennes placées sous les auspices de figures saintes telles que Thérèse d'Avila, Rita de Cascia, Thérèse de Lisieux ou Ignace de Loyola. À l'époque je n'avais guère les moyens de saisir les enjeux du débat, mais je me rappelle bien qu'en dépit de son respect pour les autorités ecclésiastiques ma grand-mère affichait une défiance ouverte à l'égard du pape Jean XXIII (qu'elle désignait souvent par son patronyme « Roncalli », en appuyant sur les syllabes « Ronca » à l'euphonie désagréable), responsable d'une calamiteuse initiative, du moins selon ses dires : la décision de réunir le concile Vatican II. Pas du tout sensible aux apparences joviales du nouveau pontife, elle usait à son endroit de l'expression imagée « *no es santo de mi devoción* », signifiant qu'on ne porte pas cette personne dans son cœur. Décédée avant de connaître l'une des plus notables conséquences de l'« *aggiornamento* » prôné par les évêques, à savoir l'abandon du latin, elle eût, j'en suis certain, ressenti cette concession au monde contemporain comme un crève-cœur et une honte. L'Église ne saurait être de son temps : « *una mala broma* » – une mauvaise plaisanterie ! Son penchant traditionaliste en matière de religion contrastait avec l'enthousiasme débordant de sa personnalité et, malheureusement, se transforma chez ma mère en comportements assez proches de l'intégrisme. Ni l'une ni l'autre n'eurent à connaître la vague naissante des Églises évangélistes, dont la prolifération actuelle en Amérique centrale et du Sud entame largement la domination des catholiques.

Avec le recul des années, je crois que ma grand-mère, née dans la Colombie de la fin du XIXe siècle mais vivant dans la France nouvelle des Trente Glorieuses, pressentit à sa manière si spontanée la crise spectaculaire que le catholicisme allait connaître, une mutation culturelle et sociale proche d'un « effondrement », pour reprendre le terme employé par Guillaume Cuchet dans son essai *Comment notre monde a cessé d'être chrétien*. Selon cet historien, Vatican II a été l'« élément déclencheur » d'une crise considérable qui débuta non pas à la suite des décisions prises par le concile mais dès le moment où le pape Jean XXIII annonça sa tenue prochaine : « Par sa seule existence, dans la mesure où il rendait soudainement envisageable la réforme des anciennes normes, le concile a suffi à les ébranler. » Très au fait des évolutions en cours dans l'Église, ma grand-mère fit partie de ces innombrables catholiques ayant éprouvé un profond malaise et, par certains côtés, une réelle souffrance face au tohu-bohu que l'on pressentait sur des points cruciaux, aussi bien la remise en cause de rituels immuables qu'une volonté d'écoute du monde moderne semblant mettre sous le boisseau la primauté de la vie spirituelle. Et comme son tempérament ne la portait pas à la modération, surtout à propos de sa religion, elle ne craignit pas de protester haut et fort en prenant à témoin son entourage, sans envisager la moindre concession sur une telle question. Un jour, je l'ai entendue s'indigner de nouveau puis, *sotto voce*, dénoncer les actions malfaisantes de ces… francs-maçons « athées » qui, certes, ont joué un rôle non négligeable en Amérique latine mais ne semblent tout de même pas avoir été des protagonistes très influents dans le déroulement de Vatican II. Lubies d'une dame colombienne d'un autre temps tout à coup paniquée par des évolutions inexorables ? Peut-être. Il n'empêche qu'elle ne fut pas la seule, loin de là, à ressentir le sol de ses convictions chrétiennes se dérober de façon vertigineuse. À la fin de l'année 1965, soit quelques jours après la fin du concile, François Mauriac saluait l'initiative capitale de Jean XXIII ayant permis, entre autres, d'établir un dialogue salutaire en direction d'autres religions ou d'agnostiques, et admettait sans peine que certaines réactions négatives s'expliquaient par le dérangement « des habitudes fixées depuis l'enfance ». Avec son acuité coutumière, il exprimait néanmoins dans son *Bloc-notes* de singulières réticences sur la forme comme sur le fond : « La sainte liturgie, telle qu'elle s'est constituée au cours des siècles, œuvre d'une patiente adoration collective, d'une sainteté née de millions et de millions de saintetés individuelles, a été altérée. C'est un peu comme si on avait enlevé sans crier gare telle ou telle statue d'un des portails de Chartres. » Quant au dessein de vivre en osmose avec le monde contemporain, au service des autres et, par conséquent, de mettre en avant comme mission première de l'Église le devoir de « charité », Mauriac se montrait catégorique : « S'il y a une vérité qui vaut pour chaque fidèle, mais surtout d'abord pour les prêtres et pour les religieux, c'est que la plus grande charité qu'ils doivent au monde, et qui devrait passer avant toutes les autres, c'est leur foi, c'est la foi qu'ils ont reçue. C'est cela qu'ils ont à donner d'unique, et qu'ils sont seuls à pouvoir donner. » Au passage, le polémiste impénitent en profitait pour donner le coup de patte par lequel on reconnaissait sa signature : « À observer certains clercs, à les entendre, on pourrait croire qu'ils cèdent aujourd'hui à une vague honte, qu'ils ont l'ambition de ressembler le plus possible aux autres hommes. » Formulés ici par un écrivain de premier plan, c'est le genre de propos que l'on pouvait entendre chez nous, de façon presque aussi caustique du côté de ma grand-mère et sur un mode un peu plus raide de la part de ma mère. Tout cela, qui paraît aujourd'hui suranné, traduisait précisément le désarroi total de catholiques convaincus voyant leurs repères familiers désavoués au profit de règles inédites jugées incompréhensibles et, parfois, ridicules. Je pense qu'il eût été réconfortant pour les plus intelligents de ces croyants désorientés de découvrir la critique si mordante que Nicolás Gómez Dávila ne cessera de formuler à l'encontre d'une volonté d'accommodement entre la foi et le monde contemporain, aux conséquences absurdes : « Le chrétien moderne ne demande pas à Dieu de lui pardonner, mais d'admettre que le péché n'existe pas » ; ou alors : « Être chrétien à la mode actuelle consiste moins à nous repentir de nos péchés qu'à nous repentir du christianisme. » La revigorante insolence de ce moraliste colombien unique en son genre aurait enchanté ma grand-mère : « *¡Bien dicho!* », « Bien dit ! » en somme.

La piété fondée sur des certitudes indiscutables en vigueur chez nous n'interdisait pas la perpétuation de quelques coutumes que nous trouvions folkloriques ou, du moins, plaisantes. Ainsi, le dimanche de la Pentecôte, à l'heure du café, circulait une timbale argentée où chacun devait puiser un petit papier plié ; il fallait impérativement attendre que tout le monde soit servi, puis, une fois le signal donné, on le dépliait avec curiosité pour découvrir, écrits à l'encre bleue et selon le tirage respectif, les mots « joie » ou « patience », « paix » ou « force », « science » ou « tempérance », etc. : l'un des dons du Saint-Esprit qui vous était dévolu jusqu'à la Pentecôte de l'année suivante. Il existait aussi « crainte de Dieu » mais on préférait, bien entendu, ne pas tomber dessus ! Ma grand-mère de même que ma mère par la suite veillaient à ce que personne n'échappât au tirage au sort, mais considéraient tout de même l'exercice comme un jeu. Je me suis souvent demandé si certains des dons dans la timbale argentée ne relevaient pas de leur imagination si fertile quand il s'agissait de mettre en scène des questions d'ordre spirituel. Une seule fois dans l'année, l'une et l'autre semblaient enfin se délivrer de tout carcan : le 28 décembre, jour commémoratif du massacre d'enfants voulu par le roi Hérode. Selon une curieuse coutume, en Espagne et en Amérique latine, la fête rappelant l'immolation des « saints Innocents » donne lieu aux plaisanteries ou informations les plus saugrenues un peu à la manière des « poissons » du 1er avril, mais sur un mode plus développé ; même si l'esprit des blagues tourne principalement autour d'un jeu de duperie, il ne faut pas, paraît-il, prêter de l'argent à cette date : on pourrait ne point vous le rembourser. Dans la famille, on s'adonnait allègrement aux « *Innocentes* » sans la moindre référence à la Bible en s'efforçant de piéger les autres par des nouvelles insolites ou, plus efficace encore, alarmantes : à condition de choisir le bon moment et de savoir garder son sérieux au téléphone, l'annonce d'une mauvaise chute avec suspicion de fracture après consultation urgente faisait parfaitement l'affaire. En dépit de la maladie, jusqu'à la fin ma mère s'efforça de ne jamais oublier le 28 décembre, cherchait des blagues aux dépens des autres et ne protestait que pour la forme si, par hasard, elle-même tombait dans le panneau. Autre particularité qu'il me faut signaler : chez nous, on ne célébrait jamais la fête des Mères, un rituel païen et non religieux.

Mon grand-père, de son côté, n'accordait pas d'importance primordiale aux affaires spirituelles et semblait même sur la réserve pour tout ce qui concernait les cultes ou les prêtres. À l'évidence, tout en ne manifestant par commodité aucune opinion qui pût s'apparenter à de l'incroyance, il se tenait à distance de ce monde-là. Le motif non dissimulé de cette retenue trouvait son origine dans une blessure fort ancienne dont il porta toujours la cicatrice, accompagnée d'un solide ressentiment. Avant-dernier d'une famille nombreuse, il s'était retrouvé orphelin de père très jeune et placé sous la protection de l'une de ses sœurs qui veilla à son éducation avec une remarquable sollicitude. Mais, tout à coup, les liens affectueux furent brisés net : du jour au lendemain, sans le moindre avertissement ni ménagement, sa grande sœur si proche disparut pour embrasser la vie monastique dans un ordre cloîtré. On ne lui donna pas d'autre information. Il avait huit ans environ, et ne la reverrait jamais (elle vécut retirée au couvent près d'un demi-siècle). « Il y a depuis la petite enfance jusqu'à la tombe, au fond du cœur de tout être humain, quelque chose qui […] s'attend invinciblement à ce qu'on lui fasse du bien et non du mal », note Simone Weil dans *La Personne et le Sacré*. Or l'affliction éprouvée ici par un enfant résultait de facto du choix religieux radical d'un adulte de toute confiance. Si l'on a peine à imaginer des situations semblables dans la société d'aujourd'hui, on peut néanmoins comprendre le malaise et le sentiment d'amertume de mon grand-père face à tout ce qui entourait l'Église, la source d'un désenchantement indélébile pour lui. Il affichait comme il se doit du respect à l'égard des rituels catholiques, ce qui n'impliquait pas qu'il crût réellement aux dogmes. Ce rejet quasi instinctif se raviva de façon inattendue vers le milieu des années 30, à l'occasion d'un antagonisme sérieux au sein de son foyer.

Comme tous les pays d'Amérique du Sud, le krach économique de 1929 toucha la Colombie un peu à retardement et plaça mon grand-père non seulement en grande difficulté financière, mais aussi dans l'obligation de mettre un terme à toutes ses activités d'entrepreneur de presse à Bogotá. Devenu diplomate en Belgique durant quelque temps, il peinait à surmonter sa frustration lorsque, vers le milieu des années 30, son épouse lui annonça une étonnante décision : ma grand-mère voulait coûte que coûte s'engager dans une communauté chrétienne réservée aux laïcs, ce qu'on appelle un « tiers ordre séculier ». Le projet parut d'autant plus choquant à mon grand-père qu'il présentait, bien entendu, une similitude troublante avec l'épreuve infligée par sa sœur des décennies auparavant, en quelque sorte une réplique du même séisme. De tempérament plutôt conciliant en général, cette fois-ci il s'insurgea avec force contre un dessein absurde et inconcevable qui mettait en péril son mode de vie habituel. Un grave conflit s'installa au point d'aboutir à une sorte de séparation, dissimulée au regard de l'entourage social derrière un long séjour de près de trois ans en Colombie de mon grand-père qui, tout en permettant de résoudre quelques problèmes matériels, lui donna l'occasion de se replonger dans la politique intérieure du pays et, surtout, de renouer avec sa passion du journalisme. Que s'est-il passé pendant cette période au cours de laquelle le désaccord autour de la religion vint apporter une connotation supplémentaire à l'écartèlement entre l'Amérique du Sud et l'Europe, ressenti à des degrés divers par chacun dans la famille ? En tout cas, il ne céda pas ; et elle renonça. Hormis quelques allusions énigmatiques, jamais je n'ai entendu parler de l'épisode jusqu'au jour où j'en ai lu un résumé laissé par le frère de ma mère. Dans des pages de souvenirs, écrites selon la tradition chez nous par alternance d'espagnol, français ou anglais, mon oncle avec sa délicieuse propension à manier l'euphémisme considérait comme des « imprudences » les desseins de sa mère à ce moment-là mais ne se permettait pas d'aller plus loin en dépit d'une sorte de prescription autour des faits. Ces souvenirs avaient été rédigés après la mort de son père, mais il justifiait sa circonspection par le respect dû aux choix de ses parents si dissemblables en matière de religion ; bref, son embarras face à cet étrange chapitre du roman familial restait entier.

Pour mieux cerner l'attitude de mes grands-parents colombiens face à la foi, on peut recourir à un merveilleux détour offert par Federico Zeri dont on ne se lasse pas : « Lorsqu'on apprit à Bernard Berenson que la Vierge Marie était apparue, l'illustre historien de l'art demanda : "Dans quel style ?" La question n'était pas une boutade irrévérencieuse. [...] Au contraire, une grande vérité était implicite dans cette question posée, à savoir, que les images de quelque type qu'elles soient restent des faits culturels, et qu'aucun fait culturel ne surgit à l'improviste. » Je parie qu'en dehors même de sa pertinence, l'apparente effronterie de la réaction de Berenson aurait bien amusé mon grand-père ; en revanche, je doute fort de l'acquiescement de ma grand-mère à ce genre d'esprit de repartie : pour elle, aucune plaisanterie possible autour de la Vierge Marie au risque, sinon, de verser dans le blasphème. Comme mon grand-père observait une prudente réserve vis-à-vis des questions religieuses, l'attitude plus que traditionaliste de ma grand-mère, bientôt relayée par ma mère, était devenue la norme chez nous. Qui n'a pas vécu dans un milieu où le catholicisme occupait une place centrale, imprégnant les consciences au quotidien jusqu'à les asphyxier parfois, peut difficilement percevoir comment un tel monde favorisait des conduites et passions excessives. Reste que j'ai fini par le comprendre : en règle générale il valait mieux qu'on ne disposât d'aucune grille de lecture préétablie pour tenter de comprendre l'itinéraire de certaines personnes habitées par la fièvre de la foi. Et cette passion s'était emparée un jour de notre cher Camilo, en dépit de l'hostilité de son plus proche entourage à la religion.

Issu d'un milieu aisé dont il maîtrisait les codes, Camilo Torres (né en 1929) menait à Bogotá une vie sociale brillante, séduisant par son intelligence et son charme, et avait bien sûr une « *novia* » (fiancée). Soudainement, au retour de vacances, il décida dans le plus grand secret de rejoindre l'ordre des dominicains dont le genre d'apostolat au service des plus humbles l'impressionnait. Mais il lui fallut dans un premier temps cacher ce choix radical à ses parents qui, au-delà de leur séparation, partageaient au moins une même sensibilité sur un point précis : tous deux appartenaient à ce côté du camp libéral ayant en horreur les curés et l'Église. Son père surtout, un pédiatre renommé, affichait un anticléricalisme ostentatoire et sa mère, après avoir découvert assez vite la résolution de son fils, se montra dans un premier temps tout aussi hostile, furibonde même. Constatant l'impossibilité de le faire changer d'avis, les parents parvinrent tout de même à entraver la vocation première du jeune Camilo en faveur des dominicains et acceptèrent à contrecœur un compromis, l'entrée au séminaire du diocèse de Bogotá, dans l'espoir sans doute de le voir changer d'avis. Mais, sûr de sa vocation et de son parti de servir les pauvres à travers l'Évangile, Camilo ne renonça pas à exercer une mission au sein de l'Église. Par la suite, alors que sa mère semblait avoir retrouvé la foi et devint pour lui une infaillible protectrice, son parcours de chrétien engagé dans toutes sortes de luttes, jusqu'à entrer en totale rébellion, vint heurter la plupart des éléments d'une société fortement hiérarchisée à laquelle il appartenait de par la naissance et dont il souhaitera la dislocation complète.

Camilo parmi nous

« Quelles sottises ! Et la pagaille dans ta tête ! La faute, c'est la tienne et de toi seul, pas de l'Église. Je veux dire de l'Église vraie ! » Ma grand-mère passait un savon à son neveu Camilo mais lui, tout en baissant les yeux par déférence à son égard et ne pas verser dans l'effronterie, se contentait de sourire. Alors, elle continua de plus belle : « Ce n'est pas possible, tu divagues complètement. Et, d'abord, tu oublies ton rôle de prêtre. Je suis très sérieuse mon petit, je te le dis ah oui ! » Il garda la même placidité face à toutes les remontrances.

De quand date cette scène ? Je ne sais pas au juste. L'algarade m'est toutefois restée en mémoire, comme j'entends bien certains termes : « sottises », « l'Église », « tu divagues », « je suis très sérieuse ». Sans connaître aucun motif précis de la dispute, j'avais cru comprendre cependant que Camilo Torres s'était *mis des idées en tête*, raccourci réprobateur pour désigner certains engagements politiques, et qu'il prenait la voie d'un catholicisme non conformiste. À ce moment-là, tout en poursuivant des études de sociologie à l'université catholique de Louvain en Belgique, le jeune prêtre restait par certains côtés sous la tutelle directe d'un cardinal à Bogotá au point, par exemple, de solliciter auprès de lui des autorisations de lecture. Après quelques années en Europe au cours desquelles nous le vîmes souvent, y compris pendant les vacances d'été où il lui arriva de nous rejoindre sur la côte catalane, il retourna en Colombie et devint assez vite une figure emblématique de mouvements progressistes, voire révolutionnaires. En 1964, lors de son passage à Paris, il retrouva bien entendu notre famille et, insistant sur la nécessité que chacun si possible y assiste, il voulut célébrer une messe dans une chapelle de la rue du Bac en mémoire de ma grand-mère décédée quelques mois auparavant. C'est la dernière fois que nous le vîmes. Lui-même, au terme d'une évolution radicale, trouva en effet la mort en 1966 alors qu'il avait choisi de rejoindre dans une région andine au nord-est du pays un groupe de guérilleros de l'ELN. À sa demande, acceptée par la hiérarchie ecclésiastique, il ne tenait plus aucun rôle au sein de l'Église officielle mais, jusqu'à la fin, il se considéra comme un disciple à part entière du Christ : pas de contradiction, d'après lui, entre sa foi et la nécessité de la lutte armée pour l'émancipation du peuple. Sans que l'on sache au juste si la formulation relève ou non d'une forme de sentence par rapport à un tel destin, le père dominicain André-Vincent a pu écrire : « La tragédie du prêtre Camilo Torres est celle d'une passion de justice désespérée. [...] Il ne célébrait plus la messe mais pour combien de jeunes chrétiens militants (pour combien de prêtres) sa passion révolutionnaire demeure une espèce de martyre ? »

À l'annonce de la fin tragique de Camilo, je fus d'autant plus saisi d'effroi qu'il existait entre nous un attachement spécial : de ma part, une sorte d'admiration pour ce proche parent en soutane ou clergyman si fraternel et, de la sienne, des marques imperceptibles mais répétées d'affection, ainsi l'habitude de souligner mon prénom lorsqu'il envoyait par courrier des nouvelles à ma mère en lui demandant de saluer les différents membres de la famille.

Une photo prise un été à El Port de la Selva (à l'époque on disait « Puerto de la Selva »), dans la province de Gérone, montre un groupe d'enfants et d'adultes unis pour la plupart par des liens de parenté. Camilo en tenue de clergyman se tient derrière moi, encore gamin, les mains posées sur mes épaules par une sorte de geste protecteur. Le cliché a été publié en Colombie, notamment dans un livre-album hagiographique sur le curé guérillero (*Le Révolutionnaire souriant*, annonce le titre) avec une légende mentionnant ma présence mais pas celle d'Eduardo, Antonio et Luis Caballero, mon oncle et mes cousins très connus là-bas en tant qu'écrivain, journaliste ou peintre. C'est bizarre et absurde. Reste que cette photo anodine me tient à cœur, en premier lieu comme le témoignage d'une familiarité manifeste avec Camilo : il était naturel qu'il se soit trouvé alors parmi nous. Beaucoup plus tard, du reste, sa volonté d'honorer par une messe notre grand-mère décédée montrera que son attachement à nous tous, mais à elle d'abord au tempérament si entier, l'emportait sur toute autre considération. La destinée spectaculaire du Camilo Torres que tout le monde connaît – ou plutôt croit connaître et je n'échappe pas au piège – a nécessairement dû modifier ma manière de le percevoir. En fait, dans le clair-obscur de la mémoire, sa présence évidente pendant toute une période s'impose parmi tant d'images fugaces ou de moments oubliés ; puis, du moment où il devint célèbre jusqu'à sa mort qui accentua une légende toujours vivace aujourd'hui, son personnage public a sans doute un peu brouillé le souvenir que je gardais de lui en privé. Je ne sais pas pourquoi, un épisode banal plusieurs fois répété reste merveilleux : alors que tous les autres partaient à la plage, Camilo me proposait de l'accompagner pour un « *paseo* » dans sa Coccinelle Volkswagen avec laquelle il se baladait volontiers en Europe. C'était le modèle de type 1 300 qui comportait, juste après la banquette arrière, une sorte de petit coffre où j'essayais en vain de me cacher. Dans le rétroviseur, Camilo suivait de temps à autre mes contorsions et finissait par me dire en riant : « Pierre, ce n'est pas fait pour cela ! Regarde plutôt la route pour m'aider à conduire. » Une fois de retour, il prétendait d'un air complice que mon attention en chemin lui avait permis de ne pas se tromper au moment de tourner à gauche ou à droite à tel ou tel endroit (le lieu bien sûr changeait chaque fois). Dès le lendemain matin, je m'inquiétais de l'heure du « *paseo* » dans la Coccinelle et il me prévenait en fronçant les sourcils : « *¡Pero sin gimnasia!* »

Bien avant que Camilo n'occupât une place notable dans la vie publique, une lettre adressée à ma mère depuis Louvain le montre en jeune prêtre paisible assez différent de ce que l'on imagine sans doute. Il la remercie de l'avoir recommandé auprès de cousins de mon père en Belgique chez qui il vient de passer un week-end : « J'ai été reçu avec plein d'attentions. Ils m'ont emmené en promenade à la découverte de quelques-unes des très belles églises des environs. C'est un cadre familial qui mérite vraiment d'être connu. Il me semble que, dans des milieux comme ceux-là, on peut mesurer à quel degré de raffinement la culture européenne est parvenue. Des moments privilégiés dont on doit tirer profit en étant ici. » Un peu plus loin, il lui indique que le samedi suivant il va se rendre en pèlerinage à Chartres : « J'irai probablement en tant qu'aumônier d'une délégation internationale. Voilà une autre de ces manifestations de culture authentique et chrétienne dont il faut aussi profiter. » Il se déclare très occupé par des examens universitaires à passer avant un voyage en Colombie pour préparer sa thèse : « Je ne sais pas si je t'ai dit que je vais la faire sur la morphologie sociale de Bogotá. » (Une partie de ce travail, intitulé « Approche de la réalité socio-économique de la ville de Bogotá », a été reprise dans le recueil *Écrits et Paroles* de Camilo Torres publié par Le Seuil en 1968 dans sa collection « Combats » – dirigée par Claude Durand qui, la même année, traduisit avec sa femme Carmen *Cent ans de solitude*. Exercice obligé, c'est une étude de sociologie où abondent les données chiffrées.) En terminant sa lettre, Camilo dit à ma mère : « Reçois toute l'affection de ton cousin qui t'aime beaucoup et te bénit. »

Quelques années après, on retrouve un Camilo Torres pleinement engagé dans les luttes sociales et politiques qui adresse un message aux femmes en magnifiant leur rôle essentiel dans la révolution à venir : « La femme colombienne a conscience d'être exploitée non seulement par la société [...] mais aussi par l'homme. La femme colombienne a une discipline de lutte, elle a montré sa générosité dans son dévouement vis-à-vis des autres, elle résiste davantage à la douleur physique. La femme colombienne, comme toute femme, a plus de sentiment, plus de sensibilité, plus d'intuition. Toutes ces qualités, en une première étape, doivent être exaltées et mises au service, non des oligarchies ni des hommes en tant que tels, mais d'un idéal révolutionnaire converti en idéal de la femme. » Cette sorte de précellence de la femme lui confère une supériorité morale déterminante en vue du combat militant : « La femme colombienne se prépare pour la révolution. Elle doit être le cœur de la révolution. Si chaque homme révolutionnaire compte dans son foyer sur une femme qui sait le soutenir, le comprendre et l'aider, nous aurons beaucoup plus d'hommes qui se décideront à la lutte. » La place centrale accordée aux femmes par Camilo Torres s'enracine peut-être dans sa propre histoire familiale. Son père, Calixto Torres, était un pédiatre renommé tandis que sa mère, Isabel Restrepo, après un premier mariage avec un Allemand, avait hérité d'une fortune certaine : elle devint, notamment, propriétaire de l'hôtel Ritz mais se montra une piètre gestionnaire. Appartenant sans conteste à la haute société de Bogotá, le couple Torres divorça assez vite et Camilo comme son frère aîné, Fernando, se retrouvèrent avec leur mère Isabel. Tout en menant une vie assez indépendante, celle-ci resta très proche de son fils devenu prêtre et lui se montra toujours particulièrement sensible à la condition féminine, n'hésitant pas à fustiger toutes formes de soumission d'origine masculine ou religieuse, ce qui à l'époque n'était pas courant dans un pays tel que la Colombie.

Très tôt, dans son engagement social mais aussi dans l'expression d'une foi chrétienne nourrie par une lecture constante de la Bible, Camilo Torres accorde une importance primordiale aux pauvres. Ne pas accepter la pauvreté, prendre conscience de son origine et agir en conséquence sans craindre les affrontements : cette ligne de conduite apparaît tout de suite dans sa vocation de prêtre et se manifeste clairement dans ses écrits, ses prises de parole ou son action. En 1955, à Paris, il participe avec les équipes de compagnons de l'abbé Pierre à une campagne de récupération (nourriture, vêtements et objets). L'année suivante, cette fois-ci en banlieue parisienne, il découvre les conditions de vie déplorables dans des bidonvilles où s'entassent les travailleurs venus pour la plupart d'une Algérie encore sous domination coloniale. Et il commence, dès lors, à mieux percevoir la nécessité de choix politiques tout comme les limites d'une action menée selon le seul principe de la charité. Pendant un court laps de temps, il s'intéresse de près aux « prêtres ouvriers » qui vont travailler en usine et n'hésitent pas, pour certains d'entre eux, à afficher leur proximité avec le Parti communiste ou la CGT. Mais Camilo Torres sait qu'un tel mouvement n'est guère transposable dans une Colombie encore sous-industrialisée où la question de la misère en milieu rural reste prioritaire. De surcroît Jean XXIII, pourtant à l'origine de Vatican II qui marque une évolution indéniable de l'Église, se montre peu favorable à ces hommes privilégiant leur engagement ouvrier au détriment de leur mission sacerdotale. Presque toujours, il va donc insister, dans ses textes ou ses discours, sur la corrélation entre l'essence du christianisme et l'action sociale en faveur des pauvres, thème qui est à l'origine même de sa vocation de prêtre. Pour lui, être catholique conduit nécessairement à l'engagement au côté des plus démunis, il y a là une continuité naturelle et c'est en cela qu'il est considéré comme l'un des précurseurs de la « théologie de la libération ».

De l'Évangile à l'action sociale

En 1964, lors de son dernier séjour en Europe, Camilo présente au cours d'un congrès à Louvain un document intitulé « Programmation économique et exigences apostoliques ». L'impératif de la révolution pour un chrétien peut s'établir après examen attentif du but de l'apostolat et, cédant aux vertiges de la logomachie universitaire, il n'hésite pas à prétendre qu'il faut aborder la question sous deux aspects, « l'un ontologique et l'autre épistémologique ». En réalité, son raisonnement repose sur une série d'interprétations de l'Évangile et des épîtres de saint Paul : « Dans l'Évangile selon saint Jean nous trouvons les mots "vie" et "vie éternelle" employés dans le même sens que ceux de "Royaume de Dieu" pour saint Matthieu et de "Justice" pour saint Paul. Identification d'ailleurs légitime puisque le règne de Dieu consiste en la possession de la vie, et que la justice – au sens paulinien – consiste aussi en la possession de cette même vie. Christ est venu "pour que les brebis aient la vie, et qu'elles l'aient en l'abondance" (Jn 10, 10). L'essence de l'apostolat est donc de travailler à ce que tous aient la vie et l'aient en abondance. » Pour Camilo Torres, s'il ne fait aucun doute que la vocation finale de l'apostolat tourne autour de l'extension du Royaume de Dieu, la prière, la messe ou les sacrements représentent des moyens possibles de prétendre à la vie surnaturelle mais sont inutiles sans « charité efficace », à savoir sans œuvres en faveur du prochain : « Le jugement de Dieu sur les hommes repose principalement sur l'efficacité de notre charité. Au jour du jugement (Mt 25, 31 *sq*), ce qui décidera de notre sort pour l'éternité, ce sera le pain, la boisson, le lit et le vêtement, l'accueil réel que nous aurons réservé à nos frères. [...] Les œuvres en faveur du prochain (spirituelles et matérielles) sont indispensables à la vie surnaturelle. » L'action concrète à destination des autres reste une nécessité primordiale, même par rapport à la réception des sacrements ou l'appartenance à l'Église ; et toute mission d'apostolat doit accorder une attention particulière à la situation des plus pauvres : « Dans le monde actuel, il est impossible d'être chrétien sans avoir conscience du problème de la misère matérielle. [...] Comme politique d'ensemble, l'apostolat doit s'orienter par priorité vers les œuvres matérielles en faveur du prochain, pour se situer dans une perspective de charité effective et actuelle. » Il ne s'agit pas de se contenter d'aumônes ou d'actes de bienfaisance, mais d'accompagner les « masses » dans leur conduite de la révolution nécessaire. L'administration des sacrements ou l'enseignement du catéchisme perdent leur sens si l'on ne se préoccupe pas auparavant de la justice. La prise du pouvoir par la classe populaire en vue de la construction du socialisme n'est, en tout cas, pas incompatible avec l'exercice de la foi chrétienne comme le prouve, dit-il, l'exemple polonais. Toutes ces considérations ne peuvent être comprises que si l'on se représente le poids institutionnel et social de l'Église à l'époque, surtout en Amérique latine.

À partir du moment où Camilo Torres consacre l'essentiel de son temps à des actions sociales, sa référence au message de l'Évangile va donc s'inscrire dans un cadre beaucoup plus large, aux dimensions politiques. Il se déclare un jour « révolutionnaire » pour trois raisons : comme Colombien ne pouvant rester indifférent aux luttes de son peuple ; comme sociologue ayant une « connaissance scientifique » de la réalité, ce qui permet de trouver des solutions techniques efficaces ; comme chrétien sachant que l'amour du prochain est l'essence du christianisme et que le bien de la majorité passe uniquement par la voie de la révolution. Une autre fois, il affirme que les chrétiens seront jugés dignes de la vie éternelle en fonction de leur engagement dans la cause révolutionnaire. Et comme les évêques de Colombie ont « osé dire que c'est péché mortel de s'abstenir aux élections, moi je crois que la classe populaire considère que les chrétiens commettent un péché mortel en s'abstenant de révolution ». Mais cet homme de foi, n'ayant quitté ses habits de prêtre catholique que dans les derniers mois de sa vie, au moment de prendre les armes dans la guérilla, se retrouve confronté à la prédominance d'une autre doctrine messianique, le marxisme. Par tous les moyens et procédés rhétoriques, il cherche une voie de conciliation.

Plus d'un demi-siècle après, il est difficile d'imaginer la manière dont les thématiques marxistes ont pu, durant une longue période, tenir lieu de référence intellectuelle majeure au point de devenir pour beaucoup un langage d'usage courant avec, en règle générale, la prétention de formuler des énoncés relevant de la science. En 1960, Jean-Paul Sartre au faîte de sa célébrité publie sa *Critique de la raison dialectique*, volumineux opus lu sans doute par peu de personnes mais dont une formule liminaire retient l'attention : « Je considère le marxisme comme l'indépassable philosophie de notre temps. » Plusieurs fois, au cours du texte, le penseur de la liberté répète vouloir maintenir l'« autonomie » de l'idéologie existentielle tout en affirmant un « accord de principe avec le matérialisme historique » ; et il précise que le marxisme apparaît comme « la seule anthropologie possible qui prenne l'homme dans sa totalité, c'est-à-dire à partir de la matérialité de sa condition ». Depuis son passage à Louvain, Camilo Torres baigne dans ce genre de climat, revendique il va de soi l'approche « scientifique » de la sociologie et se positionne aussi par rapport à l'existence d'un bloc de pays socialistes. En outre, pour un jeune Latino-Américain, la révolution cubaine de 1959 va tout de suite susciter une puissante mythologie et, surtout, accentuer la détestation de l'impérialisme américain. À l'opposé il tient les réalisations de l'URSS depuis la révolution bolchevique pour des acquis considérables et, en s'appuyant sans hésitation sur des statistiques officielles de ce pays-là, vante les mérites d'un système de planification avec contrôle complet des moyens de production. Cette certitude doit cependant être évaluée à l'aune du christianisme : « Si ce n'est pas l'État qui fait la planification en orientant autoritairement les investissements, il est impossible d'améliorer le sort des masses. C'est pourquoi le problème se pose au chrétien dans les termes de l'efficacité de la charité – c'est-à-dire de la première priorité dans l'apostolat – dans le monde moderne et dans les pays sous-développés. » Convaincu de la rectitude du matérialisme historique dans la recherche concrète de progrès économiques et sociaux, Camilo Torres ne peut pas ignorer que la doctrine marxiste traditionnelle considère la religion comme l'« opium du peuple ». Dès lors, comment les chrétiens peuvent-ils collaborer à un processus juste en soi – la planification – sans servir d'« idiots utiles » ni cautionner certains buts mauvais ? Bien des ressorts de la casuistique (plutôt que la dialectique) vont être appelés à la rescousse pour trouver des solutions viables.

Du point de vue doctrinal, c'est la fameuse encyclique de Jean XXIII « *Pacem in terris* » (1963) qui lui sert de point d'appui : dans ce document ayant nourri les débats du concile Vatican II, le pape s'adressait aux catholiques comme à tous les « hommes de bonne volonté » et leur recommandait, notamment, une collaboration active « fondée sur la vérité, la justice, la charité, la liberté » pour entreprendre de nécessaires politiques de réforme. Camilo Torres néglige quelque peu le double rappel de Jean XXIII en direction des fidèles : agir dans le respect de la doctrine sociale de l'Église et obéir aux directives des autorités ecclésiastiques. Il insiste plutôt sur le fait que les idéologies inspirées du christianisme et du marxisme, les deux seules à proposer une vision du monde complète, bénéficient chacune d'avantages indéniables – de hautes valeurs spirituelles, d'un côté, une orientation vraiment populaire, de l'autre. Lorsqu'on aborde la question des relations sociales, les marxistes d'après lui doivent disposer de prérogatives et « assumer la direction d'une planification autoritaire » en raison de leur tradition de lutte pour le changement comme de leurs compétences techniques. Certes, il existe des risques de dogmatisme et des principes moraux auxquels les chrétiens doivent veiller, mais ce qui prime reste la recherche du bien commun ou, plus généralement, « l'engagement révolutionnaire dans la charité ». On doit s'insurger contre une conception falsifiée du christianisme selon laquelle il faudrait accepter les injustices, la faim, la misère au nom de la promesse de transformations dans une future vie éternelle. Au printemps 1965, il prend l'initiative de fonder Frente Unido, une plateforme populaire favorisant la convergence de tous les partis et mouvements issus de la gauche ; l'hebdomadaire qui sert de relais au mouvement cite volontiers Lénine.

Par fidélité à sa vocation de prêtre, Camilo Torres refuse, cependant, de se voir rangé dans le camp du communisme tout en considérant possible de trouver des convergences sur les questions économiques et sociales. Autre version de l'unité souhaitable au-delà des divisions et quitte à verser dans les slogans réducteurs : « Les communistes doivent très bien savoir que je n'entrerai pas dans leurs rangs. [...] Malgré tout, je suis disposé à lutter avec eux pour des objectifs communs : contre l'oligarchie et la domination des États-Unis, pour la prise du pouvoir par la classe populaire. » Par ailleurs, en réponse aux soupçons d'une « infiltration communiste » dans le clergé colombien, il n'hésite pas à établir un raccourci historique provocateur : « Dans les premières années de notre ère, traiter quelqu'un de chrétien, c'était une façon de le mettre hors-la-loi. [...] Aujourd'hui le meilleur moyen de déchaîner la persécution contre un élément dangereux pour la classe dirigeante, c'est de l'appeler *communiste*. » Les finalités politiques et sociales de la vie chrétienne vont donc rapidement prendre une importance primordiale, au point d'estomper les réserves éventuelles sur la nature du système communiste et d'amplifier les critiques adressées à l'Église traditionnelle.

Dès lors que l'on s'adonne vraiment à l'amour du prochain on peut être considéré comme un chrétien et l'on appartient à l'« âme de l'Église », même en s'imaginant athée. À l'inverse, trop de catholiques s'en tiennent à une pratique extérieure de la foi, à des rites sans efficacité pour aider nos semblables dans la lutte contre des minorités privilégiées ; dans leur immense majorité, ils ont failli à leur devoir en abandonnant les pauvres. Voilà pourquoi, en affirmant ses idéaux tout en ne cherchant pas à attiser un conflit d'ordre disciplinaire, Camilo Torres accepte de renoncer provisoirement à la possibilité de célébrer l'eucharistie – le cœur de sa vocation sacerdotale – et demande aux autorités ecclésiastiques de lui accorder la « réduction à l'état laïc », une libération de ses obligations religieuses qui permet de mieux servir le peuple. Dans une déclaration destinée à dessein au grand quotidien national *El Tiempo* dont l'audience est prépondérante, il s'explique sur le sens de son choix : « Je sacrifie l'un des droits que j'aime le plus profondément : celui de pouvoir célébrer le culte extérieur de l'Église comme prêtre, afin de créer les conditions qui rendront ce culte plus authentique. Je crois que l'engagement que j'ai pris vis-à-vis de mes semblables, de réaliser efficacement le précepte d'amour du prochain, m'impose ce sacrifice. » Cette démarche formelle, où il tire les conséquences de ses propres positions sans se placer en simple victime de la hiérarchie catholique, traduit aussi sa volonté de ne pas affaiblir l'Église comme communauté de croyants et, malgré l'ampleur de ses désaccords, de respecter les codes de l'institution. Au début des années 60, un sérieux différend l'oppose à son supérieur ecclésiastique, ce qui le contraint à abandonner son rôle d'aumônier à l'Université nationale ; il ne cache pas son point de vue, mais se conforme à la décision et tient à le faire savoir par écrit : « Le plus grand service que l'on puisse me rendre, c'est de respecter l'attitude d'obéissance que j'ai choisie dès que j'ai pris la décision de me faire prêtre. » La rébellion profonde de Camilo Torres ne verse en aucune manière dans une sorte de virulence iconoclaste et jamais il ne se livre à la moindre insulte contre tel évêque ou tel cardinal, qui ne l'ont pourtant pas ménagé. Le texte publié dans *El Tiempo* insiste sur une double obligation personnelle aux conséquences en apparence contradictoires : « J'ai résolu de me consacrer moi-même à la lutte révolutionnaire, réalisant ainsi une partie de ma tâche, qui est de conduire les hommes à Dieu par l'amour mutuel. En tant que Colombien, je considère cette activité comme essentielle pour ma vie chrétienne et sacerdotale. Mais c'est une tâche qui est contraire à la discipline de l'Église actuelle. Je ne veux pas manquer à cette discipline, ni trahir ma conscience. » Au demeurant, ne plus dire la messe ne signifie pas pour lui cesser de se considérer prêtre ni abandonner la perspective de renouer avec ce rite sacré une fois transformée la vie temporelle. Il affirme agir au nom de sa conscience, mais aussi au nom de l'Évangile et dans le respect des orientations nouvelles préconisées par Jean XXIII qui approuve la convergence avec des mouvements défendant de justes causes, y compris si leur doctrine originelle apparaît fausse.

À partir de ces prémisses, Camilo Torres va aller beaucoup plus loin en affirmant que les points communs entre marxisme et christianisme ne touchent pas seulement à des questions économiques, sociales ou politiques mais relèvent d'une attitude philosophique partagée : il s'agit, dit-il, de deux « humanismes ». Parfois, il se montre un peu plus en retrait : « Le communisme a un système philosophique incompatible avec le christianisme, bien que dans ses aspirations socio-économiques, la majorité de ses postulats ne soient pas opposés à la foi chrétienne. » Mais, tout de suite après, il s'empresse de formuler un avertissement : considérer le communisme comme source principale du mal pour la Chrétienté est « un point de vue peu théologique et peu scientifique ». Les considérations avancées pour soutenir un tel jugement s'embourbent dans une rhétorique assez vaseuse et l'ancien diplômé de l'Université de Louvain donne ici l'impression de parler à vide, comme s'il se contentait de remplir sa copie. L'étiquette de « sociologue scientifique », dont il se prévaut à maintes reprises, lui sert de passe-partout commode pour se livrer à des affirmations péremptoires, pour ne pas dire dogmatiques (la partition occupe, il est vrai, une place de choix dans le répertoire des sociologues). Quoi qu'il en soit, selon son interprétation du sens véritable de la doctrine catholique, il faut soumettre la foi aux impératifs d'un changement radical de la société, il n'y a plus aucun doute à ce propos : « La révolution n'est pas seulement permise mais obligatoire pour les chrétiens qui voient en elle l'unique manière efficace et large de réaliser l'amour pour tous. » Ce devoir essentiel prend le pas sur toute autre considération, presque jusqu'à devenir une sorte de dogme. Doit-on, pour autant, considérer que l'engagement révolutionnaire entraîne la disparition de tout horizon catholique? À la mi-octobre 1965, lors d'un discours devant des étudiants de Bogotá – le public auquel il est de longue date le plus attaché et qui lui voue une profonde admiration –, Camilo Torres se lance dans l'exaltation d'une sorte de sacrifice politique total qui, par certains côtés, s'apparente aux vœux religieux: « Nous devons nous engager à temps complet avec notre vie, avec notre sang, avec nos sacrifices et avec notre travail dans cette longue et difficile lutte pour la libération définitive de notre patrie. Tout ce qui constitue un obstacle à la lutte révolutionnaire – nos études, notre travail, notre bien-être, même notre propre famille –, il est nécessaire de l'abandonner afin de nous adonner pleinement à la lutte pour la prise du pouvoir jusqu'à la mort. » Le jeune public, comme d'habitude en pleine confiance, se montre enthousiaste et l'applaudit, mais n'imagine sans doute pas que l'orateur va dans les semaines suivantes donner un sens concret à ces paroles radicales. Quelques jours après, s'adressant de nouveau aux étudiants mais cette fois-ci par écrit, il les exhorte à ne pas rester en marge de la révolution « pour quelque raison que ce soit, par manque d'information, par égoïsme, par irresponsabilité ou par peur ». En ce moment décisif de son histoire, la Colombie attend de ses jeunes, dit-il, une générosité sans limites.

Lorsqu'en janvier 1966 Camilo Torres annonce avoir rejoint la guérilla et proclame son ralliement à l'ELN (dont il connaissait le principal dirigeant); il voit dans cette forme de lutte « la seule issue qui reste » alors que toutes les voies légales aboutissent à des impasses. À sa manière, l'ancien étudiant de l'université catholique de Louvain reprend ainsi l'idée de « guerre juste » énoncée par saint Augustin (dans la continuité de notions forgées à Athènes puis Rome), mais en lui conférant une aura marxiste. Non sans raison, l'ELN de cette époque-là peut être considérée comme un mouvement d'inspiration castriste où des chrétiens vont jouer un rôle : en somme, l'alliance de Cuba et d'une théologie de la libération encore balbutiante. Très vite, le mouvement connaîtra les mêmes dérives que tous les groupes armés – trafic de drogue, enlèvements, extorsions, etc. – et s'enfermera dans des positions aussi intolérantes qu'opportunistes pour stériliser les tentatives de négociations de paix : le mouvement fait savoir que l'abandon du combat armé « suppose de s'attaquer aux causes du conflit, à savoir les inégalités, le manque de démocratie et l'iniquité », formulation d'une telle généralité qu'aucun compromis avec l'État ne semble possible. Du reste, qui décide et selon quels critères d'un éventuel accord acceptable ? Au milieu des années 60, sur le terrain du combat, il n'est plus question pour Camilo Torres de se situer par rapport à une tendance politico-syndicale dans la mesure où les Colombiens dans leur majorité n'appartiennent pas à des groupes organisés ; parallèlement, sans renier sa foi – en témoigne la précaution de ne jamais se séparer d'un exemplaire personnel au format poche de la Bible –, il ne revendique plus comme inspiration prépondérante de son action publique son appartenance au catholicisme qui, du coup, bascule pour lui dans un ordre privé. Pas besoin dorénavant de théorie ni de détours par la science sociologique ou de discussions sur l'essence de sa religion pour s'adapter à la « volonté des masses » et prendre les armes jusqu'à la conquête du pouvoir. Le « peuple » (ou la « classe populaire ») et la « révolution » deviennent les seuls éléments de langage à employer, l'alpha et l'oméga d'une guerre de libération qui exige un sacrifice total au nom du futur : « Le peuple est désespéré et décidé à risquer sa vie pour que la prochaine génération de Colombiens ne soit pas une génération d'esclaves. » Cette émancipation passe par une éducation, un toit, de la nourriture, des vêtements et, surtout, une dignité, sans oublier une patrie indépendante de la puissance nord-américaine. Reste que si pour atteindre de tels objectifs il est impossible de se soustraire à l'épreuve des armes, le chrétien Camilo Torres se retrouve alors placé devant un déchirant cas de conscience : l'obligation un jour ou l'autre d'exercer dans le combat une forme de violence, voire de tuer, éventualité à ses yeux insupportable. On lui a raconté le cas d'un paysan accusé de traîtrise que les guérilleros décident de mitrailler sans parvenir d'abord à l'abattre mais qui un peu plus tard, dans un hôpital où il a trouvé refuge, sera achevé à coups de couteau et il est horrifié par ce récit sanglant. Son adhésion de principe à une révolution radicale l'incite à laisser provisoirement de côté les questions les plus dérangeantes de ce type. Nul doute cependant qu'un tel homme, habité depuis longtemps par la foi catholique, a dû être taraudé par la question cruciale du conflit armé avec un frère humain. Sa personnalité comme son itinéraire indiquent à l'évidence qu'il s'agit pour lui d'un problème insoluble ; puis, en dépit de sa désapprobation de la violence, il s'y résout de façon transitoire : non sans naïveté, il estime que le combat victorieux du peuple sera assez rapide.

« *Cruz de luz* »

Sur la photographie accompagnant le texte qui, sous forme d'appel à l'insurrection, fait connaître son entrée dans la clandestinité armée et que toute la presse reproduit, Camilo Torres apparaît un fusil au bras serré contre lui. En fait une image de propagande puisque ses compagnons de l'ELN, constatant sa maladresse avec ce fusil trop lourd, ne lui ont d'abord fourni pour se défendre qu'un revolver dont, au-delà même des scrupules, il ne sait pas se servir, détail révélateur d'une certaine inadéquation entre la réalité et un point de vue quelque peu romantique sur la révolution. Par la suite, il est initié aux différentes techniques de combat, au maniement des explosifs, à l'art indispensable du camouflage et il se plie avec une discipline exemplaire aux marches pénibles dans une région andine du département de Santander au relief accidenté, à la végétation dense et au climat étouffant durant la journée, puis très froid la nuit. Au sein de la guérilla, pour essayer d'entretenir un certain anonymat malgré sa célébrité, on lui a attribué un autre prénom, Argemiro ; paradoxalement, cette métamorphose s'apparente au rituel de la vie monastique lorsque au cours du noviciat il est choisi un nom religieux, façon de marquer un changement de chemin. Mais cette forme de nouvelle « conversion » ne va constituer qu'une brève parenthèse de son existence : à la mi-février 1966, quelques semaines seulement après avoir rejoint les rangs de l'ELN, il est tué au cours d'un affrontement soudain avec des soldats ; une balle l'a fauché alors qu'il tentait de récupérer le fusil d'un militaire tombé à terre.

Il existe quelques divergences sur les circonstances exactes au cours desquelles Camilo Torres trouva la mort. Toutes, cependant, s'accordent sur deux points : d'une part, si les guérilleros de l'ELN avaient soigneusement préparé une embuscade contre des militaires en patrouille, ils ignoraient que la compagnie visée se déplaçait par précaution en groupes distincts ; d'autre part, lors de l'échange de tirs, lui-même eut le temps de se servir de son pistolet. A-t-il donné la mort ou blessé ? Impossible de répondre, puisque le groupe d'assaillants comptait plusieurs hommes. Mais, du seul fait de sa participation active à l'assaut, le dilemme tant redouté par lui de devoir sacrifier ses convictions de chrétien au sujet de la violence contre autrui à ses choix de combattant dans la lutte armée devint caduc. Quatre soldats et six guérilleros, dont Camilo Torres, furent tués ce jour-là. Les autorités militaires, qui identifièrent son corps notamment grâce à la présence dans l'une des poches de son treillis de documents et lettres en anglais ou français, auraient pris la décision de l'inhumer dans un lieu tenu secret pour parer à toute éventualité de pèlerinage et jamais depuis lors ce mystère ne sera dissipé, malgré de multiples tentatives de recherche. On a beaucoup glosé sur le paradoxe déplorable ayant conduit au fait qu'un prêtre resté fidèle à sa foi, malgré ou à cause de son engagement politique peu importe, n'ait même pas droit à une sépulture chrétienne. Dans leurs témoignages, d'anciens compagnons ou proches ne manquent pas de recourir à l'image d'un homme décédé « les bras en croix comme le Christ » ; et l'un d'entre eux, W. J. Broderick, ancien prêtre devenu son biographe, ne craint pas d'intituler son chapitre final « L'holocauste »... (Dès lors, comment qualifier la mort des simples soldats ?)

Un colonel à l'époque des faits, devenu général et un temps commandant en chef de l'armée, a livré une autre version du final aussi plausible qu'incertaine. Álvaro Valencia Tovar dirigeait les opérations contre l'ELN dans le département de Santander où fut tué Camilo Torres ; les deux hommes se connaissaient et dans leur jeunesse entretenaient de bonnes relations, ce que nul ne conteste. Très longtemps après les événements de février 1966, Tovar affirma avoir veillé personnellement à ce que la dépouille de Camilo Torres reste bien identifiable afin de pouvoir par la suite l'inhumer de façon anonyme dans le cimetière militaire de la grande ville de Bucaramanga. Enfin, des années plus tard, il aurait remis les restes du prêtre guérillero à Fernando Torres, le frère de Camilo, mort en 2007 sans révéler quoi que ce soit. Cible d'un attentat de l'ELN au cours duquel il fut blessé, Tovar affirmait donc, à l'encontre d'une opinion préconçue, que son rôle de colonel à l'époque ne l'avait pas empêché pas d'honorer, à sa manière discrète mais réelle, la mémoire de Camilo Torres. Aucune preuve indubitable ne permet de corroborer ce récit maintenant accepté par beaucoup ; en tout cas, il semble improbable que Tovar ait donné aux militaires sous ses ordres l'instruction délibérée d'abattre Camilo Torres.

Très vite après l'annonce de sa mort impressionnante, « les armes à la main » selon l'expression consacrée, le jeune prêtre devint bien au-delà de la Colombie une figure légendaire dont le nom est resté dans les mémoires même à défaut de pouvoir retracer les grandes lignes de son parcours. En février 1966, une fois la nouvelle diffusée par les radios ou les unes de tous les journaux, quelques paysans vinrent se recueillir autour d'une simple croix plantée en terre près du lieu du drame tandis qu'à Bogotá des centaines d'étudiants de l'Université nationale (Camilo Torres y avait joué un rôle notable, aussi bien comme aumônier que comme fondateur du département de sociologie) défilèrent derrière un cercueil vide recouvert du drapeau de l'ELN. Certains d'entre eux déployèrent une immense banderole reproduisant son portrait accompagné du slogan « LA RÉVOLUTION SERA LA RÉPONSE À TA MORT », affirmation qui servira plus tard de canevas à une poignante chanson, « Cruz de luz » (« Croix de lumière »), composée par l'Uruguayen Daniel Viglietti et popularisée par l'interprétation du Chilien Víctor Jara, avec des couplets insistant sur la force du sacrifice révolutionnaire : « Là où tomba Camilo apparut une croix / Non pas de bois mais de lumière [...] / On raconte qu'après la balle on entendit une voix / C'était Dieu qui criait : "Révolution" / [...] Ils l'ont cloué avec des balles sur une croix / Ils l'ont appelé bandit comme Jésus / [...] Le peuple a cent mille / Cent mille Camilo(s) prêts à combattre / Camilo meurt pour vivre. » Il est impossible maintenant d'entendre cet hymne à la liberté (repris notamment par la voix rauque de Chavela Vargas) sans se souvenir aussi de la fin atroce de Víctor Jara, torturé et exécuté au lendemain du coup d'État des militaires chiliens en 1973. Mais l'émoi réel provoqué par la chanson ne doit pas faire oublier qu'elle a surtout contribué à nourrir une mythologie peu conforme à la réalité des faits : qu'on le veuille ou non, la mort de Camilo, même en tenue de guérillero, fut de l'ordre accidentel et laisser croire que l'armée l'avait en ligne de mire ce jour-là relève de l'infantilisme politique. Lorsqu'on examine les principaux éléments du dossier publiés depuis lors, tout semble indiquer au contraire que la hiérarchie militaire, tout en s'opposant à l'ELN, ignorait la présence du célèbre curé dans le secteur où il trouva la mort et, ne voulait pas participer à la fabrication d'un tel martyr national.

À Paris, je vois encore le visage bouleversé et les yeux en pleurs de ma mère – qui certes ne partageait nullement les convictions de son cousin mais lui vouait une affection particulière, en grande partie parce qu'il était prêtre – lorsqu'elle me parla de « *la tragedia con Camilo* ». Et comme elle ne manquait jamais une occasion de lutter contre ma réticence de plus en plus manifeste à l'égard du catholicisme, j'entendis tout de suite son : « *Padre nuestro / que estás en los cielos / santificado sea tu nombre…* », auquel malgré tout je me suis associé sans hésitation. Comment refuser le partage d'un Notre Père que Camilo avait placé au cœur de son existence? L'effroi suscité par un décès d'une telle violence l'emportait d'ailleurs sur toute autre considération et, bien que ce fût difficile de me représenter le corps de cette personne familière gisant dans une jungle de la cordillère des Andes, mon émotion d'alors est restée presque intacte. Toute la documentation que j'ai pu réunir à propos de Camilo Torres et de nombreux échanges avec des Colombiens m'ont apporté bien des éléments liés à l'ordre de la raison pour éclairer son parcours mais, au bout du compte, ne permettent pas de percer le mystère de cette destinée. Comme on l'a vu, à partir du moment où son engagement politique et social devint primordial, on peut noter dans ses écrits ou ses discours la part croissante de l'idéologie, ne serait-ce qu'au travers du recours à des tournures de langage marxistes. Il n'empêche que jamais le fil spirituel de son combat n'a été coupé par lui, parfois même y revenant au prix de contorsions sémantiques assez vaines. La plupart des prêtres prônant une « théologie de la libération » ont fini par abandonner, sauf quelques vagues notions humanistes, les références à des valeurs religieuses. Camilo Torres jusqu'au bout affirma sa foi catholique et c'est précisément sur ce point-là qu'il se singularisa, au point de devenir un sujet d'embarras. Du côté de l'Église traditionnelle, on condamna bien entendu son engagement militant mais sans parvenir à trouver une place acceptable à ce chrétien déclaré ; du côté de la gauche révolutionnaire, en premier lieu de type castriste, son respect de l'Évangile provoqua une gêne indéniable, presque comme si sa croyance relevait d'une dimension secondaire. Et, dans tout l'échiquier des opinions entre ces camps opposés, on ne trouvait pas la manière adéquate de s'accommoder de cette personnalité complexe. En Europe, où l'on s'est toujours délecté de poncifs et images pieuses sur l'ensemble des guérilleros, l'itinéraire de ce religieux mort au combat ne pouvait que nourrir la mythologie habituelle, il suffit pour s'en rendre compte de porter attention à l'emploi d'un certain vocabulaire.

Dans son essai biographique sur Michel de Certeau, brillant jésuite ayant suivi avec beaucoup d'attention l'engagement politique de nombreux chrétiens en Amérique latine mais connu aussi pour ses études sur l'histoire des mystiques au XVIIe siècle, la psychanalyse, l'anthropologie ou la sociologie, François Dosse écrit que Camilo Torres faisait partie des martyrs victimes de la répression militaire « *assassinés* » comme tant d'autres prêtres. Le moins que l'on puisse dire, c'est qu'un tel raccourci relève d'un arrangement facile avec les faits. La Colombie, en 1966, traversait certes de très sérieuses crises politiques mais ne vivait pas sous un régime militaire au sens où des pays comme le Brésil, l'Argentine, le Chili, le Pérou et la Bolivie ont connu ce genre de dictature pas si longtemps avant ou après cette date. Issu du Parti conservateur, le président élu gouverna cahin-caha et respecta le pacte d'alternance au pouvoir signé avec le Parti libéral. Engagé volontaire au sein de l'ELN, Camilo Torres affronta une patrouille de l'armée régulière au cours d'une opération décidée par son groupe et dont le déroulement prit un tour imprévu. Signalons, au passage, que naquit une polémique jamais éteinte depuis lors sur le dessein réel des dirigeants de l'ELN : pourquoi envoyer à l'assaut quelqu'un d'aussi inexpérimenté et manifestement peu fait pour une attaque de ce type, au lieu de tirer profit à l'arrière de sa grande notoriété ? S'il est vrai que Camilo Torres tenait à être traité comme un combattant parmi d'autres sans aucun passe-droit, préposé à la cuisine par exemple, ne fallait-il pas, en invoquant les impératifs d'une discipline interne, éviter de trop l'exposer ? On ne doit pas exclure chez lui un certain sens du sacrifice pour s'affranchir de son origine sociale privilégiée ; mais, après sa mort, la façon dont l'ELN se dégagea de toute responsabilité en insistant sur la volonté personnelle de Camilo de se lancer dans la bataille a de quoi susciter des interrogations. Quoi qu'il en soit, il est pour le moins abusif de parler d'un « assassinat » au sens donné à ce terme par tous les dictionnaires : « meurtre commis avec préméditation ». En revanche, François Dosse a raison de rappeler ici les expressions qui ont pu être employées, « guérilla mystique » ou « Christ politique ». Les rapports entre foi et révolution ont occupé une place prépondérante en Amérique latine à partir des années 60 et Michel de Certeau, tout en déclarant ses « respect et admiration » pour le sacrifice d'un Che Guevara comme pour sa solidarité avec les guérillas, finira plutôt par prôner la non-violence à l'instar des actions fondées sur la parole menées par l'archevêque dom Hélder Câmara au Brésil. À la différence notable de son homologue colombien en butte permanente à une hiérarchie dogmatique, le jésuite français bénéficia de la relative tolérance d'une congrégation loin de partager toutes ses positions mais sensible aux formes d'apostolat les plus progressistes. L'un comme l'autre – qui furent quasi contemporains, de Certeau étant l'aîné – partagèrent une même et inébranlable conviction : rester fidèle à leur foi catholique.

En 2016, la presse consacra de nombreux articles ou émissions au cinquantième anniversaire de la mort tragique de Camilo

Torres. Dans l'ensemble, cette commémoration insistait beaucoup plus sur les qualités exceptionnelles d'un homme toujours au service des plus pauvres que sur la pertinence de ses derniers choix politiques. Si on lui reconnaissait le mérite rare d'avoir voulu combattre les injustices sociales dans son pays sans renier sa foi catholique, la partie finale de son parcours apparaissait pour le moins problématique. Depuis lors, en effet, l'ELN avait démontré son sectarisme aveugle en recourant des décennies durant aux pires méthodes : assassinats, attentats, enlèvements à des fins de rançons, narcotrafic, etc. ; après tant d'atrocités commises, l'écrasante majorité de la population colombienne ne pouvait plus supporter une telle guérilla et il est compréhensible que l'engagement du jeune prêtre dans ses rangs puisse provoquer un certain trouble. Le jésuite Francisco de Roux qui a joué un rôle notable pour la signature d'accords de paix avec l'autre guérilla, les FARC, s'est dit convaincu qu'il aurait approuvé le processus de pacification en cours. L'affirmation a priori plausible se heurte, néanmoins, à la force des faits et des images laissés par Camilo Torres : la lutte armée dans le prolongement d'un discours radical en rupture délibérée avec son milieu d'origine. Bien qu'il semblât tentant d'imaginer pour lui un autre destin sans trahir la plupart de ses convictions, comment effacer le caractère spectaculaire de sa mort ? C'est impossible. La « théologie de la libération » dont il fut l'indéniable devancier se proposait d'inverser l'ordre des priorités du christianisme quitte à provoquer nombre d'illusions : d'abord l'action sociale puis la pastorale et les sacrements. Au fil des décennies, l'incompréhension n'a en tout cas cessé de grandir entre ceux qui voient en lui une icône aux objectifs exemplaires et ceux qui considèrent injustifiable son basculement vers la violence quoiqu'il prétendît servir de nobles idéaux. Mais la légende trop évidente du « curé guérillero » cache sans doute le vrai mystère de Camilo, en relation avec une quête spirituelle que personne ne pouvait partager.

L'une des anciennes étudiantes de Camilo Torres au département de sociologie de l'Université nationale a insisté sur le rayonnement d'un tel professeur qui savait transmettre ses enthousiasmes et, en même temps, se montrait d'un caractère avenant comme d'un abord facile. Ce témoignage – confirmé par tous ceux qui l'ont côtoyé – s'accompagnait d'une anecdote significative : Camilo participa avec un réel entrain à une soirée déguisée en choisissant de porter un costume de marin ; puis, tout à coup, on ne le vit plus. L'étudiante, qui s'inquiétait, le chercha partout et le retrouva enfin dans une chambre isolée, revêtu de sa soutane, en train de prier les mains jointes. Rien d'ostentatoire ici, juste l'évidence d'une foi à laquelle il avait choisi de se soumettre en toutes circonstances sans chercher à l'imposer aux autres. Le tempérament contemplatif de Camilo pouvait, du reste, le conduire à se retirer discrètement dans un monastère pour se livrer à la méditation. Entre certitude et obligations, son catholicisme constituait vraiment l'élément essentiel de son existence bien qu'il montrât un engagement total dans le combat en faveur des plus démunis.

Il est mort en 1966, très peu de temps avant le début de l'immense folie criminelle de la « Révolution culturelle » chinoise. Quasiment le premier et malgré les calomnies, en 1971 le Belge Pierre Ryckmans sous le pseudonyme de Simon Leys dénonça cette nouvelle variante totalitaire qui enflammait les esprits progressistes en Occident, parmi lesquels quelques religieux de renom. Au détour d'un article consacré à Orwell, il aura une fois cette incise : « ah, mes lamentables coreligionnaires, théologiens maoïstes et curés crétinisés qui prêchaient l'évangile de la "Révolution culturelle" ! » Qui sait ce que le prêtre colombien, ordonné en 1954, eût dit de cette monstrueuse utopie ? Tout juste peut-on noter que Pierre Ryckmans avait rencontré Camilo Torres à l'université de Louvain et que les deux étudiants catholiques entretenaient des relations très cordiales. Bien des années après, celui qui devint Simon Leys s'attaquait au « maoïsme mondain » de ces Occidentaux n'ayant « pas honte d'avoir clamé des slogans criminels et imbéciles en faveur de la "Révolution culturelle", [...] un luxe de gens riches » ; les sermons associant l'Évangile et le *Petit Livre rouge* lui semblaient également répugnants. À l'inverse, il gardait son amitié intacte, son respect comme son affection, pour de jeunes Chinois rencontrés au début des années 60 à Singapour (dictature très autoritaire à cette époque) qui se sentaient alors assez proches du maoïsme : « Dans leur engagement pour la Chine communiste ils n'avaient rien à gagner, sauf du danger : ils devenaient suspects pour la police, leur avenir au travail était menacé, ils se mettaient au ban de la société. C'était vraiment des idéalistes. [...] Mes amis étudiants chinois étaient d'une grande qualité morale et d'une grande générosité, en tout cas pas des opportunistes ; ils avaient tout à perdre en suivant cette voie-là. » Simon Leys n'était pas resté en contact avec Camilo Torres après leur passage à Louvain, mais il gardait de lui une image fort similaire : l'un de ces hommes attachants, authentiques et fraternels pour lesquels on éprouve plus que de l'estime. Et dont le vain sacrifice fut tout sauf médiocre.

***

Avec la mort de Camilo, si dramatique fût-elle, ma première Colombie à jamais ancrée en moi s'est détachée de façon imperceptible, presque en douceur. Très vite une autre Colombie, puis toute l'Amérique latine, avec sa cohorte d'écrivains hors du commun, vinrent prendre le relais. Au fur et à mesure que le passé s'est enfui, il m'a semblé de plus en plus impossible de superposer ces deux pays. Disons qu'entre la Colombie réelle et ce que nous appelions « Colombia », une contrée imaginaire où nous vivions pourtant, j'ai vu se creuser comme un gouffre sans fond. Aujourd'hui j'en ai pris bien sûr mon parti mais je reste encore, loin du pays de ma mère de l'autre côté de l'Atlantique, à vagabonder dans une géographie aux contours incertains. Madre, à l'image de votre père vous aimiez la poésie ; je crois que ces simples vers empreints de tristesse d'un auteur quelque peu oublié, Georges Chennevière, vous auraient plu :

L'ÉTRANGER

Étranger, ne te rendors pas,
Ce n'est pas encore le retour.
Ne t'attache pas à ces choses,
Ne demeure pas devant elles.
Ne laisse pas les souvenirs
Monter en eau à tes paupières.

Cette fleur, ne la cueille point,
Ne prolonge pas ce baiser,
Ne garde rien entre tes mains.
Ne fais rien qui puisse durer.
Ton cœur se viderait d'un coup.
Vite, vite, il faut repartir.

Je repars, sans être venu.
Est-ce l'adieu définitif ?
Le monde glisse sous mes pas.
Je sens que je n'aurais pas dû
Hélas, regarder si longtemps
Tous ces visages.

Table

Mise en pages : Anne Offredo, Valravillon

Cet ouvrage a été achevé d'imprimer sur Roto-Page
en août 2025
par l'Imprimerie Floch à Mayenne

N° d'imprimeur : 107419
Dépôt légal : septembre 2025
ISBN : 978-2-38482-098-6
Imprimé en France